Apenas AMIGOS

Universo dos Livros Editora Ltda.
Avenida Ordem e Progresso, 157 – 8º andar – Conj. 803
CEP 01141-030 – Barra Funda – São Paulo/SP
Telefone/Fax: (11) 3392-3336
www.universodoslivros.com.br
e-mail: editor@universodoslivros.com.br
Siga-nos no Twitter: @univdoslivros

CHRISTINA LAUREN

Apenas AMIGOS

São Paulo
2021

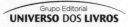

Roomies
Copyright © 2017 by Christina Hobbs and Lauren Billings
All rights reserved

Copyright © 2018 by Universo dos Livros
Todos os direitos reservados e protegidos pela Lei 9.610 de 19/02/1998.
Nenhuma parte deste livro, sem autorização prévia por escrito da editora,
poderá ser reproduzida ou transmitida sejam quais forem os meios empregados:
eletrônicos, mecânicos, fotográficos, gravação ou quaisquer outros.

Diretor editorial: **Luis Matos**
Editora-chefe: **Marcia Batista**
Assistentes editoriais: **Aline Graça, Letícia Nakamura e Raquel F. Abranches**
Tradução: **Cristina Lasaitis**
Preparação: **Bárbara P. Sincerre**
Revisão: **Cely Couto e Plínio Zúnica**
Arte: **Aline Maria e Valdinei Gomes**
Capa: **Gallery Books**
Adaptação de capa: **Aline Maria**

1ª reimpressão

Dados Internacionais de Catalogação na Publicação (CIP)
Angélica Ilacqua CRB-8/7057

L412a

    Lauren, Christina

    Apenas amigos / Christina Lauren ; tradução de Cristina Lasaitis. – –
    São Paulo : Universo dos Livros, 2018.
    368 p.

    ISBN: 978-85-503-0303-1

    Título original: *Roomies*

    1. Ficção norte-americana 2. Literatura erótica I. Título II. Lasaitis,
    Cristina

18-0420   CDD 813.6

UM

De acordo com uma lenda da família, eu nasci no chão de um táxi.

Sou a mais nova de seis irmãos e, ao que parece, mamãe foi de "estou com um pouco de cólica, mas só me deixe terminar de fazer o almoço" para "olá, Holland Lina Baker" em questão de quarenta minutos.

Essa é sempre a primeira coisa que penso quando entro em um táxi. Presto atenção em como preciso deslizar por cima do assento pegajoso, nas milhões de impressões digitais esquecidas e borrões não identificados turvando as janelas e a divisória entre os passageiros e o motorista – e também em como o chão de um táxi é *realmente* um lugar terrível para um bebê vir ao mundo.

Bato a porta do táxi para bloquear o intenso vento do Brooklyn.

– Estação da Rua 50, Manhattan.

Os olhos do motorista encontram os meus no espelho retrovisor e posso imaginar o que ele está pensando: *quer pegar um táxi até o metrô de Manhattan? Moça, você podia pegar o trem C até lá por três dólares.*

– Oitava avenida com a Rua 49 – acrescento, ignorando a sensação de que estou sendo ridícula.

Em vez de pegar o táxi até em casa, estou fazendo o motorista me levar de Park Slope até uma estação de metrô em Hell's Kitchen, a dois blocos de distância do meu prédio. Não é que eu seja paranoica com segurança e não queira que os taxistas descubram onde eu moro. É que hoje é segunda-feira, são quase 23h30min, e Jack vai estar lá.

Ou, pelo menos, ele deveria estar. Desde que eu o vi tocando na estação da Rua 50, há mais ou menos seis meses, ele tem ficado ali nas noites de segunda-feira, assim como nas manhãs de quarta e sexta-feira antes do trabalho, e nas sextas na hora do almoço. Às terças ele desaparece, e eu nunca o vejo nos finais de semana.

No entanto, as segundas são meus dias favoritos, porque há uma intensidade no modo como ele agarra o violão, envolvendo-o, seduzindo-o. E a música que parece ter ficado contida dentro dele durante o fim de semana todo é libertada, interrompida apenas pelo ocasional tilintar de moedas arremessadas no estojo do violão a seus pés ou pelo rangido de um trem que se aproxima.

Não sei o que ele faz quando não está lá. Também tenho certeza de que seu nome não é Jack, mas eu precisava chamá-lo de algo que não fosse "o músico de rua", e dar um nome a ele fazia minha obsessão soar menos patética.

Tipo isso.

O táxi está silencioso; o motorista nem sequer está ouvindo um programa de rádio ou qualquer outro barulho de fundo a que todo nova-iorquino está acostumado. Meus olhos afastam-se da tela do celular, com o *feed* do Instagram cheio de livros e tutoriais de maquiagem, para observar a sujeira da neve derretida e da lama pelas ruas. A névoa de embriaguez do coquetel que tomei não parece estar se dissipando tão rápido quanto eu esperava e, no momento em que o carro encosta na calçada e eu pago a corrida, ainda sinto sua efervescência inebriante em meu sangue.

Eu nunca havia pensado em visitar Jack bêbada, e estamos prestes a descobrir se foi uma ideia incrível ou terrível.

Apenas AMIGOS

Chegando ao final das escadas, vejo-o afinando seu violão e paro a alguns metros de distância, estudando-o. Com a cabeça curvada e um feixe de luz da rua se projetando pela escadaria, os cabelos castanho-claros dele parecem quase prateados.

Para alguém da nossa geração, ele é desajeitado, mas parece limpo, então gosto de pensar que ele tem um apartamento legal e um emprego regular e bem remunerado e que faz isso porque gosta. Ele tem o tipo de cabelo que acho irresistível: arrumado e raspado dos lados, mas solto e indomado no topo. Parece macio, brilhante sob a luz; é o tipo de cabelo que dá vontade de enfiar as mãos. Não sei qual a cor de seus olhos, porque ele nunca olha para o público enquanto toca, mas gosto de pensar que são castanhos ou verde-escuros, uma cor profunda o bastante para eu me perder.

Nunca o vi chegar ou ir embora, porque sempre que passo por ele, jogo uma nota de um dólar no estojo do violão e sigo em frente. Então, da plataforma, eu secretamente observo – assim como muitos de nós – aquele lugar na base da escada, onde ele está sentado com seu banquinho enquanto seus dedos se movem para cima e para baixo no braço do instrumento. Sua mão esquerda colhe as notas como se fosse algo tão fácil quanto respirar.

Respirar. Como aspirante a escritora, esse me soa o pior dos clichês, mas é o único que se encaixa. Nunca vi os dedos de ninguém se moverem assim, como se ele não precisasse pensar. De algum modo, é como se ele desse uma voz humana ao violão.

Quando deixo cair uma nota no estojo do instrumento, ele levanta o rosto, estreita os olhos na minha direção e me oferece um ligeiro:

– Muito obrigado.

Ele nunca havia feito isso antes – olhar para uma pessoa que lançou dinheiro no estojo – e, quando nossos olhos se encontram, sou pega totalmente desprevenida.

Verdes, os olhos dele são verdes. E ele não os desvia em seguida. Seu olhar é demorado, hipnotizante.

Então, em vez de dizer "sem problemas" ou "tudo bem" – ou nada, como qualquer outro nova-iorquino faria – eu deixo escapar um "adorotantosuamúsica". Uma corrente de palavras entoadas em um único suspiro, como se fossem uma única.

Sou presenteada com o mais modesto lampejo de um sorriso e meu cérebro bêbado quase entra em curto-circuito. Ele faz isso enquanto mordisca o lábio inferior por um segundo, antes de dizer:

– Você acha mesmo? Bom, é gentileza sua. Adoro tocar isso aqui.

Ele tem um forte sotaque irlandês, e soa de um jeito que faz meus dedos formigarem.

– Qual é o seu nome?

Três segundos mortificantes passam antes que ele responda com um sorriso surpreso.

– Calvin. E o seu?

Isso é uma conversa. Puta merda, estou tendo uma conversa com o estranho por quem tenho uma quedinha há meses.

– Holland – respondo – ou *Holanda*, assim como aquela província dos Países Baixos. Todo mundo acha que é sinônimo de Países Baixos, mas não é.

Ai.

Esta noite tirei duas conclusões a respeito do gin: tem gosto de pinha e é o néctar do diabo.

Calvin sorri para mim e diz, malicioso:

– Holland, uma província *e também* uma acadêmica – e, em seguida, murmura algo baixinho que quase não consigo entender. Não sei dizer se o brilho de diversão em seus olhos é porque sou uma idiota engraçada ou porque deve haver alguém atrás de mim fazendo algo curioso.

Como faz um milênio que não saio com ninguém, não faço ideia de onde levar uma conversa como essa. Então, eu disparo, ou praticamente decolo pelos dez metros restantes até a plataforma.

Apenas AMIGOS

Quando enfim paro, começo a revirar minha bolsa com aquela urgência prática de uma mulher acostumada a fingir que tem algo importantíssimo a encontrar neste momento.

A palavra que ele sussurrou – *adorável* – é registrada com trinta segundos de atraso.

Ele se referia ao meu nome, com certeza. Não estou dizendo isso com falsa modéstia. Eu e minha melhor amiga, Lulu, concordamos que, de modo objetivo, somos mulheres bem medianas em Manhattan – o que pode ser entendido como algo muito bom se sairmos de Nova York. No entanto, Jack – Calvin – é olhado por todos os tipos de homens e mulheres que passam pela estação, desde os riquinhos da Avenida Madison que bancam os hippies no metrô até os não-tão-inofensivos estudantes de Bay Ridge. Honestamente, ele teria um cardápio de gente para transar se ao menos olhasse para a cara das pessoas.

Para confirmar minha teoria, um rápido relance no meu espelhinho revela as olheiras de rímel escorrendo debaixo dos meus olhos e uma fantasmagórica ausência de cor na metade inferior do meu rosto. Meus dedos põem-se à tarefa de tentar pentear os fios castanhos, que, como em qualquer outro momento da minha vida, são lisos e apáticos, mas agora escapam do rabo-de-cavalo e desafiam a gravidade ao redor da minha cabeça.

Adorável, neste instante, eu não sou.

A música de Calvin volta a tocar e preenche o silêncio da estação de um jeito altissonante e pertubador, que faz com que eu me sinta ainda mais bêbada do que supunha estar. Por que vim até aqui esta noite? Por que falei com ele? Agora preciso reorganizar todas essas coisas na minha cabeça, por exemplo, o fato de ele não se chamar Jack e seus olhos agora terem uma cor definida. E saber que ele é irlandês me deixa enlouquecida o bastante para querer subir no colo dele.

Ugh. Estar a fim de alguém é terrível, mas, pensando bem, ter uma paixonite à distância é muito mais fácil de lidar do que isso. Eu deveria me limitar a criar histórias e ficar observando de longe, como uma esquisitona comum. Agora que quebrei a quarta parede, e se ele for mesmo tão amigável quanto seus olhos sugerem, vai me notar na próxima vez que eu jogar dinheiro em seu estojo e vou ser forçada a interagir naturalmente ou então correr na direção contrária. Talvez eu seja uma mulher mediana quando estou de boca fechada, mas assim que começo a conversar com os homens, Lulu me chama de *Desgraçalândia*, de tão terrivelmente sem graça que fico. E, obviamente, ela não está errada.

Agora estou suando debaixo do meu casaco de lã cor-de-rosa, meu rosto está derretendo e sinto um desejo incontrolável de puxar minha meia-calça até as axilas, pois ela foi deslizando devagar por baixo da saia e começa a me dar a sensação de que estou usando calças saruel.

Eu realmente deveria ir em frente e puxá-las até a cintura, porque, a não ser o cavalheiro em coma dormindo no banco mais próximo, somos apenas eu e Calvin aqui, e ele já não está mais prestando atenção.

Mas então, o cavalheiro adormecido levanta-se, meio zumbi, e dá um passo destrambelhado em minha direção. Estações de metrô são horríveis quando vazias deste jeito. São o *habitat* dos tarados, exibicionistas e estupradores. Nem é tão tarde – é quase meia-noite de uma segunda-feira – mas acabo de perder meu trem.

Afasto-me para a esquerda, aproximando-me da beira da plataforma, e puxo o celular para parecer ocupada. Aliás, sei que homens bêbados e inconvenientes não costumam ser espantados pela engenhosa presença de um iPhone e, de fato, o zumbi aproxima-se.

Não sei se é um arrepio de medo no meu peito ou uma corrente de ar passando pela estação, mas sou atingida pelo fedor salgado e nauseante de muco, com um azedume de refrigerante fermentando há meses no fundo da lata de lixo.

Ele levanta a mão e aponta:

– Você está com o meu telefone.

Virando, coloco uma boa distância entre mim e ele conforme tento contorná-lo em direção às escadas, onde está Calvin. Meu dedo paira acima do número de Robert na tela do celular.

Ele me segue.

– *Você*. Vem cá. Devolve meu telefone!

Sem me dar ao trabalho de levantar os olhos para ele, digo com a maior calma possível:

– Cai fora, fique longe de mim.

Pressiono o nome de Robert e seguro o celular na minha orelha. A chamada ecoa no vazio, um toque para cada uma das cinco batidas desvairadas do meu coração.

A música de Calvin aprofunda-se, mais agressiva agora. Será que ele não está vendo esse cara me seguindo pela estação? Não consigo evitar o pensamento absurdo de que é mesmo notável o quanto ele fica absorto enquanto toca.

O homem começa a correr, cambaleando em minha direção, e as notas rasgadas do violão de Calvin tornam-se a trilha sonora da perseguição desse lunático atrás de mim pela plataforma.

Minha meia-calça caída me impede de correr com a velocidade e o desembaraço necessários, e a corrida desajeitada dele acelera e se torna mais fluida com seu arroubo de confiança.

Pelo telefone escuto a voz diminuta de Robert, respondendo:

– *Oi, minha flor*.

– Puta merda, Robert. Estou aqui na...

O homem me alcança e sua mão agarra a manga do meu casaco, puxando o celular para longe da minha orelha.

– Robert!

– *Holls*? – Robert grita. – *Querida, onde você está?*

Agarro-o com força, tentando me segurar, porque estou com a sensação nauseante de estar perdendo o equilíbrio. O terror envia uma onda de frieza e sobriedade por minha pele: o homem não está me ajudando a me equilibrar – ele está me *empurrando*!

Ao longe, escuto o mais profundo dos gritos:

– Ei!

Meu celular desliza pelo concreto.

– Holland?

Tudo acontece tão rápido – e acho que essas coisas sempre acontecem rápido, porque, se acontecessem devagar, quero acreditar que eu teria feito alguma coisa, *qualquer coisa* – mas em um instante eu estava sobre a linha amarela e, no outro, caindo sobre os trilhos.

DOIS

Nunca havia entrado em uma ambulância antes, e voltar à consciência entre fungadas em frente a dois profissionais sóbrios é tão constrangedor quanto eu imaginava. Uma paramédica com uma ruga de preocupação permanente cravada no meio da testa me observa com uma expressão severa. Dos monitores soam bipes. Quando olho os arredores, minha cabeça vira um foguete em contagem regressiva para a explosão. Meu braço dói – não, não apenas dói, mas *berra de dor*. Uma olhada para baixo faz-me constatar que já está imobilizado com uma tipoia.

Com o ruído distante de um trem que se aproxima, lembro de ter sido empurrada para os trilhos.

Alguém me empurrou nos trilhos do metrô!

Meu coração começa a executar uma versão caótica de kung fu no meu peito e o ritmo do meu pânico ecoa pelos diversos aparelhos que me rodeiam. Sento-me, lutando contra a onda monumental de enjoo, e falo:

– Vocês o pegaram?

– Opa, opa. – Com preocupação no olhar, a paramédica (cujo nome no crachá era Rossi) obriga-me a deitar com delicadeza. – Você está bem. – Ela meneia a cabeça para mim de forma confiante. – Você está bem.

E então ela coloca um cartão na minha palma.

LINHA NACIONAL DE PREVENÇÃO AO SUICÍDIO
1-800-273-8255

Viro o cartão, imaginando se no verso vou encontrar:

PARA ONDE LIGAR CASO UM MALUCO BÊBADO EMPURRE VOCÊ SOBRE OS TRILHOS.

Infelizmente, não há mais nada escrito.

Olho de volta para ela, sentindo meu rosto queimar de indignação.

– Eu *não pulei*.

Rossi balança a cabeça.

– Tudo bem, senhorita Bakker. – Ela lê errado minha expressão incrédula e acrescenta: – Pegamos seu nome na sua bolsa, que encontramos ao lado da plataforma.

– Ele não levou minha bolsa?

Ela aperta os lábios e franze a testa, enquanto eu olho ao redor buscando apoio. De fato, há dois paramédicos aqui – o outro é tipo o paramédico do mês, despojado, modelo de calendário, e ele está do lado de fora da ambulância, diligentemente preenchendo algum formulário. No crachá dele está escrito GONZALES. Mais adiante, um carro de polícia está parado no meio-fio, e dois policiais batem um papo amistoso em frente à porta aberta do motorista. Não consigo me desvencilhar da impressão de que esta não é a forma mais sensível de intervir em uma tentativa de suicídio potencial. Eu acabo de roncar feito uma porca, minha saia está amontoada ao redor dos meus quadris, a virilha da minha meia-calça está em algum lugar ao sul do Equador, e minha blusa está desabotoada para dar lugar aos monitores cardíacos. Um suicida sentiria uma pontada de humilhação se estivesse meu lugar.

Arrumando minha saia com toda a elegância possível, repito:

– Eu não pulei.

Gonzales levanta o rosto da sua ficha e inclina-se sobre a porta da ambulância.

– Encontramos você ali, querida.

Fecho meus olhos rodopiantes e rosno diante daquele tom condescendente. Isso ainda não explica o que aconteceu.

– Dois paramédicos simplesmente estavam andando por ali quando eu caí nos trilhos?

Ele me deu um minúsculo lampejo de sorriso.

– Ligação anônima. Disse que havia alguém caído nos trilhos. Não mencionou que outra pessoa teria empurrado. Noventa por cento de chance de ser tentativa de suicídio.

Ligação anônima.

CALVIN.

Vejo a movimentação do lado de fora da ambulância, na calçada.

Está escuro lá fora, mas com certeza é ele, puta merda, e eu o vejo assim que ele se levanta. Calvin troca olhares comigo por um segundo antes de se assustar e desviar o rosto. Sem olhar mais na minha direção, ele se vira e caminha até a Oitava Avenida.

– Ei! – Aponto. – Espere. Falem com *ele*.

Gonzales e Rossi viram-se devagar.

Rossi não faz menção de se levantar, e eu, mais uma vez, corto o ar com meu dedo em riste.

– *Aquele cara.*

– *Ele* empurrou você? — Gonzales pergunta.

– Não, acho que foi ele quem fez a ligação.

Rossi balança a cabeça, seu gesto não é de solidariedade, mas de piedade.

– Aquele cara se aproximou quando chegamos ao local, disse que não sabia de nada.

– Ele mentiu. – Fiz um esforço para me sentar. – Calvin!

Ele não parou. Na verdade, acelerou, metendo-se atrás de um táxi antes de atravessar a rua correndo.

– Ele estava lá – contei a eles, abismada. *Meu Deus, quanto foi que eu bebi?* – Estávamos eu, aquele músico de rua... Calvin... e um homem bêbado. O bêbado veio roubar meu celular e me empurrou para fora da plataforma.

Gonzales inclina a cabeça, gesticulando para os policiais.

– Nesse caso, você deve fazer um boletim de ocorrência.

Não consigo evitar, uma pergunta me escapa, grosseira:

– Você *acha*?

Ele me dá outra faísca de sorriso, sem dúvidas porque eu não pareço essa mal-humorada respondona com a meia-calça caindo e a blusa de bolinhas cor-de-rosa desabotoada.

– Holland, desconfiamos que seu braço esteja quebrado. – Gonzales entra na ambulância e ajusta uma faixa na minha tipoia. – E você pode ter sofrido uma concussão. Nossa prioridade agora é te levar ao Hospital Mount Sinai West. Tem alguém que possa encontrar você lá?

– Sim. – Preciso ligar para Robert e Jeff, meus tios. Olho para Gonzales, lembrando como meu celular estava na minha mão em um momento e, no seguinte, eu era arremessada nos trilhos.

– Vocês também acharam meu telefone?

Ele hesita e olha para Rossi, que me dá seu primeiro sorriso de desculpas.

– Espero que você saiba o número de cor. — Ela levanta um saco plástico contendo os destroços do meu querido aparelho.

Assim que minha cabeça é examinada (sem concussões) e meu braço direito engessado (fratura na ulna), faço um boletim de ocorrência no leito do hospital. Somente quando estou conversando com os dois intimidantes policiais me dou conta de que evitei fazer contato visual com o homem que me empurrou. Não prestei atenção em seu rosto, embora eu possa descrever com muita precisão o cheiro dele.

Os policiais trocam olhares antes de o mais alto deles me perguntar:

— O sujeito chegou perto o bastante para agarrar seu casaco e jogar você sobre os trilhos, mas você não viu o rosto dele?

Quero gritar: É *óbvio que você nunca foi uma mulher fugindo de um cara escroto!*, mas, em vez disso, deixo que eles prossigam. Posso apostar, pelas expressões deles, que minha pobreza de descrições físicas sabotou a credibilidade do relato – *eu não pulei!* –, e no ínterim dessa pequena humilhação, percebo que iria parecer ainda mais suspeito se eu soubesse o nome do músico da estação e ele ainda falhasse em ficar por perto para me ajudar. Portanto, não me dou ao trabalho de mencionar Calvin pelo nome de novo, e eles anotam os detalhes genéricos com a mais vaga demonstração de interesse.

Depois que eles saem, deito-me na maca, observando o teto cinzento. Que noite maluca. Levanto meu braço bom, apertando os olhos diante do visor do relógio.

Madrugada.

Puta merda! São quase 3h. Quanto tempo passei lá embaixo?

Além da dor latejante que os analgésicos não parecem aliviar, continuo a ver Calvin parado no lugar onde estivera esperando, na calçada. O fato de ele ainda estar lá quando despertei significa alguma coisa, não é? Mas se ele é o autor da ligação anônima – e presumo que seja, pois já sabemos que o zumbi não tinha telefone – por que

Calvin não contou à polícia que alguém me empurrou? E por que teria mentido, dizendo que não testemunhou nada?

No piso de linóleo do corredor ecoam os estalidos apressados de sapatos, e eu me sento, já antecipando o que vem a seguir.

Robert saltou de supetão das cortinas, seguido mais discretamente por Jeff.

– Que. *Porra*. Foi. Essaaaaaaaaa... – Robert estica a última palavra por umas vinte vogais e segura meu rosto entre as mãos, inclinando-se para a frente e me examinando. – Faz ideia de como ficamos apavorados?

– Desculpa – encolho-me, sentindo meu queixo tremer pela primeira vez. – Meu celular foi arrancado da minha mão.

Ver minha família em pânico faz o choque me dominar e começo a tremer compulsivamente. Emoções transbordam do meu peito junto a uma maré salgada.

Robert inclina-se, pousando os lábios na minha bochecha. Jeff aproxima-se também, pousando uma mão gentil no meu joelho.

Apesar de não ser um parente de sangue, conheço o tio Robert desde sempre; ele e o irmão caçula de minha mãe, Jeff, conheceram-se alguns anos antes de eu nascer.

O tio Jeff é o mais calmo, um típico homem do meio-oeste. Ele é seguro, racional e ponderado. Como você pode imaginar, ele trabalha com finanças. Robert, ao contrário, é todo feito de som e movimento. Ele nasceu em Gana, mudou-se para cá aos 18 anos para frequentar o Instituto de Música Curtis, na Filadélfia. Jeff me contou que Robert recebeu dez ofertas de emprego quando se formou, mas optou pelo posto de mais jovem concertista da história da Orquestra Sinfônica de Des Moines, porque os dois se apaixonaram à primeira vista no mesmo fim de semana em que Robert estava na cidade para a entrevista de emprego.

Meus tios deixaram Des Moines quando eu tinha 16 anos e foram morar em Manhattan. A essa altura, Robert já havia sido promovido a regente da orquestra. Mudar-se para um teatro mediano da Broadway, mesmo como diretor musical, foi uma enorme perda de salário e de prestígio, mas é pelos musicais de teatro que o coração de Robert bate e, além disso – talvez o fator mais importante para os dois –, é muito mais fácil para um cara ter um casamento feliz com outro cara em Nova York do que em Iowa. Eles prosperaram aqui, e há dois anos Robert sentou-se e criou aquela que se tornaria a produção mais popular da Broadway, *Possuído*.

Sem querer ficar longe deles por muito tempo, vim fazer meu mestrado em Escrita Criativa na Universidade de Columbia, mas basicamente fiquei estagnada. Ser uma jovem com um mestrado em Belas Artes na cidade de Nova York faz com que eu me sinta um peixinho medíocre em um aquário de espécimes raros. Sem uma ideia para me tornar a próxima revelação literária e com nenhuma aptidão para o jornalismo, eu era simplesmente "inempregável".

Robert, meu salvador, me arrumou um emprego no teatro. Meu cargo oficial é arquivista – um papel certamente esquisito para uma jovem de 25 anos com zero experiência na Broadway – e considerando que já temos um milhão de fotos do espetáculo para os programas, estou bastante consciente de que esse cargo só foi criado como um favor para o meu tio. Uma ou duas vezes por semana vou dar uma volta e tiro fotos ao acaso dos cenários, figurinos e dos bastidores para a assessoria de imprensa usar nas mídias sociais. Quatro noites por semana, trabalho na frente do teatro vendendo as camisetas do *Possuído*.

Infelizmente, não consigo me imaginar atendendo a uma multidão eufórica durante um intervalo do espetáculo, nem segurando a câmera gigante com apenas um braço funcional, e isso acrescenta um soco de culpa no meu estômago.

Sou tão inútil.

Puxo um travesseiro no qual encostava minha cabeça e deixo escapar alguns gritos abafados dentro dele.

– O que houve, minha flor? – Robert tira o travesseiro da frente do meu rosto. – Precisa de mais analgésico?

– Preciso de mais *propósito*.

Ele ri e dispensa meu comentário, inclinando-se para beijar minha testa.

A mão gentil de Jeff desliza ao encontro da minha em um gesto de solidariedade.

Porém, Jeff – o doce, sensível e gênio-matemático Jeff – descobriu uma paixão em trabalhar com argila no ano passado. Pelo menos o amor pela cerâmica o ajudou a superar o tédio dos dias de trabalho em Wall Street. Em contrapartida, eu não tenho nada, a não ser meu amor por livros escritos por outras pessoas e a vontade de assistir a Calvin tocando violão alguns dias por semana na estação da Rua 50.

Após a façanha dessa noite, nem sequer sei se sentirei isso novamente. Na próxima vez que vê-lo, vou estar menos inclinada a suspirar e mais disposta a ir até lá e perguntar na cara dele por que me deixou ser atirada aos leões. Ou ao trilho do trem, no caso. Talvez eu volte a Des Moines enquanto me recupero dessa fratura e tire algum tempo para pensar no que realmente pretendo fazer com meus diplomas, porque, no mundo das artes, um diploma inútil mais outro diploma inútil é igual a zero empregos.

Olho para os meus tios.

– Vocês ligaram para mamãe e papai?

Jeff confirma com a cabeça.

– Eles perguntaram se devem vir.

Dou risada, apesar do meu humor sombrio. Tenho certeza de que, mesmo sem ter visto a gravidade dos meus ferimentos, Jeff disse a eles para não se preocuparem.

Meus pais odeiam o caos urbano de Nova York. Mesmo se eu me rachasse em duas, ainda seria melhor para todos se eles ficassem em Iowa. Com certeza seria menos estressante para mim.

Por fim, Jeff encosta no colchão, ao meu lado, e olha para Robert.

Notei que Jeff tem o hábito de lamber os lábios antes de fazer uma pergunta difícil. Pergunto-me se ele percebe que faz isso.

— Então, o que aconteceu, Hollzinha?

— Você quer saber como fui parar nos trilhos da linha C do trem?

Robert me lança um olhar significativo.

— Sim. E como tenho certeza de que os conselhos sobre prevenção ao suicídio que recebemos na sala de espera são desnecessários, talvez você possa nos contar como caiu.

— Um cara me encurralou. Ele queria meu celular e, quando cheguei perto dos trilhos, ele me empurrou da plataforma.

O queixo de Robert caiu.

— É isso que estava acontecendo quando você ligou?

As bochechas de Jeff ficam vermelhas.

— Você fez um...

— Boletim de ocorrência? Fiz, mas ele estava de capuz, e você sabe como olhar nos olhos deles só serve para encorajá-los, então não sei dizer muita coisa, a não ser que ele era branco, em torno dos 30 anos, tinha barba e estava bêbado.

Jeff dá uma risada seca.

— Soa quase como o Brooklyn inteiro nas noites de sexta-feira.

Meus olhos se voltam para Robert.

— Um trem tinha acabado de passar, então não havia testemunhas.

— Nem o Jack? — Meus tios sabem da minha paixonite de metrô.

Balanço a cabeça.

— O nome dele é Calvin — respondendo à pergunta que se formou nos olhos deles, digo: — tomei uns drinques e perguntei o nome dele.

Robert sorri para mim:

— Coragem líquida.

— Estupidez líquida.

Os olhos de Robert estreitam-se.

— Está me dizendo que Calvin não viu nada?

– Foi o que ele disse aos paramédicos, mas acho que foi ele mesmo quem os chamou.

Robert desliza um braço forte ao meu redor, ajudando a me erguer.

– Bom, você já está de alta. – Ele beija minha têmpora e pronuncia as oito palavras mais perfeitas que existem: – Vem pra casa com a gente esta noite.

TRÊS

Sou sortuda o bastante para morar sozinha em Manhattan – uma raridade absurda, que devo totalmente à generosidade dos meus tios. Ao Robert pelo emprego, claro, e ao Jeff por ganhar uma tonelada de dinheiro e pagar uma boa parte do meu aluguel. No entanto, apesar de adorar meu pequeno apartamento, admito que estou contente por não passar esta noite lá. Ir para casa de braço quebrado e ficar no meu apertado, porém adorado cantinho apenas iria me fazer lembrar do quanto sou uma inútil, uma sem-celular, um saco de ossos tão deplorável que deixou um bêbado atacá-la e empurrá-la da plataforma do metrô.

Ficar na casa de Jeff e Robert é confortável, pois pelo menos aqui consigo manter um mínimo de orgulho próprio depois de um pouco de sono. Sou a parceira de jogo que Jeff gostaria de ter em Robert. E sou a cantora-acompanhante ridícula que Robert sempre quer por perto. E mesmo com apenas um braço, sou a cozinheira que nenhum dos dois jamais será um dia.

Jeff tira uma folga na terça-feira para checar se estou bem, e quando estamos todos acordados e de pé, por volta do meio-dia, faço uma fornada de ovos beneditinos para nós três. Mesmo com apenas um braço operacional, consigo um resultado melhor que qualquer um dos dois conseguiria. Robert apaixonou-se por esse prato em algum momento dos anos 1990, e tão logo aprendi a usar um liquidificador e uma frigideira, ele me avisou que essa teria de ser minha especialidade, porque vai molho *Hollandês* em cima.

– Sacou? Sacou? – ele sempre acrescenta.

Jeff e eu ainda suspiramos quando ele faz isso.

A tarde passa com nós três enrolados no enorme sofá, assistindo a *Brigadoon* e *Sinfonia de Paris*. Robert disse-me para folgar esta noite, e ele mesmo não precisa chegar ao trabalho antes das 5h. Sei que não verei Calvin esta noite, então estou tentando bani-lo dos meus pensamentos – e falhando. A lembrança do primeiro relance em seu rosto e de sua voz encontra-se enevoada por um coquetel de emoções. Primeiro, a decepção. Ele era meu lugar seguro... Por que fui me aventurar fora da minha rotina previsível e arruinei tudo ao falar com ele?

Depois, há a raiva e a confusão. Por que ele não contou a verdade aos paramédicos? Por que saiu correndo?

E, por fim, existe a atração... Eu ainda quero muito, *muito*, dar uns amassos nele.

Com o coração palpitando, desço correndo pelas escadas da estação na manhã seguinte, pressionando a bolsa no quadril enquanto abro caminho entre os pedestres mais lentos. Na base da escada, levo um susto, como sempre pega de surpresa quando Calvin resolve tocar melodias mais rápidas e elaboradas. Na maior parte dos dias, ele toca estritamente violão clássico. Mas, por algum motivo, às quartas-feiras ele parece preferir flamenco, chamamé e calipso.

Apenas AMIGOS

A multidão é densa às 8h45. Tem cheiro de aço e refrigerante espirrado, café e o doce folhado que o sujeito perto de mim inconscientemente enfia na boca. Esperei sentir pelo menos alguma turbulência emocional quando chegasse ao lugar da minha quase morte, mas além de querer algumas respostas de Calvin, não senti nada. Estive aqui tantas vezes que a banalidade da minha memória ainda supera o trauma. A sensação é apenas: *Ooh, o músico* e *bleh, o metrô.*

Uso os últimos segundos para me recompor antes que Calvin surja no meu campo de visão. Não sou o tipo de pessoa confrontadora, mas sei que posso enlouquecer de tanto pensar no que aconteceu na segunda à noite se eu não *perguntar.* Os pés dele surgem primeiro – botas pretas, barras das calças dobradas – depois o estojo do violão aos seus pés – um rasgo no joelho do jeans – os quadris, o torso, o peito, o pescoço, o rosto.

Um misto de emoções sempre embarga minha garganta quando vejo a expressão dele, o jeito como ele fica em transe enquanto toca, mesmo no caos da estação. Afasto essas memórias, resgatando aquela em que ele me deixou para trás, *gritando feito louca dentro da ambulância.*

Ele levanta o rosto assim que passo por ele. O choque do contato visual faz meu coração dar cambalhotas, eu estremeço, minha indignação me abandona. Os olhos dele miram o gesso no meu braço e voltam direto para as cordas do violão. Sob a sombra da barba por fazer, posso ver uma onda de vermelhidão tomar seu rosto.

Essa constatação me deixa alerta. Abro a boca para dizer alguma coisa no exato momento em que o trem E freia na plataforma, a dez metros de distância, e sou rapidamente engolida pela inundação de pessoas que sai dele. Ofegante, olho por meio da multidão apenas para captar um relance de Calvin guardando seu violão e subindo correndo as escadas.

Relutante, sigo para dentro da estação, aninhada ao rebanho de transeuntes. É notável que ele olhou em minha direção, não é? Ele não costuma fazer isso. É quase como se ele estivesse esperando que eu aparecesse.

O trem C para na estação também, e todos damos um passo na direção dos trilhos, mais próximos uns dos outros, prontos para disputar um espaço lá dentro.

E assim começa meu ritual completamente desnecessário.

Robert está me esperando em frente ao Teatro Levin-Gladston quando me aproximo. Ou, mais precisamente, está esperando o café que trago de quarta-feira a domingo. Quando o entrego, tenho um vislumbre do logotipo no copo e a certeza de que Robert também o nota. O Madman Espresso fica a dez quadras daqui. Se Robert repara que eu pego o trem todas as manhãs até uma cafeteria distante porque quero ver Calvin, ele não comenta.

Talvez ele devesse. Preciso tomar um choque de realidade.

O vento faz a echarpe vermelha de Robert decolar e se enrolar em seu casaco de lã preta, como uma bandeira se agitando freneticamente em meio à paisagem de aço cinzento da Rua 47. Sorrio para ele, deixando-o saborear essa pausa silenciosa.

O trabalho tem sido estressante para ele ultimamente. *Possuído* foi um sucesso nos últimos nove meses, e os ingressos para o espetáculo esgotam com uma antecedência a perder de vista. Contudo, nosso ator principal, Luis Genova, assinou contrato para uma temporada de dez meses, que acaba no mês que vem. Depois disso, Ramón Martín, uma lenda do cinema, assume o papel, e com a enorme fama *hollywoodiana* vem também a grande pressão nos ombros de Robert para assegurar que a orquestra seja capaz de alçar Ramón até a estratosfera da Broadway. Bom, se Robert quer dar uma volta e tomar um café para procrastinar, estou dentro! Não vou deixar que ele volte ao teatro nem um segundo antes do que ele queira.

Apenas AMIGOS

Ele beberica o café, estudando-me.

– Dormiu bem a noite passada?

– Os analgésicos e o cansaço emocional garantiram que eu dormisse feito uma pedra.

Robert balança a cabeça, seus olhos estão estreitos.

– E como foi sua manhã?

Ele está arquitetando alguma coisa. Devolvo um olhar desconfiado a ele.

– Foi boa.

– Depois do que aconteceu na segunda à noite – ele diz, levantando o copo para mais um gole –, você ainda foi vê-lo na estação hoje?

Droga. Eu devia imaginar que isso ia acontecer. Talvez eu faça Robert voltar ao teatro. Abro a pesada porta lateral e pisco na direção dele.

– Não entendi o que você quis dizer.

Robert segue-me pelas sombras do teatro adentro.

Mesmo com o ruído das pessoas trabalhando nos bastidores e no palco, o lugar está calmo em comparação com a atmosfera elétrica da hora do espetáculo.

– Você me traz café do Madman todos os dias em que vem trabalhar.

– Gosto do café deles.

– Assim como adoro que você me traga café todas as manhãs, considerando que nós dois temos cafeteiras que funcionam perfeitamente em casa. Você vai e volta dez quadras de metrô todas as manhãs para buscar um expresso chique. Acha que não sei o que está fazendo?

Resmungo, mergulhando no interior do teatro, em direção às escadas que levam aos escritórios do segundo andar.

– Eu sei. Sou uma atrapalhada.

Robert segura a porta da escadaria, incrédulo.

– Você ainda gosta dele, mesmo depois que ele fez os paramédicos acreditarem que você era uma suicida?

– Em minha defesa, saiba que fui até lá esta manhã para confrontá-lo.

– E?

CHRISTINA LAUREN

Resmungo, bebendo outro gole de café.

– E eu não disse nada.

– Entendo como é estar a fim de alguém – ele diz. – Mas acha que deve incluí-lo na sua rotina, assim, todos os dias?

Enquanto subimos, cutuco Robert no flanco com meu cotovelo esquerdo.

– Diz o cara que se mudou de Phily para Des Moines porque ficou a fim do garçom que serviu costelas a ele.

– Bem observado.

– E se você não aprova, então me aponte alguém melhor. – Abro os braços, olhando ao nosso redor. – Manhattan, principalmente no teatro musical, é péssima para mulheres solteiras. Calvin era uma distraçãozinha divertida e segura. Nunca planejei ser quase assassinada na frente dele, muito menos falar com ele.

Saímos da escadaria e Robert segue-me para dentro do seu escritório. É uma salinha em um corredor com outras quatro idênticas, e está sempre bagunçada, com partituras musicais espalhadas, pinturas, fotos e *post-its* cobrindo cada centímetro da parede. O computador do Robert é, acho, uma geração mais velho que o *desktop* que eu trouxe para a faculdade há seis anos.

Ele aperta uma tecla para religar a tela.

– Bom, eu notei que o Evan das cordas está sempre olhando pra você.

Faço uma varredura mental pela ala das cordas. Tudo que me vem à mente é o violinista principal, Seth, e ele não se interessa por mulheres. Mesmo se ele gostasse, Robert não me deixaria namorá-lo nem por cima de seu cadáver. Apesar de ser um músico fundamental para o espetáculo, Seth tem uma tendência para fazer escândalo e plantar intrigas dentro da orquestra. É a única pessoa que já vi deixar Robert realmente furioso.

– Qual é o Evan?

Rodopiando um dedo acima de seus cabelos curtinhos, ele diz:

– O de cabelos compridos. Da viola?

Ah, agora sei a quem ele se refere. Evan é sexy de um jeito meio Tarzan, mas... ele parece selvagem *demais*.

– É, Robert – digo, suspendendo minhas mãos –, mas as unhas daquela mão em que ele segura o arco...

– Do que você está falando? – Robert ri.

– Como você não consegue ver isso? É como se ele estivesse arranhando as cordas com um dente de tubarão. – Dou de ombros. – Ele parece tão predador. Simplesmente não consigo ignorar esse detalhe.

– Predador? Você devorou aquele seu assado de carneiro na quarta-feira passada. Aquilo foi feroz.

Ele tem razão. Fiz isso.

– Meu assado de carneiro é maravilhoso, o que você esperava?

Através da porta irrompe o grunhido sarcástico do meu chefe.

– Mas que *porcaria* de conversa é essa?

Com um sorriso, digo:

– Carneiro.

No mesmo instante, tio Robert responde:

– Garras masculinas.

E o franzido na testa de Brian fica radioativo.

Em um esforço para evitar o nepotismo, não presto contas ao tio Robert, mas ao contrarregra, o brilhante porém intragável Brian, que aposto que possui coleções esquisitas de coisas em casa, como um quarto de bagunça apinhado de volumes da *National Geographic*, ou quadros com borboletas presas em alfinetes.

– Conversa de família superfofa. – Brian vira-se e sai andando feito uma *drag queen*, chamando-me por cima do ombro: – Holland. Reunião dos auxiliares de palco. *Agora*.

Enviando um sorriso bobo para Robert, sigo Brian escadaria abaixo para o palco, onde a reunião semanal nos aguarda.

A equipe de auxiliares de palco é composta por vinte pessoas. Brian inspeciona todos os detalhes – didascália, sinais de entrada, materiais de cena, cenário, e assegura que o trabalho de Robert corra bem – o que significa que ele gosta de reivindicar o crédito pelo fato de *Possuído* ser a febre do momento. No entanto, os verdadeiros heróis são aqueles atrás das cortinas, que obedecem às suas ordens dadas aos berros: as pessoas a quem Brian se refere, graciosamente, como seus *minions*.

Não me leve a mal – o trabalho do Brian é assombroso, e ele é muito bom no que faz; a produção desenrola-se com perfeição, os cenários são deslumbrantes e comentados em praticamente todas as resenhas entusiasmadas que o espetáculo recebe. Os atores entram no tempo certo e a iluminação é perfeita. O único porém é que Brian é um carrasco autoritário com um lado tremendamente mesquinho. Para exemplificar o que digo, agora mesmo chegou uma mensagem no meu celular:

> Vejo que você está incapacitada, então não sei como vai estar dando conta dos seus afazeres esta semana.

O vício de Brian em usar gerundismos me dá uma coceira bem no fundo do cérebro. E ele está me mandando mensagem para dizer isso – enquanto está sentado a um metro de distância de mim – não apenas para evitar um confronto direto (algo no qual ele é péssimo), mas também para demonstrar à auxiliar de palco que neste momento ele não dá a mínima para o que ela tem a dizer.

Ele pode ser um cuzão, mas, infelizmente, tem razão. Mal consigo segurar o celular com a minha mão direita presa na tipoia, não sei como vou fazer para manipular minha câmera assim. Levo um tempo para digitar, mas consigo responder usando a mão esquerda.

Apenas AMIGOS

> Além da lojinha, tem algo em que eu possa ajudar nas próximas duas semanas?

De fato, é doloroso enviar uma mensagem de texto que soe tão vulnerável. Mesmo que meu minúsculo salário de arquivista seja composto por dinheiro advindo de praticamente todos os departamentos, Brian acredita ser a mais azarada das criaturas por ter de lidar comigo todos os dias. Sei que este emprego foi um presente — não preciso desses alegres lembretes a cada vez que interagimos.

Enquanto a auxiliar continua nos atualizando sobre o progresso da pintura da nova floresta devastada, Brian a ignora e digita, olhando com deboche para o telefone.

> Parece que seu tio precisa de mais ajuda que eu.

Demoro um minuto para entender o que ele quis dizer, mas, quando isso acontece, minha ficha cai em uma sincronia engraçada com o estrondo de um címbalo despencando no fosso da orquestra.

A orquestra inteira, organizada para a reunião no palco, levanta dos assentos e observa enquanto o supracitado violinista, Seth, atravessa a ala da percussão derrubando os instrumentos, passa por Robert com um encontrão de ombros e sai pisando pelo corredor central.

Meu olhar recai sobre o banco de Seth, onde ele abandonou seu violino. Não consigo parar de olhar para ele – ouvi o Robert dizer que o instrumento de Seth havia custado mais de *40 mil dólares*, e ele simplesmente o jogou ali antes de sair xingando. Da segunda posição, Lisa Stern inclina-se e o recolhe cuidadosamente. Tenho certeza de que ela vai devolver para ele mais tarde; sem dúvidas Seth deve estar esperando que ela faça isso também. Que canalha.

Ele tem esses surtos o tempo inteiro, mas, por alguma razão, o silêncio que recai sobre o teatro em seguida soa profundo.

Meu estômago revira.

Seth faz três longos "duetos" com o ator principal, e essas partes são o coração da trilha sonora. O violino de Seth é muito mais do que parte da orquestra; apesar de não subir ao palco, ele é uma das estrelas do elenco e até tem aparecido nas principais peças do nosso *merchandising* e na mídia. Não existe espetáculo sem os solos dele.

O que aconteceu ali deve ter sido algo grave, porque a voz calma de Robert ecoa pelo teatro inteiro:

– Vou ser claro, Seth. Você sabe o que significa se passar por essa porta: Ramón Martín assumirá o papel dentro de um mês, e você não estará aqui para acompanhá-lo.

– Foda-se, Bob. – Seth enfia os braços nas mangas do casaco e nem olha para trás ao gritar: – Pra mim, chega.

QUATRO

Meu celular novo vibra no mesmo instante em que começam a rolar os créditos do terceiro episódio seguido de *Vampire Diaries*. Normalmente, eu não estaria me drogando com séries adolescentes em uma noite de trabalho, mas Robert flagrou-me enquanto eu tentava dobrar camisetas do Luis Genova com um braço só e me deixou fora da matinê de quarta-feira, alimentando, assim, minha espiral de culpa. Não posso ir à ioga, não posso tentar escrever, não posso sair para tomar um drinque porque estou tomando analgésicos.

Não consigo nem me concentrar na leitura por conta da preocupação sobre como Robert vai se virar sem Seth liderando a orquestra.

Meu celular vibra de novo e atravesso o quarto até o balcão da cozinha, onde ele está carregando, próximo ao notebook no qual não toco há semanas. Sinceramente, espero que seja meu irmão Davis me ligando para se assegurar de que eu não estou me aventurando pelas ruas de Manhattan com apenas um braço para me proteger, mas, em seu lugar, é uma surpresa ver o sorriso de Lulu iluminando a tela.

– Alô, você. – Abro minha geladeira e observo o interior.

– Como vai minha inválida favorita?

Considerando as vozes e o som de talheres que chegam do outro lado da linha, Lulu está no Blue Hill, onde ela é – assim como muitos atores em Manhattan – uma atriz servindo mesas enquanto espera sua grande chance.

Seguro o telefone entre o queixo e o ombro, e com meu braço bom retiro uma travessa da geladeira e coloco sobre o balcão.

– Estou em casa. Robert disse que pareço um cachorrinho de três patas num espetáculo de cães e me mandou ficar alguns dias em repouso.

– Que dó – diz ela, rindo.

– Está no trabalho?

– Sim. Na verdade... espera um pouco. – Alguns instantes de silêncio abafado se passam e então ela volta, agora com o fundo menos barulhento. – Meu expediente terminou mais cedo hoje, então já estou saindo.

– Está livre esta noite? – Paro com meu prato de lasanha gelada à beira do micro-ondas, pensando em algo muito melhor. – Vem pra cá que eu vou fazer um jantar pra nós. Só vou precisar de uma das suas mãos.

– Tenho uma ideia melhor. Consegui dois ingressos pra ver aquela banda ridícula, e Gene não vai poder ir. Vem comigo!

Já conheço bem essa história: Lulu viu ingressos para alguma atração no Groupon e não conseguiu deixar passar porque estavam *uma pechincha*. Na maior parte das vezes, adoro essa sua obsessão e impulsividade por aventuras aleatórias. Mas está uma noite fria e sair de casa requer que eu troque meu pijama, o que significa pôr roupas de verdade, com as quais terei de lutar para conseguir vesti-las.

– Essa eu passo, Lu. – Coloco a comida no micro-ondas enquanto ela geme do outro lado da linha.

Seu gemido é tão patético que ele dispara diante da minha decisão e eu não preciso dizer mais nada, pois ela já sabe.

– Vamos lá, Holland! A banda se chama *Loose Springsteen*! Imagina como não deve ser incrível?

Solto um grunhido.

— Não me faça ir sozinha até Jersey.

— Uma banda cover em *Jersey*? – digo. – Você realmente não está facilitando as coisas.

— Você prefere mesmo ficar em casa de pijama, comendo as sobras da geladeira, em vez de sair pra balada da sua vida comigo?

Suspiro.

— Acho que você está exagerando um pouquinho...

Ela geme mais uma vez, e eu cedo.

Lulu com certeza estava exagerando. O Hole in the Hall é um... *bar*? E essa é a melhor coisa que consigo dizer sobre esse lugar.

A estação do metrô se abre do lado oposto da rua, de frente a um prédio de tijolos sem qualquer descrição, e Lulu dança desvairada pela calçada. A vizinhança é um misto de bairro comercial e residencial, mas pelo menos metade dos edifícios ao redor parecem vagos.

Do outro lado da rua há um restaurante coreano vazio, com janelas fechadas e uma placa torta pendurada perto da entrada. A porta seguinte é uma casa com letreiros neon que dizem *House of Hookah*, cujas tubulações, antes claras, agora estão escuras e empoeiradas contra o telhado metálico. A razão do Hole in the Hall precisar seduzir potenciais clientes com ofertas no Groupon não é mais um mistério.

Lulu começa a dançar de marcha à ré, chamando-me para atravessar a rua molhada e reluzente.

— Pelo menos isto é promissor – ela comenta animada enquanto nos juntamos a um monte de pessoas formando fila na porta.

Os acordes de abertura de "Don't Stop Believin'", do Journey, podem ser ouvidos através das paredes de tijolos e, a cada vez que a porta abre, a música irrompe, como se fugisse. Devo admitir que deu uma sensação boa me vestir e deixar as preocupações de lado por algumas horas, definhando no apartamento. Calça *legging* e uma blusa elegante não deram tanto trabalho para vestir, e a Lulu me ajudou a secar os cabelos compridos com suas duas mãos boas. Pela primeira vez em dois dias não pareço e nem me sinto uma monstra. Esta noite pode não ser tão ruim assim, afinal.

Quando finalmente chega a nossa vez de entrar, Lulu agita seus cupons como se fossem um distintivo e rebola pela fila.

Sem nenhuma surpresa, o lado de dentro não tem frescura. As paredes são contornadas por videogames antigos e mesas esculpidas que se aglomeram ao redor do bar. A decoração é uma mistura questionável de Harley-Davidson, cabeças de animais empalhados e parafernálias do velho oeste. Um mastro de *pole dance* ergue-se orgulhosamente em uma plataforma ao canto, e há um palco no outro lado. A iluminação é baixa e, quando combinada com uma máquina de gelo seco, transforma os membros da banda em vultos retroiluminados movendo-se no palco.

Escolhendo uma mesa, Lulu acena para uma garçonete e pedimos as bebidas, que se materializam tão rápido que é meio perturbador, como se elas tivessem sido feitas horas atrás e ficassem envelhecendo atrás do bar até que alguém as pedisse.

Lulu observa sua batida, graciosamente batizada de *adiós, desgraçado*.

Com um ligeiro dar de ombros, ela toma um gole, estremecendo enquanto a bebida desce.

— Tem sabor de refrigerante 7 Up.

Estou hipnotizada com o cubo de gelo neon no copo dela.

— Me preocupo que essa bebida ainda vai causar convulsão em alguém.

Ela beberica mais um pouco e seu canudo resplandece com álcool azul fluorescente.

— Na verdade, tem sabor de água com gás.

— Viu, é a matéria radioativa caseira matando suas papilas gustativas.

Ela ignora o que eu disse e vira seus olhos castanhos na minha direção.

– Esse gesso é mesmo um saco? Eu nunca quebrei um osso. – Ela sorri. – Bem... pelo menos não um dos meus, *vocêsabedoquetôfalando*.

Rio, olhando para meu gesso roxo despontando da tipoia.

– Podia ser pior. A câmera é meio desobediente e eu ainda não consigo dobrar as camisetas direito, mas, quero dizer... eu podia estar morta, não é mesmo?

Ela acena com a cabeça e toma outro gole da bebida, já pela metade.

– Quero dizer, sinceramente – digo –, uma mão é suficiente para pegar o dinheiro das pessoas durante os intervalos, então não é tão ruim.

– Ouvi dizer que você é ótima com uma mão só. – Ela improvisa um rufar de tambores batendo no tampo da mesa.

– Sou a melhor. – Pisco. – E você? Algum teste?

Lulu balança a cabeça fazendo beicinho e depois começa a agitar os ombros no ritmo da música. Ela pode ser garçonete para conseguir pagar as contas, mas seu sonho é ser atriz desde o dia em que ela descobriu que isso é uma possibilidade. Conhecemo-nos na faculdade, onde ela estudava teatro, e eu, escrita.

Ela me contou, em algumas ocasiões, que deveria se tornar minha musa, e sou capaz de escrever um roteiro atrás do outro para ela. Isso diz muito sobre a nossa dinâmica, que – à parte das aventuras em Jersey – é mais divertida que tediosa.

Ela já figurou em alguns comerciais de baixo orçamento (fez papel de um frango propenso a acidentes em um comercial de seguros, e eu tenho alguns *gifs* dessa performance que planejo enviar a ela qualquer hora), frequentou praticamente todos os cursos de atuação disponíveis em Nova York e – como um favor para mim – ganhou um pequeno papel num dos espetáculos do Robert. Não durou muito, porque, como Robert mencionou: "Lulu é ótima no papel de Lulu e só de Lulu", mas, enquanto estiver viva e respirando, ela sempre vai acreditar que o sucesso a estará esperando na próxima esquina.

– Nenhum teste esta semana. – Ela observa o palco enquanto bebe outro gole da bebida fluorescente, e eu bebo cuidadosamente minha Coca-Cola diet diluída. – A clientela não diminuiu desde as férias, então todos nós estamos fazendo horas extras. – Apontando a cabeça na direção dos músicos, ela diz: – O zíper da calça daquele cara é um atentado à minha visão, mas a banda? Ela não é completamente ruim.

Sigo o olhar dela até o lugar onde o vocalista se posicionou para ficar debaixo do único facho de holofote. Seus jeans desbotados são tão justos que posso ver cada pedaço de carne que ele tem a oferecer. Mais algumas horas dentro dessas calças e tenho certeza de que ele pode dizer adeus a seus anos como reprodutor da espécie. A banda mescla as notas finais de "Pour Some Sugar on Me", do Def Leppard com um cover de "Rock Me" do Great White – agradeço ao vício em *hair metal* do meu irmão mais velho, Thomas, por me fazer saber de tudo isto – enquanto um corajoso (e bêbado) grupo de mulheres gravita à beira do palco, dançando aos acordes de blues que abrem a música.

E por que não? Balanço um pouco na cadeira, embalada pelo modo como o guitarrista arranca cada nota, uma sedução enlouquecedora, sua cabeça abaixada enquanto está concentrado. Loose Springsteen pode ser uma banda cover vagabunda – e a maioria deles está usando pelo menos um brinco pendente ou uma peça de roupa com estampa de pele animal – mas Lulu está certa, eles não são ruins.

Com alguns retoques, eles poderiam até tocar em um *revival* dos anos 1980 em um teatro pequeno na Broadway, ou então em uma casa maior em algum outro lugar.

O vocalista cai para trás e o guitarrista entra em um círculo de luz enevoada começando seu tão aguardado solo. A reação das mulheres diante do palco é surpreendentemente escandalosa... e há algo familiar no modo como ele segura a guitarra, como seus dedos escalam o braço do instrumento, e no jeito como seus cabelos caem diante do rosto...

Ah, puta m...

Ele levanta o queixo, e mesmo com seus olhos à sombra e metade do rosto virado, eu sei quem é.

– É ele – digo, apontando. Endireito na cadeira, pegando meu celular. Ainda estou tomando analgésicos suficientes para não conseguir confiar em meus olhos. Aumento o *zoom* da câmera e tiro uma foto desfocada.

– Quem?

Olho para a tela e reconheço o formato do seu queixo, seus lábios cheios.

– Calvin. O cara do metrô.

– Tá de brincadeira? – Ela estreita os olhos, inclinando-se. – É *ele*? – Há um instante de silêncio enquanto ela o examina de alto a baixo, registrando exatamente a mesma imagem que tenho visto quase todos os dias nos últimos seis meses. – Cacete. Tudo bem. – Ela se vira para mim, com as sobrancelhas apontadas para o céu. – Ele é gostoso.

– Não disse? – Nós duas voltamos a observá-lo. Está tocando na parte aguda do braço, fazendo a guitarra gritar; e diferente da postura melancólica da estação, aqui ele está tocando para o público. – Mas o que ele está fazendo aqui? – E se ele me vir? – Ah, meu Deus, será que ele vai pensar que eu o segui?

– Ah, vá. Como você iria adivinhar que ele é o guitarrista do Loose Springsteen? Você nem é membro do fã-clube – Lulu deixa escapar uma gargalhada. – Como se eles *tivessem* um fã-clube.

Ela tem razão, claro, mas mesmo agora, pelo modo como não consigo tirar meus olhos de cima dele, estou me sentindo uma *stalker*. Já sei tanto sobre o cronograma dele – afinal de contas, eu o vi hoje mesmo – e agora sei mais ainda. Será que é isto que ele faz quando não está trabalhando como músico de rua? Meu Deus. Talvez seja por isso que ele toca com tanta paixão quando está no metrô, ele precisa se obrigar a arrancar esta música da cabeça.

A música termina, o vocalista encaixa o microfone no suporte e balbucia que a banda vai fazer um intervalo, depois ele leva uma garrafa de cerveja até a boca e a esvazia, triunfante. Salto da cadeira antes mesmo de saber o que estou fazendo. As pessoas voltam aos seus lugares, se reabastecem de cerveja ruim, e a iluminação fica mais clara apenas o bastante para que eu consiga ver Calvin desaparecer nas sombras e ressurgir do outro lado do bar.

Enquanto o resto da banda é uma verdadeira amostra de tudo *o que não vestir* com inspiração nos anos 1980, Calvin está de camiseta preta, com a barra enfiada de forma descuidada em seus jeans escuros. Também está de botas pretas e, neste momento, a da esquerda está apoiada na barra próxima a seus pés. O bartender coloca uma cerveja escura diante dele, e Calvin a ergue, olhando para a frente.

Não sei como me aproximar, e ele ainda não me viu aqui, de pé, a poucos metros de distância. Chamar pelo nome iria soar esquisito, então endireito os ombros e deslizo até o balcão do bar, ao lado dele.

Assim que me sento, percebo que há mais umas dez outras mulheres reunindo coragem para fazer o mesmo, aproximando-se por todos os lados. Ele se vira devagar, como se isto acontecesse a cada intervalo e ele nunca soubesse com que tipo de companhia terminaria a noite.

No entanto, quando nossos olhares se cruzam, ele fica surpreso e seu rosto imediatamente relaxa em um sorriso genuíno.

– Oi, garota dos Países Baixos.

Não consigo evitar. A incredulidade faz escapar de mim um:

– Oi?

O sorriso de Calvin torna-se mais solidário, como se ele finalmente entendesse minha indignação, e acena para o bartender, que se aproxima no mesmo instante.

– O que ela quiser – ele diz ao homem.

Hesito. Não vim aqui para tomar um drinque com ele. Vim para matar aquela pulga que se instalou atrás da minha orelha nos últimos dias... e talvez dar uma bronca nele. Mas sua tranquilidade me desorienta. Eu esperava que ele fosse tímido ou até tenso. Em vez disso, ele tem um jeito relaxado, é todo feito de sorrisos e carisma.

O bartender tamborila impaciente os dedos no balcão.

Murmuro uma desculpa antes de pedir:

– Soda com limão, por favor.

– Aí está uma garota boêmia! – Calvin me provoca.

Olho para ele, dando um sorrisinho amarelo.

– Estou tomando analgésicos. – Aponto a cabeça para a tipoia. – Braço quebrado.

Ele faz uma careta de dor.

– Certo.

A pergunta é muito mais fácil de fazer do que eu esperava:

– Então, por que você não contou pra eles o que viu? Eles disseram pra minha família que eu *pulei* nos trilhos.

Ele meneia a cabeça algumas vezes, engolindo a cerveja antes de responder:

– Desculpa. Mesmo. Mas senti que a polícia não iria acreditar na minha versão.

A Holland de antes do mergulho nos trilhos teria perdido a cabeça neste momento, diante desse sotaque que traz todas as palavras dele para a frente da boca, e a palavra *senti* é pronunciada com um *t* sequinho – igual a uma moeda tilintando em uma xícara.

Certo, a Holland de hoje também está perdendo a cabeça, só um pouquinho, mas pelo menos está tentando se controlar.

– Bom – digo –, eles também não acreditaram na minha versão. Me deram uns panfletos de autoajuda e provavelmente nem estão procurando pelo cara que me empurrou.

Calvin se vira, olhando nos meus olhos.

– Olha. Estando na estação, eu vejo... – Ele balança a cabeça. – Vejo as pessoas fazendo merdas inacreditáveis o tempo todo e depois se entregando. Algum tipo de fetiche criminoso, sei lá. Era tudo o que eu conseguia pensar naquele momento. O malandro deu no pé, e eu estava mais preocupado com a sua segurança do que em correr atrás dele.

Enquanto ele fala, sua mão busca no bolso do jeans um bastão de protetor labial. Ele abre a tampinha e, de modo automático, corre o bastão sobre os lábios. O movimento é tão absorto que não percebo que estou fitando a boca dele até que o bartender bate um copo com soda e rodelas de limão sobre um guardanapo na minha frente. Calvin desliza o bastão de volta para o bolso e acena em agradecimento.

Meu cérebro vasculha as memórias da noite de segunda-feira e devo admitir que o que ele disse faz mesmo sentido – ainda que isso não explique por que ele mentiu para os paramédicos. Mas o que isso importa?

Foi constrangedor receber o cartão do serviço de prevenção ao suicídio, mas Calvin realmente ligou para a emergência e permaneceu ali para se assegurar de que eu ficaria bem. Agora, o que soa estranho não é ele ter fugido assim que me viu segura e acordada dentro da ambulância, mas ter ficado ali tanto tempo.

Calvin me oferece a mão.

– Desculpas aceitas?

Aperto a mão dele e perco o fôlego ao lembrar que ele toca seu violão com aqueles mesmos dedos que estão agora em volta dos meus. Uma onda quente atravessa minha espinha.

– Sim. Desculpas aceitas.

Soltando minha mão, ele observa o gesso por alguns segundos.

– Estou vendo que ninguém escreveu o nome ainda.

Sigo o olhar dele.

– Nome?

– É, amor, é obrigatório quando você escolhe um gesso dessa cor. Está *implorando* para que seus colegas rabisquem aí.

Ah. Alguma coisa dentro de mim dá uma cambalhota por conta desse sorriso brincalhão dele, expondo a parte sensível da minha barriga. Percebo como parte de mim torcia para que ele não fosse tão amigável, para que ele fosse defensivo e frio, e assim me desse um motivo para esquecer minha quedinha por ele.

– É porque ainda estou traumatizada com o gesso da minha amiga da quarta série, que ficou todo pintado, suado e fedido. – Levanto um sorriso para ele. – Estou tentando manter este aqui limpinho.

A banda começa a se reunir no palco e Calvin olha por cima do ombro antes de entornar toda a sua cerveja.

Ele se levanta e depois sorri para mim. Sou dominada por seu sorriso exultante.

– Bem, se mudar de ideia e quiser um pouco de tinta nele, sabe onde me encontrar.

CINCO

Luis Genova é um ser humano mágico, e não digo isso em vão. Quando vejo resenhas sobre a performancc dele no papel de Theo do espetáculo do meu tio dizendo que "ele nasceu para o palco", sinto pena do jornalista sem criatividade que escreveu isso, porque é um comentário óbvio, assim como dizer que pássaros nasceram para voar.

Uma noite, pouco depois que o espetáculo havia estreado e recebido os primeiros elogios da crítica, a equipe e o elenco saíram para celebrar no Palm. Assim como agora, naquele tempo eu não era membro oficial da equipe, certamente não era alguém digna de atenção, e Luis ainda não sabia do meu parentesco com Robert. Naquela noite, ele circulou por todo o recinto reservado para nossa comemoração, apertando as mãos e distribuindo agradecimentos. Quando ele estava a poucas pessoas de distância, a atmosfera mudou, ficou carregada de algum jeito. Estávamos em um montinho de quatro *minions*, comendo e tentando não parecer encabulados, e todos nos viramos para vê-lo se aproximar, como se algo nos impelisse.

Mais tarde contei a Lulu que foi como se um disco voador tivesse pousado e exercido um controle mental mágico sobre nós. Todos *tivemos* de nos virar para olhá-lo. Enquanto Luis Genova vinha em nossa direção, ninguém mais conseguia continuar tagarelando sobre como a lula estava deliciosa ou se iríamos pedir um coquetel *dark, stormy* ou gin tônica. Quando segurou minha mão e me agradeceu por todo o meu trabalho árduo, ele me olhou no fundo dos olhos e meu cérebro oco perdeu a capacidade de fala.

Piscando, apertei a mão dele, devolvendo um torpe "tudo bem" antes que ele seguisse adiante para agradecer a pessoa ao meu lado.

Muito bem, Holland!

Não é que ele seja alto, nem especialmente lindo e forte.

Ele apenas tem... presença. A luz entoa cânticos no altar dos seus maxilares. Os cabelos dele resvalam sobre a mandíbula como um véu negro e liso, e ele o prende atrás da orelha, revelando olhos que se enrugam, dando vazão a um sorriso. Deus, aquele sorriso.

O sorriso dele, que está bem aqui, nem a três metros de distância.

– Holland, pelo amor de Deus, pare de babar.

Com um sobressalto, viro-me na direção de Brian. Infelizmente, Luis e Robert – que pareciam estar tendo uma conversa agradável, que eu ficaria feliz em testemunhar por uns bons dez minutos – também parecem notar o que está acontecendo. Todos ao redor olham para mim, seus sorrisos intercalando confusão e solidariedade.

Pobre fã, advertida por comer o ídolo com os olhos.

História da minha vida, ao que parece.

Meu rosto fica quente e eu abro caminho passando pelo elenco para dentro dos bastidores, murmurando desculpas. Admito que eu vejo Luis com certa frequência, mas nunca parado ali, tão perto de mim, e minhas oportunidades de vê-lo assim estão minguando. Ele criou um rebanho de seguidores e dentro de um mês estará nos deixando.

Nem sequer sou entusiasta da Broadway e já estou de coração partido. Não é de se espantar que nosso Twitter tenha estado tão emotivo. E não é à toa que Robert esteja uma pilha de nervos para garantir que Ramón arrebente quando assumir o posto dele.

Encontro um lugar tranquilo para me sentar nas sombras do teatro e assisto a Luis e Robert subirem no palco, abraçando-se por um momento antes que Robert acene para Lisa no fosso da orquestra. Ela se junta a eles, levantando o violino até o queixo e seguindo as orientações de Robert antes de começar a tocar.

Eles ensaiam mais uma vez e mais outra, unindo as duas "vozes"; restam a Luis apenas mais um punhado de performances, mas estou vendo que ele quer torná-las inesquecíveis. Seu último espetáculo será um evento repleto de estrelas e com cobertura da imprensa, que já o retratou uma centena de vezes.

Infelizmente, para meus ouvidos, Lisa não é páreo para Luis em sonoridade e presença, e não faço ideia do que virá a seguir. Seth já se foi. Luis está saindo em breve.

Ramón Martín está chegando com sua voz cinematográfica, e a mão de Lisa é leve demais para conseguir acompanhá-lo.

Pela primeira vez, estou verdadeiramente preocupada com meu tio.

Mais tarde, Robert me encontra em seu escritório, entretida a encher uma folha de papel de furinhos. Ele parece um pouco intimidante: seus olhos escuros estão injetados de sangue, e sua boca, sorridente de costume, tornou-se uma linha pálida e sombria.

— Você veio bagunçar aqui? — ele pergunta e retira os óculos, dobrando-os com cuidado sobre a mesa.

Timidamente, varro a pilha de papéis furados para dentro da lata de reciclagem de papel.

— Não acredito que não se usa mais furadores simples de papel.

— Não, ninguém mais usa. — Ele se senta na cadeira oposta a mim e se curva, enterrando a cabeça entre as mãos.

— Você está bem, Robert?

Ele diz o que eu já esperava:

— Não sei como vou fazer com Ramón. Ele vai afundar a Lisa.

O pianista do Robert, um homem chamado Luther, é simplesmente incrível.

— Luther não pode tocar os solos?

— No *piano*?

Dou de ombros.

— É só um palpite.

Ele parece considerar a sugestão por um instante, então balança a cabeça.

— Essas canções não se adaptam a um teclado. As cordas têm uma riqueza, uma vibração que o piano não consegue alcançar. Precisa mexer com algo dentro de você. Luther é excelente, mas precisamos de um músico que reivindica atenção. Que faça você *sentir*.

Essa ideia aquece meu sangue e me endireito na cadeira.

— Espera, espera. — Levanto minha mão. — Tem uma ideia se formando na minha cabeça.

A expressão dele clareia, compreendendo.

— Não, minha flor.

— Ele é exatamente isso que você descreveu — insisto. — Você nunca o ouviu, mas acredite em mim, ele é.

— Ele toca violão, meu amor. Sei que você está apaixonada, mas...

— Não é isso, juro. E ele não é só um músico de rua qualquer. Ele tem um *dom*, Robert. Ouvi-lo tocar é como assistir ao Luis no palco. Eu *sinto* as notas. Sei que eu não sou... — procuro as palavras, enrubescendo. Tentar dizer ao Robert como fazer o trabalho dele é perigoso; ele pode ser meu tio, mas é um músico brilhante há muito mais tempo que isso. — Não sou musicista como você — digo, com cuidado —, mas sinto que um violão clássico pode funcionar muito bem ali. É gentil e suave, e também tem paixão e... aquela vibração que você descreveu?

Sim, tem isso. Se vamos mudar completamente a sonoridade ao trazer Ramón, por que não fazer outra alteração também? Deixar um violão tocar com Ramón em vez do violino?

Robert me olha, sem palavras.

– Só vem uma vez comigo – digo, tonta, com a constatação de que posso estar convencendo meu tio. – *Uma vez*. É tudo o que vai precisar. Eu sei que vai.

Tem algo quase cômico no modo como o impecável Robert Okai entra na estação de metrô na segunda-feira seguinte.

Enquanto ele desce à sombra das escadas, ocorre-me que, desde que me mudei para Nova York, jamais andei com ele em qualquer outro transporte que não fosse um carro. Ele cresceu em ruas empoeiradas no oeste da África, tocando o violino mais estropiado do mundo e vestindo nada além de short e um par de chinelos, mas é impossível imaginá-lo de qualquer outro modo a não ser como ele está hoje: vestido com um casaco de lã comprido, um cachecol azul de caxemira, calças pretas sob medida e sapatos polidos. Acho que posso dizer que não estou tão chique com meu gesso roxo e meu cardigã rosa felpudo.

Mas ele não é esnobe e mergulha direto na multidão. Tampouco parece ter nojo dos corrimãos grudentos ou das poças de água suja no final do primeiro lance de escadas. É mais como se Robert me desse a percepção de que seu início de vida humilde não contraria a pessoa que ele veio a se tornar: um maestro excepcionalmente talentoso.

Quanto a mim, meu coração está martelando descompassado sobre as minhas costelas, e meus punhos estão enovelados na alça da bolsa para impedir os tremores. Não apenas Robert está vindo comigo para ouvir Calvin tocar, mas vai ficar óbvio para Calvin que eu trouxe alguém apenas para *ouvi-lo tocar*, e isso deixa evidente que eu vim aqui assisti-lo no passado, talvez por *várias vezes*, e até decidi trazer alguém.

E não quero estar errada sobre isso. A estima de Robert é tudo para mim. Se ele não concordar a respeito do talento de Calvin, sei que isso vai influenciar de algum modo o meu julgamento sobre ele, assim como minha própria bússola criativa em geral.

Mas pode ser que meu nervosismo seja à toa: além do ruído do trem e de um ou outro anúncio nos alto-falantes ressoando pelas escadas, a estação está praticamente vazia. Nos últimos meses, Calvin tem tocado aqui quase todas as noites de segunda-feira. Será que ele mudou de lugar em uma semana?

Meu estômago revira. Em algum momento, semanas atrás, parou de me ocorrer que Calvin poderia mudar de local para tocar. É uma daquelas ideias egoístas inconscientes que sempre me chocam quando descubro que as tive. Simplesmente esperava que ele fosse ficar aqui para sempre – ou, pelo menos, até que eu parasse de querer vir vê-lo todos os dias. A perspectiva de nunca mais vê-lo envia um calafrio de pânico pelos meus braços.

No entanto, assim que viramos o primeiro lance de escadas, surgem os acordes sedutores e inconfundíveis de "El Porompompero", e Robert paralisa com um pé parado no ar.

Como sempre, a música começa vagarosa, galante, e Robert retoma o passo. Os pés de Calvin aparecem – depois as pernas, os quadris, o violão, o torso, o peito e o pescoço e, por fim, a cabeça – e o ritmo aumenta, a música decolando em uma espiral viciante; Calvin alterna o dedilhar nas cordas com batidinhas no instrumento, como se fosse um tambor.

Observo Robert enquanto ele escuta. Em qualquer audição, Robert é uma mistura fascinante de elogios efusivos e críticas severas, e a única pista de que ele está hipnotizado – porque está olhando para o chão como se estivesse resolvendo um cálculo complexo – são as batidinhas de seu dedo indicador no compasso da música.

Apenas AMIGOS

Ergo meus olhos só um pouquinho e percebo a respiração acelerada em seu peito. Eu mesma mal consigo respirar. Estamos aqui, ouvindo Calvin juntos, e o peso do pedido – *considere-o para o espetáculo* – mais o fato de que Robert está mesmo considerando tudo isso me faz mergulhar em uma névoa estonteante.

Desesperado para contribuir, o lado emocional do meu cérebro se defende: *Eu posso estar salvando Robert!* Enquanto o lado racional ergue uma palma: *não* dê um passo maior que a perna, *Holland.*

Calvin está de olhos fechados, com a cabeça curvada e com o queixo sobre o peito. Vejo-o balançar, embalado pela música que está produzindo. Será que a postura dele mudaria se ele soubesse que o compositor de *Possuído* o está assistindo a poucos metros de distância?

Calvin geralmente faz uma pausa entre as músicas e afina o violão com a desenvoltura de quem está dentro de uma bolha.

Com um floreio final sobre as cordas, ele termina, para, depois respira, vestindo uma expressão de satisfação quando ergue o rosto.

Mas ele jamais está isolado em uma bolha, e nós estamos parados *logo ali.*

Ele perde o fôlego conforme seus olhos escancaram. Ele não está olhando para mim.

Ele sabe exatamente quem é Robert.

SEIS

Calvin se senta, apoiando o violão em uma coxa.
— Senhor Okai. — Ele engole. — Não percebi que o senhor estava aí.
— Minha sobrinha me disse que seu nome é Calvin.

Calvin alterna o olhar entre nós dois, processando a informação. Robert, com sua pele negra reluzente e cabelos meticulosamente curtos. Eu, pálida e cheia de sardas, com um coque bagunçado no alto da cabeça.

Robert oferece uma mão, e Calvin de imediato a toma, colocando-se de pé.
— É, sim. Calvin McLoughlin.

Isso faz meu tio rir, e o estouro do riso faz os ombros de Calvin relaxarem.
— É um nome bem irlandês para alguém tão bronzeado.
— Mamã é grega — Calvin explica, e depois olha entre mim e Robert de novo, como se fizesse sua própria pergunta.

Robert inclina a cabeça para mim, soltando a mão de Calvin e dizendo em resposta:
— Sou casado com o tio dela.

Calvin sorri, murmurando.

– Ah.

Percebo Robert se endireitar ao meu lado e Calvin copia sua postura. Meu coração entoa uma bateria de suspense: é hora de tratar do que interessa.

– Sou diretor musical no...

– No Levin-Gladstone – Calvin interrompe. – Eu sei. Assisti a *Possuído* sete vezes.

– Sete? – é a primeira vez que falo, e Calvin se vira para mim.

Ele levanta o queixo e meneia a cabeça.

– Creio q' você me vendeu uma c'miseta.

Ah, o sotaque dele.

Abro minha boca surpresa para falar.

– E você nem quis comentar isso antes, na quarta à noite?

– Vocês se viram na quarta-feira? – Robert pergunta.

Nós dois o ignoramos.

– É porque só me dei conta agora – Calvin diz, com o seu jeito tranquilo. – Sei que já vi você antes, mas achava que era aqui da estação.

Robert intercepta-nos:

– Então você conhece o espetáculo.

Calvin fica pálido.

– Claro que sim.

– E se você já o assistiu sete vezes – Robert prossegue –, imagino que sabe que Luis Genova está saindo e será substituído por Ramón Martín.

– Soube. – Calvin coça o queixo. – E soube também que Seth Astorio não toca há quatro dias. Como vai a procura?

Robert retrocede, examinando-o.

– Você soa cético a respeito da substituição dele.

– Claro que acho que você pode substituí-lo. – Ele ri. – É *Seth* quem não acha.

– Você conhece Seth? – Robert pergunta devagar.

— Estudamos juntos.

Meu tio paralisa e eu vejo seus olhos se estreitarem.

— Seth estudou em Juilliard.

Calvin levanta o rosto com um sorriso pretensioso.

— Pois é, ele estudou lá.

Aproximo-me de Calvin e sento pesadamente em seu banquinho. Juilliard.

Puta merda. Calvin estudou em *Juilliard*.

Robert não perde mais tempo com rodeios:

— Gostaria de vir tocar para nós amanhã?

Uma onda de histeria me percorre, querendo avisar que Calvin está ocupado às terças. Pelo menos, suponho que ele esteja, porque às terças ele nunca se apresenta como estudante-de-Juilliard-tocando--por-uns-trocados na estação da Rua 50. Prendo as mãos em minha boca para evitar que as palavras saiam.

— Tocar pra você? — Calvin repete, incrédulo. — Ah, vá.

— Estou falando sério — Robert diz com um sorrisinho. — Vejo você amanhã ao meio-dia.

Ainda estou acordada às 4h, sentada no sofá, com a perna saltitando.

Nada me ajudou a dormir.

Nem chá de camomila, nem uísque, nem meu vibrador rosa favorito, nem a rede de televisão pública dos Estados Unidos.

Levanto, jogo descuidadamente o vibrador debaixo de uma almofada, desligo a televisão e carrego a pilha de louça com uma mão só até a pia da cozinha.

Se eu estou assim nervosa, imagino que Calvin deve estar ficando louco. A menos que ele pense que estará tocando para tentar uma simples vaga na orquestra, o que não seria grande coisa para alguém que estudou em *Juilliard*. Claro que Calvin não faz ideia de quem vai nos acompanhar hoje: ao meio-dia ele deverá tocar não somente para Robert Okai – o regente anterior da Sinfônica de Des Moines e atual diretor musical do Teatro Levin-Gladstone –, mas também para dois irmãos que são renomados produtores da Broadway, Don e Richard Law, e o diretor do espetáculo, Michael Asteroff, os quais, de qualquer forma, haviam planejado vir se encontrar com Robert.

Uma vez que Calvin vai tocar no fosso da orquestra, Robert não terá como manter o teste em segredo. Brian e quem mais da orquestra chegar cedo também estará lá para assisti-lo, nas sombras do teatro.

Durante o jantar, na noite passada, Robert e eu conversamos, e propus que Robert apenas oferecesse o trabalho a Calvin se ele fosse realmente tão bom quanto esperávamos. Robert é o compositor e diretor musical. Ele pode decidir, não é mesmo?

Mas Robert discordou.

– A política do teatro é delicada.

Ele traria Calvin sem oferecer aos outros muita informação sobre ele. Apenas um jovem violonista, ele diria. Alguém que Holland ouviu tocar e a impressionou também. Ele diria a Michael que pretende pensar em formas de incorporar uma justaposição do refinamento e da aspereza de Calvin.

Ele veria como Calvin se sairia tocando para uma plateia intimidante. E então ele esperaria até que a ideia de chamar Calvin para assumir os solos de Seth fosse de outra pessoa.

– Não minha – ele diz e olha para mim – nem sua. Confie em mim, minha flor. Essa ideia precisa ser do Michael.

Mas não importa o que digamos aos outros, Robert, Jeff e eu sabemos que esta ideia foi minha.

Estou quase desesperada para que isso aconteça, a ansiedade é tão grande que estou radiante. Se Michael concordar, poderemos dar a parte de Seth para um violonista e eu terei contribuído de modo definitivo a este espetáculo. Não serei mais um membro secundário e inútil da equipe.

Terei, por fim, conquistado o meu espaço.

Robert me encontra do lado de fora do teatro às 11h45. Calvin chega ao meio-dia.

Meu tio capta meu olhar e sorri antes de nos virarmos, indo em direção à porta. Os bastidores não estão apinhados, mas também não estão vazios.

A maior parte do elenco chega por volta das 15h para a maquiagem e o teste de luz, mas os membros principais da orquestra geralmente chegam mais cedo às terças-feiras, depois de um dia de folga, para almoçarem juntos, afinarem os instrumentos com calma e reunirem-se com Robert.

De início, estão todos brincando uns com os outros, ninguém sente a tensão. Não é incomum Robert trazer músicos para testes depois de algum membro deixar a orquestra. Entretanto, no momento, não há outro violonista no conjunto. Quando chega a eles a notícia de que um violonista está vindo tocar, a curiosidade desponta. *Seth se foi. Luis está indo embora. E agora estamos testando um violonista?* Vejo pessoas pegando os celulares para escrever. Logo o teatro está cheio com o elenco, a equipe e a orquestra.

Brian está histérico, perguntando para cada pessoa à vista quem foi que convidou esse novo músico, o que está acontecendo e por que não lhe deram a notícia antes.

Robert não está nervoso – pelo menos, não costuma ficar assim perante coisas que não estão sob seu controle, como neste caso. Ele foi esperto em não prometer nada.

E agora ele está parado diante do fosso, conversando com Michael, ambos fingindo indiferença enquanto uma agitação ansiosa reinava ao redor deles. As portas do *lobby* abrem-se ao meio-dia em ponto, e Calvin entra, com o estojo do violão na mão esquerda e a direita enfiada no bolso dos jeans. Um silêncio abrupto recai sobre o grupo, e uma eternidade atravessa-nos enquanto o vemos caminhar do fundo do corredor até o fosso da orquestra.

Robert não se incomoda em apresentá-lo a todos, Calvin está ali para tocar apenas para ele, Michael, Don e Richard. Qualquer outra pessoa ali é mero espectador e ouvinte por opção. De onde estou sentada, na ponta das cortinas, apenas consigo ter um vislumbre do rosto de Calvin. Posso perceber que ele sente o peso de tantos olhares sobre si. Ele está um pouco curvado, sorrindo e balançando muito a cabeça. Ele passa o protetor labial duas vezes.

Quero saber que percurso ele fez até chegar aqui, a este momento. Como alguém vem da Irlanda para Juilliard e depois torna-se músico de rua e guitarrista de bandas cover?

As pessoas chegam a acampar do lado de fora do teatro para conseguir um único ingresso para assistir a *Possuído*, e pagam preços exorbitantes em sites de revenda. Que contatos ele tem para ter conseguido vir aqui sete vezes?

Ele aperta as mãos de Michael e de Robert antes de se virar e cumprimentar os mais calados e observadores, Don e Richard, depois é convidado a se sentar em uma cadeira dobrável que foi colocada bem à frente.

Calvin se senta e depois pega o violão, afinando o instrumento. Seu sorriso é fácil e contagiante. Dentro do peito, meu coração parece uma britadeira.

Dirigindo-se a Robert, ele pergunta:

— O que você gostaria de ouvir?

Robert finge pensar. Não sei o que ele vai dizer agora, mas o conheço bem o bastante e posso apostar minha vida que ele já tem toda uma lista de músicas em mente.

— "Malagueña".

Uma escolha inteligente. É uma música animada, contagiante – lembra a energia do número de abertura de *Possuído* sem ser algo que dê muito na cara. E também oferece uma boa amostra da destreza de Calvin, porque requer precisão, velocidade e algumas mudanças no ritmo.

Com um ligeiro aceno, Calvin curva-se, fecha os olhos e arranha o primeiro altissonante acorde.

Sinto o teatro prender a respiração, percebo o modo como os corpos atrás de mim se inclinam adiante para vê-lo e não apenas ouvi-lo. Vejo como as sobrancelhas de Michael estão pregadas no alto da testa, o jeito como o mal-humorado Richard soltou os braços quase sempre cruzados e enfiou as mãos nos bolsos, relaxado, balançando-se sobre os tornozelos.

Vejo Calvin impressionar a porra do teatro inteiro, e seguro minha boca com a mão. Não é estranho que neste segundo eu veja meu músico de rua, Jack, logo ali e tenha vontade de gritar? É estranho eu perceber o quanto isto significa para ele, mesmo que eu não saiba absolutamente nada a respeito de Calvin?

Tenho vontade de dançar sobre o palco, de tão orgulhosa.

Ao todo, Calvin toca três músicas e meia para Robert e os demais produtores do espetáculo. A "meia música" ocorre porque na metade de *Blackbird* Michael fica de pé e bate palmas duas vezes, dizendo:

– Acho que já ouvimos o bastante.

Ninguém responde, nem mesmo Calvin, pois isso foi muito abrupto. Tenho certeza de que quase todos aqui estão impressionados por ele ter conseguido tocar tanto.

Calvin se levanta, recolhe o violão e o estojo, aperta as mãos de novo e sai sem olhar para trás.

– Vamos subir até a sala – Michael diz, referindo-se à pequena sala de reuniões que temos no segundo andar, com uma grande mesa redonda e uma porção variada de cadeiras, algumas tão altas que parecem tronos, outras tão baixas que as pessoas que se sentam nelas ficam desejando uma almofada adicional.

Robert se vira, conduzindo Don e Richard para os bastidores. Brian os segue. Michael cumprimenta alguns membros do elenco e depois arrebanha o grupo, mas para ao se aproximar de mim.

– Você vem? – ele pergunta.

Olho por cima do meu ombro por instinto.

– Você. – Ele se inclina, seus olhos azuis piscando. – Holland.

Ele sabe meu nome?

– Posso ir, você vai precisar de fotos?

– Robert disse que você o levou para ouvir Calvin tocar. Queria saber por que você pensou em apresentá-lo.

Ele gesticula para que eu o siga, e minhas veias pulsam à flor da pele.

Sento-me à extremidade mais distante da mesa, em um dos tronos. Na verdade, eu estava desejando uma das cadeiras infantis – me deixaria mais à vontade diante desta multidão –, mas apenas me sentei antes de ponderar. E Brian, que claramente queria se sentar entre Robert e Richard, acabou ficando com a mais baixa de todas as cadeiras e agora parece uma criancinha sentada do outro lado da mesa, à minha frente.

– Holland – ele grita sussurrando, olhando incrédulo ao redor e depois de novo para mim – O que raios está fazendo aqui?

– Eu a convidei – Michael diz, tranquilo, afastando qualquer preocupação desnecessária.

– Então, Holland, conta pra gente. Quem é este cara?

Apenas AMIGOS

– Hã, bem... – Minha voz falha um pouco e sinto Brian trêmulo de irritação do outro lado da mesa. – Ele costuma tocar durante algumas manhãs na estação da Rua 50...

– Ele é um *músico de metrô*? – Brian me interrompe.

– Brian – Robert adverte com voz grave. – Deixe-a explicar.

– Eu o vi ali numa manhã quando estava indo a uma consulta no centro da cidade, e mesmo que eu não precisasse pegar o metrô porque moro a poucos quarteirões...

Robert raspa a garganta, como se dissesse "vá direto ao ponto, Holland".

– Então – digo, com minhas bochechas pegando fogo –, eu estou sempre ouvindo-o tocar. Todos que estão na estação o assistem enquanto esperam o trem. Ele é muito bom, e eu falei dele para o Robert e, hã... – Levo minha mão até a testa. Sinto-me queimar debaixo de tantos olhares. – Queria que Robert o ouvisse. E acabou que ele também estudou em Juilliard. – Na minha visão periférica, vejo Robert assentir com a cabeça, encorajando-me. – Ele é incrível, qualquer um pode ver isso.

– Ele é incrível – Don diz –, e estou feliz que estávamos aqui para ouvi-lo. Sempre é bom manter um olho em novos talentos, pensando no que pode vir pela frente.

Murcho por dentro, porque eles não parecem ter entendido nossa sugestão tácita de que trouxemos Calvin aqui pensando em *Possuído*, mas balanço minha cabeça para Don – como se minha concordância fizesse alguma diferença. Não busco os olhos de Robert, não quero ver minha frustração refletida neles.

Agora que minha parte começou e acabou, as atenções voltam-se a Robert e Brian.

Robert conta a Don as circunstâncias da saída de Seth, e Brian confirma que foi um espetáculo. Brian atualiza os irmãos Law sobre as novas partes do cenário, que foram construídas para substituir aquelas que se quebraram durante um ensaio no mês passado.

Mas durante esse tempo, Michael está fitando o tampo da mesa, pensativo, desenhando espirais com o dedo incontáveis vezes.

Perguntas são lançadas e respondidas, e tento me encolher o máximo que posso em minha cadeira. Sou uma humilde vendedora de camisetas e a arquivista desnecessária; não precisam de mim aqui. Porém, como escolhi uma cadeira no fundo da sala, seria mais chamativo eu me levantar para sair do que ficar aqui, nesta cadeira alta, ouvindo. À parte disso, ninguém parece preocupado – nem consciente – acerca da minha presença.

Exceto Brian, que pensa ser um momento ótimo para me mandar mensagens de texto.

> Não preciso lembrar você que você não deve repetir lá fora nada do que ouvir aqui dentro desta sala.

Sinceramente, essa gramática dele... Digito uma resposta rápida: "Claro.", antes de pousar meu telefone sobre a mesa com a tela voltada para baixo.

– Você acha que... – Michael começa a dizer durante um momento de calmaria na conversa e depois ri, balançando a cabeça. – Acho que Holland teve um instinto muito inteligente trazendo-o aqui hoje. – Ele levanta a mão, e eu prendo a respiração. – Escutem: ouvindo vocês falarem sobre a saída de Seth, e considerando minhas preocupações... que sei que você compartilha, Bob... a respeito de Lisa como substituta...

Há um trovão no meu peito. Levanto a cabeça e, por um instante, troco olhares com Robert.

– Acho que deveríamos considerar a possibilidade do violonista acompanhar Ramón com os solos do *Possuído*. – Michael prossegue: – Sou o primeiro a concordar que esta é uma grande despedida, e claro que a decisão é sua, Bob, mas parece que é o momento perfeito para fazer mudanças.

Mordo o lábio para evitar que meu queixo caia, e fico mirando o tampo da mesa.

Na outra extremidade da sala, Robert solta um "hum" pensativo.

– Com certeza é uma ideia interessante.

– Gosto dele – Don concorda. – Não sou o diretor musical aqui, mas não acha que a trilha sonora poderia ganhar um tom mais rústico?

– Seria surpreendente – Michael diz, exultante.

Richard concorda com a cabeça, sorrindo:

– Acho que é uma sugestão louca e *maravilhosa*. A música é sensual. E aquele garoto é *tremendamente* sensual.

Todas as cabeças voltam-se para Robert.

– Bob – Michael diz, inclinando-se para a frente. – Isso arruína sua visão da obra? Você consideraria a mudança?

Um sorriso tão breve que ninguém entenderia como mais que um tremor atravessa o rosto de Robert e então ele leva a mão até a boca.

– Um violão – diz, abafando a voz. – Um violão...

Robert olha para Michael, mas o sorriso dele é para mim.

– Holland tem mesmo uma boa intuição. Acho que Calvin e Ramón fariam um dueto brilhante!

Don tamborila com os nós dos dedos na mesa.

– Vamos ligar pra ele.

Com isso, coloco-me de pé para sair, mas Robert gesticula para que eu volte a me sentar. Não sei se ele concorda que minha saída perturbaria a reunião ou se ele quer que eu fique para degustar o momento, mas a esta altura apenas está sendo constrangedor para mim. Nem sequer tenho um caderno para fingir que estou escrevendo as atas da reunião.

Robert lê em voz alta o número de celular de Calvin, e Michael o digita no teclado do telefone posicionado sobre a mesa. Ele toca duas vezes, e meu coração agora está em minha garganta.

A voz dele soa rouca e profunda, como se ele estivesse dormindo:

– Alô?

– Oi, Calvin. É Michael Asteroff. Estou aqui com Robert Okai e os irmãos Law.

– *Ah*, oi. – Há ruídos no fundo, e apesar de ele ter saído daqui há apenas uma hora, meu cérebro pervertido o imagina sem camisa, sentado na cama, com os lençóis deslizando de seus quadris.

Por sorte, ele está sozinho.

– Que ótima apresentação – Michael diz. – Realmente esplêndida.

Calvin silencia e, quando volta a falar, sua voz está trêmula.

– Obrigado, senhor.

– Olha – Michael começa –, estávamos nos perguntando como está sua agenda para os próximos meses.

– *Minha* agenda?

– Mais especificamente, queremos saber se você se interessaria em assumir uma posição aqui na nossa orquestra. Com *Possuído*.

A essa pergunta seguiu-se um demorado silêncio.

Robert inclina-se sobre o viva-voz do telefone.

– Gostaríamos que você assumisse as partes de Seth.

– É sério?

Com isso, todos caem na risada.

– Sim. – Michael sorri. – É sério.

– Ah, eu fico lisonjeado. Eu... – Ele faz uma pausa. – Estou louco pra dizer sim.

– Então diga sim! – Richard cantarola.

Do outro lado da linha, Calvin geme.

– Só que, hã...

E nesse momento, eu sei.

Eu sei.

Eu sei.

Sei por que ele está hesitando, e só pode ser pelo mesmo motivo que ele não quis falar com a polícia na noite do meu acidente.

Apenas AMIGOS

— Eu não estou no país legalmente, sabe.

A mesa desmorona em silêncio. Michael e Robert entreolham-se, e Robert deixa escapar um suspiro vagaroso.

— Eu vim pra cá com visto de estudante e, hã, ele expirou, né. Eu não quis ir embora do país. Isso aí, que você está me oferecendo, é meu sonho.

— Há quanto tempo seu visto expirou? — Michael pergunta, anuindo para Robert como se soubesse que isto pode funcionar. — Podemos trabalhar para conseguir uma extensão, usando isto como se fosse um estágio?

Calvin silencia de novo, e acho que escuto uma risada seca através da linha.

— Vai fazer quatro anos.

Robert geme, recostando-se na cadeira. Não é incomum ter estrangeiros no elenco, isso acontece o tempo todo. E vistos para artistas proliferam em Nova York. Mas o melhor amigo de Jeff trabalha no escritório de imigração e, de tanto ouvir Jeff e Robert conversarem sobre outros artistas no passado, sei que conseguir perdão para imigrantes que ficaram seis meses ilegalmente no país é bem difícil... que dirá *quatro anos*!

Como ninguém respondeu, soa outra risada através da linha — e esta é definitivamente triste.

— Mas fico agradecido pela oferta.

SETE

Michael aperta o botão de desligar e recosta-se, apertando os olhos com os pulsos.

– Certo, tudo bem. Nem sequer sabíamos quem ele era até hoje de manhã. Temos que retomar os testes para violinista imediatamente.

As palavras são recebidas com silêncio, e os irmãos Law trocam olhares de dúvida. Percebo que Robert e eu não somos os únicos que depositamos esperanças em Calvin.

– Deve haver uma saída para isto – Don diz. – Alguns pauzinhos que podemos mover.

– Quatro anos é muito tempo... – com voz baixa e trocando olhares comigo, Robert faz uma careta. – Mesmo com nossos contatos, não tenho certeza se vamos conseguir contornar essa situação.

– Jesus Cristo! – Brian explode de sua cadeira minúscula, derrubando seus punhos sobre a mesa. – A resposta é óbvia, não é? Façam a Holland casar com o cara. De qualquer modo, eles já estão namorando há meses na cabeça dela. Dois coelhos, uma cajadada.

Deixo escapar um gorgolejo de choque e imediatamente sinto os olhares de todos sobre mim.

Todos, exceto Robert, que desliza os óculos até a ponta do nariz e fita meu chefe com um olhar sombrio.

– Brian, se você não vai nos ajudar, sinta-se livre para sair.

Brian recosta-se na cadeira, dando-me um sorriso maldoso antes de olhar para Robert.

– Se isso é tão ruim quanto você disse, se... – ele gesticula, dramático – ...você não conseguir encontrar o músico ideal em toda a cidade de Nova York, então vamos ver como os outros departamentos podem se mobilizar para ajudar a contratar seu músico de rua. Acho que deveríamos ouvir o que a Holland tem a dizer.

Robert não me dá chance de responder – não que eu tivesse a mínima ideia do que dizer.

– O seu tom está rapidamente passando do vergonhoso e chegando ao terreno do escandaloso. – A sala caiu em silêncio, cada par de olhos acompanhando a conversa, como se fosse uma partida de tênis. – Não sou apenas compositor e diretor musical deste espetáculo, mas também o tio de Holland. Sugiro que você tenha muito cuidado aqui.

Brian está furioso e ficando vermelho. Os lábios de Robert praticamente desapareceram de tão apertados. Enquanto isso, minha cabeça está girando. Estou longe de ser a pessoa favorita de Brian, mas ele realmente acha que essa é uma solução viável?

– Foi só uma sugestão – ele diz, lutando para acalmar a situação. – Todos nós aqui sabemos que você é um pensador fora da caixa, Robert. Eu estava tentando pensar em uma solução fora da caixa.

Michael decide falar:

– É um pouco mais que fora da caixa, Brian. Também é ilegal.

A cor do rosto de Brian se intensifica além do possível e ele vira seus olhos em minha direção. Brian é mesquinho e, às vezes, totalmente irracional, mas nem sempre esteve *errado* ao me criticar. Eu não pertenço a este lugar. Alguém mais qualificado e merecedor *deveria* estar neste emprego. Meu estômago revira, ácido.

Farto dessa conversa, Robert empurra os óculos de volta no rosto e observa o restante dos membros da mesa.

— Brian, você pode descer. O restante de nós precisa encontrar uma solução realista. Nosso tempo está acabando.

Sério. Que merda, Brian.

Jogo meu jantar congelado no micro-ondas e caminho pelos dez passos de comprimento da minha sala, indo e voltando.

— Que cara cuzão — rosno.

O micro-ondas apita, mas eu o ignoro e vou até a geladeira pegar uma cerveja. Abro a tampinha e bebo metade da lata antes de batê-la em cima do balcão.

Não consigo tirar esta tarde da minha cabeça nem que disso dependesse a minha vida.

Pedi licença para sair da reunião assim que eles fizeram uma pausa para o café, deixando que eles verificassem a lista de possíveis substitutos por conta própria. Mesmo sem ficar no corredor espionando, sei que estavam indiferentes quanto aos outros nomes, não importa quão talentosos fossem. Seth é um babaca, mas não há dúvidas de que tinha carisma; ele e Luis pareciam fazer um dueto perfeito quando estavam juntos. Precisamos de alguém assim para tocar com Ramón Martín — cuja voz é como geleia real — e pela fluência de sua melodia, sei que a pessoa certa era Calvin.

Pego a cerveja de novo, termino de beber e amasso a lata com a minha mão esquerda. Volto à geladeira e pego outra, fazendo uma lista mental das atuais circunstâncias:

1. Ramón começa a ensaiar em duas semanas.

2. Lisa nem sequer está reivindicando o posto de violinista principal, na verdade, ela até sugeriu outros nomes para Robert.

3. Robert trouxe Calvin para o teste depois de ouvi-lo tocar na estação por míseros três minutos. Meu tio tem um ouvido musical que ultrapassa qualquer coisa que eu já tenha visto – passei boa parte da infância na sala de concertos, ouvindo-o.

4. Sem dúvidas precisamos de Calvin.

Como Brian pôde pensar que eu faria uma coisa dessas?

Fecho meus olhos e, sentindo o calor em meu peito, me pergunto: *E se eu fizesse?*

O sono não vem.

Por volta da meia-noite, estou novamente vagando pelo apartamento.

À 1h, estou no celular, frenética, pesquisando requisitos para vistos e exemplos de leniência na imigração. Não existem muitos.

Às 2h, a bateria já está quase acabando. Constato que estou me preocupando com algo que está além do meu controle e passo a hora seguinte revirando minhas roupas e me livrando daquelas que não uso há anos.

Às 3h30, estou no chão do meu quarto, conectada ao celular de novo, que, por sua vez, está conectado ao cabo. Vasculho sites de fofocas do mundo teatral, procurando por espetáculos que perderam seus dois papéis principais de uma vez, na esperança de encontrar uma porção de produções que voltaram maiores e melhores do que nunca.

Alerta de *spoiler*: não encontrei nenhum.

Quando o céu começa a clarear, e depois de zero horas de sono, sinto-me um pouco maluca, e a sugestão de Brian soa menos tresloucada.

Os cabides balançam na haste enquanto observo o teto do meu armário. Exausta e além de qualquer pensamento racional, decido fazer outra lista, desta vez com os prós e os contras de me casar com Calvin. Essa atividade poderia ser levada mais a sério se eu não estivesse trajando meu vestido velho de madrinha e um par de chinelos Valentino que comprei em uma liquidação em Chinatown no verão passado.

– Pró: ele é lindo. – Sento-me, procurando algo para escrever dentro de uma bolsa descartada. – Vamos começar por aí.

A parte de trás de um envelope serve, e acrescento o primeiro item na coluna dos "prós".

Contra: eu não o conheço.

Contra: essa ideia tem vários tons de ilegalidade.

Ai. Este aqui é dos grandes. Volto rapidamente para a coluna dos prós.

Pró: Robert realmente quer dar o papel a Calvin, mesmo que ele não queira admitir.

Pró: adoro o Robert mais que minha própria vida.

Pró: Calvin foi feito para este papel. Sei disso.

Pró: Robert fez mais por mim que qualquer outra pessoa. Esta poderia ser minha chance de recompensá-lo. Quando terei uma oportunidade assim de novo?

Pró: não faço ideia de que outra forma isto poderia funcionar.

Há outra coisa dentro de mim, encorajando-me a ir adiante. Por que será que tenho vontade de saltar de cabeça nisto sem sequer olhar? Releio a lista e descubro o que está faltando. Mesmo na minha cabeça, minha voz soa como um sussurro envergonhado:

Pró: eu meio que quero fazer isto.

Contra: mas não seria patético? Depois de tanto tempo que tenho esta quedinha por ele?

Não deveria confiar em meu cérebro apaixonado, preciso de reforços. Não posso telefonar para Robert e, definitivamente, não posso telefonar para Jeff. Ele me esfolaria viva por apenas sugerir algo assim. Nem vou me dar ao trabalho de telefonar para Lulu, porque ela já quer que eu vá trabalhar como *pole dancer* para dar a ela histórias que a ajudem a *criar empatia* e se *conectar* nos seus testes de atriz. Não preciso nem perguntar, sei que posso colocá-la na coluna Caralho, Casa Logo Com Ele.

Então faço o que sempre fiz nessas situações: quando não posso conversar com Robert, ligo para o meu irmão.

Dezenove meses mais velho do que eu, Davis é caixa de banco em Milwaukee durante o dia e um fanático por rugby no restante das horas.

Enquanto Robert e Jeff são cultura e refinamento, Davis é lama, cerveja e salgadinho de queijo. Nunca ocorreria a ele deixar uma barba crescer por estar na moda; tanto é que ele cultivou uma barba nos tempos da faculdade, anos antes da aparição dos *hipsters*, simplesmente porque era preguiçoso.

Faço a ele o favor de esperar um par de horas, de modo que, quando ele atende o telefone às oito, digo apressada:

— Acordei você?

— Holls, a maioria de nós não começa a trabalhar no meio da tarde.

— Certo, certo. — Começo a andar pela minúscula cozinha. — Preciso de um conselho seu. Robert levou o músico de rua para tocar ontem...

— O Jack? — David pergunta, e depois morde alguma coisa crocante do outro lado da linha. Aposto que não é uma maçã de café da manhã, mas salgadinho Cheetos.

— O nome dele é Calvin.

— Quem é Calvin?

— O músico do metrô.

— Mas você não estava falando do outro, o Jack?

— Ah, meu Deus, Davis!

— O quê?

Apenas AMIGOS

Fecho os olhos, recostando a cabeça no sofá.

Tem algo me cutucando no sofá, procuro e encontro o meu vibrador. Ótimo! Este é um momento perfeito para sentir todo o poder da minha solteirice. Enfio-o debaixo de outra almofada.

– O Jack e o Calvin são a mesma pessoa – explico. – Eu não sabia o nome dele, lembra? E, no fim das contas, é Calvin.

– Ah, entendi, entendi. – Um saquinho faz barulho do outro lado da linha. – Então, onde Robert quer que ele toque?

Gemo.

– No teatro. Só escute, tá bem? Vou contar tudo. – Davis tem esse jeito distraído de conversar enquanto vê televisão ou joga no celular, e isso me dá vontade de gastar meu precioso dinheiro com uma passagem para Milwaukee apenas para dar um tapa nele. – Então, Calvin é o músico de rua. Descobrimos que é irlandês. E estudou em *Juilliard*. – Espero, mas Davis não responde a nada disso, então continuo: – Robert o levou até o teatro ontem para tocar, e ele é incrível. Todos queriam que ele entrasse para a orquestra.

Ele murmura:

– Certo. – Depois ri de alguma coisa passando na televisão.

E eu preciso do cérebro dele prestando atenção em mim. Apesar de dizer que ele é um brutamontes fã de rugby, Davis é afiado como uma faca. Então eu retalio com força, usando o apelido que ele mais odeia:

– *Dave*.

– Eca. Credo, Holland.

– Desliga o *Big Brother*. Me escuta.

– Estou vendo o programa do John Oliver da noite passada.

– Mas você pode me ouvir? O asqueroso do Brian sugeriu que eu me casasse com o Calvin para que ele possa entrar no espetáculo com o Ramón Martín.

O som da televisão desaparece ao fundo e a voz de Davis retorna, mais forte:

– Ele *o quê*?

– O Calvin está no país ilegalmente – explico –, e como vai ser muito difícil arranjar uma extensão para o visto dele, vencido há quatro anos, Brian sugeriu durante a nossa reunião que eu poderia me casar com ele, apenas durante a temporada do musical.

– Você *não pode*...

– Davis – digo, fracamente –, apenas me deixe terminar de explicar todos os lados da questão, está bem?

Pergunto-me se não estou fazendo uma enorme besteira. Davis é meu parceiro e, de várias formas, meu maninho tranquilão, mas dentro daquele peito avantajado bate um coração leal à sua família como é raro de se ver nos dias de hoje. Como posso admitir que não odeio a perspectiva de me casar com Calvin nem sequer um pouquinho? Afinal, estou apoiando a ideia de me casar com um desconhecido sem o menor benefício para mim. Pelo menos no filme *Green Card*, Andie MacDowell conseguiu a maldita estufa.

– Robert disse não – eu o asseguro. – Não queria nem pensar nisso.

– *Bom* – Davis interrompeu, afiado.

– Mas... fiz uma lista, Davis, com os prós e os contras...

– Bom, quero dizer, *já que você tem uma lista*, vamos considerar, *claro*.

– Você pode calar a boca? Eu sei que vai soar louco, mas você não ouviu o Calvin tocar e... nunca ouvi nada parecido na minha vida. E olha que nem sequer sou musicista, mas estou obcecada. Ele é perfeito para o espetáculo.

– Holland, você está mesmo considerando fazer isso? Gosta tanto assim dele?

Hãããã.

– Me sinto atraída por ele – admito –, mas não é como se eu *o conhecesse*. Não é sobre isso.

– Então sobre o que é? Você nem está tão devotada assim ao *Possuído*. Sempre tive a impressão de que esse é só mais um emprego pra você.

Apenas AMIGOS

Hesito.

– Quero fazer isso pelo Robert. Acho que é a oportunidade de recompensá-lo por tudo que ele fez por mim.

– Recompensar? – Davis repete. – Você *trabalha* lá. Você não deve sua virgindade a eles.

Isso me faz rir.

– Certo. A menos que eles tenham uma máquina do tempo para retrocedermos até 2008, no porão do Eric Mordito, acho que esse passarinho já bateu asas.

Ele leva alguns segundos para fazer a conta, e então:

– Credo, Holls. *Mordito?* Eric e eu dividimos uma roda de ceramista no segundo ano do ensino médio.

– Acho que você não entendeu aonde quero chegar – digo. – A única razão para eu ter este trabalho é Robert. O espetáculo pode falir sem um novo astro. Robert investiu tanto nisso; se não der certo, isso pode arruinar a reputação dele. Não posso deixar.

Depois de alguns instantes de silêncio, Davis pergunta:

– Você está pedindo minha benção ou meu conselho?

Fecho os olhos, levantando meu rosto na direção do teto.

– Os dois?

– Olha, Holls – ele diz, mais gentil agora. – Eu entendo. Sei que você e o Robert são superpróximos, e sei que às vezes se sente culpada por trabalhar lá e morar no apartamento. Mas isso me parece extremo, extremo *demais*.

Precisei ouvir essas palavras vindas dele para compreender o que realmente me trouxe até esse ponto. Isto não é algo que eu normalmente faria. Sou uma covarde para assumir riscos; e já estou entediada demais com a minha vida, e olhe que tenho apenas 25 anos. Talvez a razão de eu não conseguir escrever sobre vidas ficcionais é que eu não esteja *vivendo*.

– Acho que é isso que torna tudo tão interessante. Parece uma coisa louca a fazer, e eu estou precisando de um pouco de loucura.

– Bom, *aí está!* – ele diz, rindo. – Meu conselho, claro, é que não faça isso. – Davis faz uma pausa. – Mas parece que você já se decidiu, não é?

Não consigo nem dizer em voz alta.

Será que estou louca?

Meu irmão mais velho suspira devagar do outro lado da linha.

– Apenas garanta que estará segura, ok? Dê uma boa checada nele, arrume um cão de guarda ou algo assim, antes de trazer um elefante para dentro da loja de cristais da sua vida, mulher.

– E...

– Não se preocupe. Não vou contar nada à mamãe e ao papai.

OITO

Em toda a história dos transportes metropolitanos de Nova York, ninguém demorou tanto para descer um lance de escadas. Pelo menos, é essa a sensação enquanto desço os degraus um por um, empurrada de um lado para o outro pelos apressados usuários do metrô tentando se desviar de mim.

Como você já deve ter adivinhado, estou parando. Será que o teto sempre foi deste tom de cinza? Não sabia que a iluminação da estação foi trocada. Como foi que nunca notei a textura desta pintura?

– Ah, não é uma pintura.

Então, feito uma provocação sobrenatural, a música de Calvin eleva-se como se acenasse para mim.

Chego ao final da escadaria e o vejo ali, curvado sobre o violão, absorvido pela música. Cada vez que eu a ouço, sinto-me uma garrafa de refrigerante sacudida e prestes a explodir. Dentro de mim, tudo fica apertado, como se estivesse sob pressão.

O caos da movimentação do fim da manhã dá a sensação de estar em meio a uma gigante fazenda de formigas, e as pessoas disparam entre nós e pelos lados, em revoadas por todas as direções.

Ele ainda não me viu, e não levanta o rosto enquanto termina uma música e começa outra. Atravesso para me colocar na frente dele, soltando as primeiras palavras que me vêm à mente:

– Quer almoçar?

Mesmo aqui soa como se eu tivesse gritado. Minha voz eleva-se acima do barulho rangente dos trens.

Calvin levanta o rosto e suas notas dispersam-se antes de tanger as cordas uma última e dramática vez.

– Adorável Holland. Como vai?

Sou recompensada com um sorriso que surge em um canto e cresce para a boca inteira.

– Desculpe. O que você disse?

Engulo a saliva, com vontade de levar minha mão enluvada até a testa; tenho certeza de que estou suando.

– Perguntei se você quer sair pra almoçar – repito, imaginando se ele não estaria zombando de mim.

Ele hesita, e seus olhos correm ao nosso redor antes de pousarem no meu rosto.

– Almoçar?

Rápido, alguém: passem-me o controle remoto. Preciso apertar o botão de rebobinar.

Em vez disso, meneio a cabeça:

– Almoço. Comigo. Comida. Meio-dia?

Ah, Holland.

Imagino Lulu horrorizada ao meu lado. Suas sobrancelhas artísticas e grossas estariam empinadas, e seus olhos castanhos estariam se revirando. A Lulu imaginária diria, daquele seu modo pausado: *Ai meu Deus, Desgraçalândia*. E a eu imaginária viraria para ela, rosnando: *A gente concordou sobre isto, sua tonta*.

Calvin ri de um jeito doce e ao mesmo tempo hesitante, como se ele desconfiasse que eu já soubesse sobre seu visto vencido, mas não estava certo sobre qual era a minha finalidade aqui.

— Claro.— ele pisca os olhos pra mim — Agora? Podemos sair pra comer.

Na hora em que chegamos ao restaurante, até a Lulu imaginária me abandonou. Quando a recepcionista nos pergunta o básico:
— Mesa para quantos?
Reajo como se esta fosse minha primeira aventura na companhia de alguém.
— Dois. É. Nós dois. Eu e ele. Podemos nos sentar num lugar mais afastado? Quero dizer, com um pouco de privacidade ou...?
A recepcionista paralisa com sua mão flutuando acima da pilha de cardápios. Sinto o peso gentil da mão de Calvin no meu braço, e ele raspa a garganta.
— Gostaríamos daquela cabine no canto, por favor.
Ele abaixa o tom de voz para que apenas eu possa ouvir:
— Então a moça solicitou *privacidade*, pois não?
Meu rosto arde enquanto ela nos conduz até a mesa, sentamo-nos calados e enfiamos o nariz nos cardápios.
Olho de relance a monstruosa lista de opções e decido pedir nhoque. Provavelmente eu iria preferir a spanakopita ou uma salada, mas ao me imaginar enfiando enormes punhados de alface na boca — ou pior, puxando tirinhas de espinafre presas nos dentes enquanto faço um pedido de casamento a um desconhecido — uma gargalhada histérica borbulha na minha garganta.
Apenas então me dou conta da enormidade do que estou prestes a fazer. Se Calvin disser sim, terei de encontrar um jeito de explicar isto a meus pais e ao resto dos parentes...
Ou esconder indefinidamente. Davis aproveita cada oportunidade que tem para me dizer que estou vivendo uma vida impossível em Nova York, e que eu deveria me mudar de volta para casa e fazer algo

com minha formação. Fazer algo da *vida*. Meus pais sempre o repreendem, lembrando que sou a caçula da família e ainda não encontrei meu lugar no mundo.

Não acho que me casar com um estranho seja o que eles querem para mim.

Minha outra preocupação é que se Calvin disser sim... estaremos casados. Marido e mulher. Teremos de morar juntos... proximidade, nudez e minhas fantasias com ele se tornando algo quase impossível de conter.

Calvin coça o queixo e desliza um dedo pensativo naquele pedaço de pele logo abaixo da orelha, para cima e para baixo, para cima e para baixo. Sinto como se fosse no meu próprio rosto, como se nossos nervos estivessem conectados.

Já estive com uma boa variedade de caras, claro, mas meu tipo sempre acabava sendo o nerd desligado da aparência. Nunca saí com alguém do planeta do Calvin. Imagine eu: blusas de gola rulê e sapatos confortáveis. Imagine ele: camadas de camisas artisticamente combinadas e os jeans onde ele se enfia a cada manhã. Seu jeito sexy e desleixado é uma ventania na mata incendiária dos meus pensamentos.

Se pelo menos eu tivesse sido mais sensata hoje. Deslizo na cadeira, arrumando minha saia. É de um tecido terrivelmente barato e flácido, que em contato com o assento de vinil começa a subir por minhas coxas, expondo minha bunda. Estou vestida com ela porque esta manhã achei que devesse ficar mais bonitinha e diferente usando meia-calça mostarda e botas, mas Calvin está dando muito mais atenção ao cardápio do que a mim. Desconfio que meu esforço foi em vão.

– Spanakopita ou salada? – ele devaneia.

Rio ao perceber como nossos cérebros terminam no mesmo lugar, embora o meu tenha feito uma curva e se embrenhado no terreno do "coma com elegância". Os homens apenas... nunca fazem isso.

– Vou pedir nhoque – sigo.

Por fim, ele olha para mim e sorri.

Apenas AMIGOS

– Isso parece bom também.

Fazemos nossos pedidos e conversamos trivialidades sobre o clima, os turistas e nossos trechos favoritos de *Possuído*, até que um silêncio significativo recai entre nós... e não há nada mais a fazer senão ir logo ao que interessa.

Ajeito o guardanapo sobre meu colo.

– Tenho certeza de que você achou esquisito meu convite para almoçar.

– Não esquisito. – Ele dá de ombros. – Bacana. Inesperado.

– Sua música foi sensacional outro dia, no teatro.

Quando digo isso, é quase como se alguma coisa o aquecesse por dentro.

– Obrigado. Sei que vai soar trivial, mas foi uma honra tremenda receber a ligação com a oferta daquele papel. – Ele para, afundando e depois içando seu canudo no copo d'água, distraído. – Imagino que você ouviu por que tive que recusar.

Confirmo com a cabeça e, por um intervalo de duas respirações, ele parece arrasado. Então, sua postura relaxa de novo e seu sorriso retorna.

– É... meio que por isso que vim ver você hoje – digo. O pedaço de pão que comi se aloja em um nó desconfortável no meu estômago. – Então. Calvin.

Os olhos dele faíscam.

– *Então*. Holland.

Nossa comida chega e quebra a tensão. Calvin se inclina, garfando uma porção de alface e manobrando habilmente boca adentro. Dentes e queixo: imaculados. Ele olha para mim, aguardando.

– O que estava dizendo?

Limpo a garganta.

– Robert ficou bastante impressionado com você.

Ele cora, mastigando e engolindo.

– É mesmo?

– Sim. Todos eles ficaram.

Ele abocanha a comida com um sorriso.

– É muito bom ouvir isso.

– Estou pensando... Eu acho que sei de uma solução.

Ele paralisa.

– Uma solução? Você tem um amigo na guarda de fronteira, é?

– Ramón Martín assume o espetáculo em duas semanas – começo, e Calvin está meneando a cabeça – para uma temporada de dez meses. Eu estive pensando... se você... se nós...

Ele continua me olhando, sem se mover. Quando não termino a frase, as sobrancelhas dele lentamente sobem.

Engulo em seco e derramo as palavras, apressada:

– Estive pensando que *agentepodiasecasar*.

Calvin recosta-se no assento, surpreso.

Olho para as outras mesas, um pouco insegura. Será que ele vai achar isto não apenas bizarro, mas categoricamente imoral?

Ele abaixa o garfo.

– Ah, é, por que não? É apenas o Sagrado Matrimônio. – Ele inclina a cabeça para trás e deixa escapar uma risada deliciosa. – É óbvio que você está brincando, né?

Ah, Deus. Alguém me arranque deste restaurante imediatamente.

– Na verdade, não.

– *Você* – ele diz sussurrando – quer se casar *comigo*? Por causa disto?

– Não indefinidamente, mas por um ano e pouco. Quero dizer, até que a temporada termine e depois... podemos fazer o que quisermos.

As sobrancelhas dele desmoronam enquanto ele raciocina.

– E Robert está tranquilo com isto?

– Hum... – Mordo o lábio.

Os olhos de Calvin se arregalam.

– Ele não sabe que você está me pedindo, não é?

Apenas AMIGOS

– É claro que não sabe. – Engulo minha ansiedade com outro gole d'água. – Ele tentaria me impedir.

– É, eu imagino. E que faria algo ainda pior comigo. – Ele balança a cabeça, ainda ostentando um sorriso embasbacado. – Nunca conheci alguém que gostasse tanto da minha música que quisesse se casar com ela.

Luto para salvar minha dignidade aqui:

– Robert jamais diria, mas sei que ele quer você no espetáculo. Vi o rosto dele enquanto você tocava. – Não sei como dizer a próxima parte sem soar patética, então apenas solto: – Mais que um tio, Robert tem sido um pai para mim. Cresci vendo-o reger e compor. Música é tudo pra ele, e o motivo de eu levar a vida que levo é porque ele toma conta de mim. Quero fazer isso por ele.

Calvin acha isto heroico ou patético, não consigo dizer apenas por sua expressão.

– E... eu realmente adoro sua música. Também percebo o quanto ela significa pra você.

Calvin se curva, comendo outro bocado de salada. Enquanto mastiga e engole, ele me estuda.

– E você está fazendo isto por mim?

– Quero dizer – mortificada, defendo-me: – a menos que você seja um criminoso foragido.

Com uma ligeira careta, ele pega o copo d'água e o esvazia em poucos goles, enquanto isso meu estômago dá cambalhotas.

– Uma vez eu roubei um pacotinho de balas – ele comenta, distante. – Eu tinha 10 anos. Mas ninguém saiu ferido.

Deixo escapar uma risada trêmula.

– Acho que posso superar isso.

Ele anui, lambendo os lábios antes de levar o guardanapo à boca.

– Você está falando sério.

O tempo parece passar mais devagar, curvando-se em uma bolha surreal.

– Acho que sim?

Isso provoca um sorriso nele, e depois noto como os olhos dele examinam meu rosto inteiro.

– E como isto funcionaria? Em teoria?

Meu estômago, caído ao chão, lentamente volta para o lugar de costume.

– De acordo com o que sei, vamos precisar preencher uns formulários, fazer entrevistas. – A informação mais importante sai um pouco esganiçada: – Você moraria comigo. Digo, você dormiria no meu sofá, provavelmente... é o jeito de fazermos isso. Não, *aquilo*, mas isso. – Raspo a garganta. – Dormir.

Calvin pondera, sorrindo para a mesa.

– Você tem gatos?

Fico piscando.

– Gatos?

– Sou alérgico.

– Ah. – Franzo a testa. É sério que é nisso que o cérebro dele pensa primeiro? O meu já foi logo para a pele nua e os gemidos de prazer. – Sem gatos.

– Que bom. – Ele revira alguns pedaços de alface em seu prato, levanta uma rodela de tomate e a deixa cair de novo. – Um ano?

Meneio a cabeça.

– É, a menos que a gente não queira por todo esse tempo.

Ele funga, remexendo os talheres, arrumando-os sem parar ao lado do prato.

– E quando faríamos isso?

– Logo. – As palavras saíram mais rápido do que eu gostaria, mas sigo em frente: – Não podemos esperar muito por causa dos papéis da sua contratação. Definitivamente, tem que ser antes do Ramón começar.

Ele meneia a cabeça, mordendo o lábio inferior.

– Certo. Então o mais breve é o melhor.

Perco o fôlego. Isto quer dizer que ele está mesmo ponderando?

– Então a gente se casaria e eu entraria para o espetáculo? – ele pergunta. – Bem assim?

– Acho que sim. Você realiza o seu sonho e Robert ganha seu músico novo.

– Eu também teria uma linda esposa. E o que você teria? Além de um marido músico famoso na Broadway, quero dizer.

Ele me acha linda? Nossos olhares se cruzam demoradamente por cima da mesa, não estou piscando, mal respiro.

– Eu conseguiria ajudar meu tio. Devo muito a ele.

Convenientemente, deixo de fora a parte em que eu poderia ver Calvin todos os dias – *e não será nenhum sacrifício* – e ouvi-lo tocar, estar perto dele. Sim, eu o desejava meses antes de sequer nos falarmos. Ele é tão cheio de alegria e paixão, tão engraçado. Jamais poderia ter previsto que acabaria ainda mais atraída por ele agora que nos falamos. Ele é espirituoso. Supertalentoso... mas não arrogante. *Sexy demais.*

Calvin abaixa o rosto para sua salada e eu posso adivinhar que ele está revisando esta oferta maluca. *Ah, meu Deus, ele acha que sou um caso psiquiátrico.*

Meu estômago parece digerir uma pedra.

– Holland – ele diz, devagar, adquirindo um tom mais sombrio que o anterior. – Aprecio sua oferta, de verdade, mas acredito que esse é um fardo que você realmente não devia carregar. Eu não estava apenas querendo agradar quando disse que você é linda, porque você realmente é. E se você encontrar alguém nos próximos meses e quiser namorar com ele?

É difícil me imaginar desejando outra pessoa que não seja ele agora. Mas talvez ele esteja perguntando isso de sua própria perspectiva. Talvez ele não queira se ver preso a uma situação em que não possa namorar e dormir com outras mulheres.

– Sim, quero dizer... se você quiser sair com outras mulheres nesse período... talvez possa ser discreto?

– Caramba. Não. Não, Holland, não foi isso que eu quis dizer. Isto está além da generosidade. Ainda estou atordoado que o Robert Okai me queira no espetáculo... que *eu* o deixei impressionado. Mas você querendo tornar meu sonho possível? – Ele deixa escapar um suspiro longo e controlado.

Não sei mais o que dizer. Coloquei todas minhas cartas na mesa e estou segurando a respiração por todos esses longos e dolorosos instantes, apenas esperando para ouvir o que ele diz.

Por fim, ele levanta o guardanapo e desliza sobre a boca, antes de recolocar o pano de modo arrumado no descanso de mesa. Seu rosto explode com um sorriso.

– Eu topo, Holland. Com uma condição.

Sinto minhas sobrancelhas desaparecerem nos meus cabelos.

– *Uma condição?*

– De eu levar você pra sair.

Assinto, querendo que ele elabore. Quando ele não faz isso, olho ao redor do restaurante.

– Você diz... sair, como um namoro?

– Me chame de antiquado, mas gosto de namorar uma garota antes de casar com ela. Além disso, para fazer esse seu plano dar certo, suponho que precisamos parecer apaixonados? – Quando concordo, ele continua: – Saia comigo amanhã à noite e vamos descobrir se podemos suportar ficar perto um do outro. Você não vai me querer no seu apartamento se não puder me aturar em um bar.

Ele tem razão, mas eu rio das palavras que ele usou.

– Aturar você em um bar? Está tentando me desencorajar?

Calvin inclina-se para a frente:

– Nem um pouco. – Seus olhos fixam-se na minha boca e sua voz fica mais baixa e gentil: – Ademais, uma coisa assim tão importante precisa de um período de consideração de pelo menos vinte e quatro horas, certo?

Engolindo, falo, com a voz trêmula:

– Com certeza. – Estamos falando de um casamento de fachada, mas me sinto como se tivesse acabado de passar por uma rodada estonteante de amassos.

Endireitando-se, ele acena para o lugar na mesa onde meu celular está, e eu o passo para ele. Ele escreve algo e, um momento depois, o celular dele vibra com o recebimento de uma mensagem de texto.

– Pronto. – Ele desliza o celular de volta para mim. – Vou mandar os detalhes e a gente se vê amanhã à noite.

Devo me encontrar com Calvin no terminal 5 às 20h em ponto.

Estou mais hábil em lidar com o gesso agora e consigo me vestir sozinha. Escolho jeans rasgados e largos pela facilidade para ir ao banheiro, um suéter preto e minhas botas favoritas.

Do trem até o bar na Avenida 11 é uma longa caminhada, mesmo para os padrões nova-iorquinos. Peço para o táxi me deixar no terminal, o mais perto possível que a multidão permite, e mando uma mensagem para Calvin dizendo que estou aqui.

Com o braço levantado, acenando, ele atravessa a rua em frente ao prédio, suas pernas compridas cobertas por um jeans escuro e uma jaqueta cinza sobre a camiseta branca. Os cabelos dele estão reluzentes sob o letreiro de neon, e quando ele está perto o suficiente para pegar minha mão e me guiar para dentro, sinto cheiro de sabonete e amaciante de roupas. Dou-me exatos três segundos para imaginar a sensação de apertar meu rosto em seu pescoço e inspirar seu perfume.

– Isso está bom pra você? – ele pergunta.

CHRISTINA LAUREN

Levanto meus olhos para o rosto dele e depois analiso os arredores, observando este lugar pela primeira vez. Calvin conseguiu ingressos para nós em um show que, de acordo com o aviso pregado do lado de fora da bilheteria, está totalmente esgotado.

– Você está se exibindo, não é?

Ele estoura um sorriso, um som delicioso.

– *Com certeza* estou.

Deixamos os casacos na chapelaria e seguimos em direção ao balcão lustroso com vista para o palco e para a plateia geral logo abaixo.

Há um andar idêntico acima, com grade de aço industrial, um bar, banheiros e pequenos amontoados de sofás espalhados por ali.

– Estamos aqui para assistir? – pergunto, olhando a enorme esfera espelhada de danceteria suspensa no centro daquele enorme teto.

– Ou você vai tocar?

– Vou tocar por uma rodada. Este é um festival em miniatura. Uma das bandas em que toco foi convidada. – Calvin paga nossas bebidas e entrega o meu copo antes de nos levar a uma área VIP, isolada, perto da grade. – Desta vez não vai ter calças de vinil nem brinquinhos de pingente, prometo.

Rio e observo por cima da grade. O saguão está começando a lotar. Os sortudos que já conseguiram entrar estão se apinhando perto do palco.

– Vocês não estavam nada mal, apesar de toda aquela lycra estrangulando virilhas. Em quantas bandas você toca?

– Depende – ele diz –, mas são quatro no momento. O mais engraçado é que os caras da calça justa se viram muito bem sozinhos. Só me chamaram para a banda poucas semanas atrás, depois que o guitarrista deles arruinou a coluna dando um chutinho acrobático para o alto. – Ele dá um gole em sua bebida e uma rodela de limão briga com os cubos de gelo. – O pagamento é bom, então não fiz muitas perguntas.

– Você tem uma favorita?

– Só quero tocar. – Ele olha para mim, com seus olhos amplos e sinceros. – É tudo o que sempre quis. – O modo como ele pronun-

88

Apenas AMIGOS

cia as palavras toca um ponto sensível no meu peito, aquele mesmo ponto que vê meu notebook enferrujar debaixo de uma pilha de panfletos de restaurante e correspondência inútil. Meu diploma jaz esquecido na caixa debaixo da minha cama. Música é a paixão de Calvin e ele encontrou um meio de viver disso, não importa como. Sempre fui obcecada por palavras. E por que não consigo escrever uma sequer?

– Então, o que você faz no teatro exatamente? – Ele cutuca de leve meu cotovelo com o seu. – Além de vender camisetas e descobrir talentos, quero dizer.

Deixo minha bebida descansar sobre a mesa de metal entre nós, perto do lugar onde alguém escreveu o lema da cultura *rave: pureza, amor, unidade, respeito.*

– Sou basicamente a estagiária. Tiro fotos do palco e trabalho na parte da frente da casa.

Ele mexe o copo diante dos lábios e bebe, sorrindo sobre a borda.

– Bacana.

Acho que ele acaba de contar uma grande mentira. Calvin, tão talentoso e apaixonado pelo que faz que resolveu ficar aqui ilegalmente na esperança de arrumar um trabalho, diz a mim – uma garota de 25 anos, vendedora de camisetas – que meu trabalho é *bacana*. Isso quase faz com que eu me sinta ainda mais envergonhada.

– Não é o que quero fazer para sempre. É apenas o que estou fazendo por enquanto.

Ele abre a boca para dizer algo no mesmo momento em que as luzes da casa apagam e a iluminação do palco fulgura.

O primeiro show é de um grupo de música eletrônica. Três DJs ficam no palco, cada um atrás de seu notebook e de vários *mixers*, com as cabeças curvadas e sumidas debaixo de enormes fones de ouvido. O público estremece como uma erupção ao som da primeira batida, e mesmo eu, que não estou acostumada com esse gênero de música, entendo-os totalmente. Há um barato que paira nesses shows presenciais, uma energia coletiva que permeia a multidão de pessoas reunidas ali por um motivo em comum. A batida se impõe sobre a melodia e depois abaixa, o público pula e balança como ondas na água.

Observo Calvin com seus olhos fechados e o corpo se movendo no ritmo da batida, absorvido na melodia assim como todos os outros. Fecho meus próprios olhos e me permito dançar. O baixo é tão alto que parece uma pulsação monstruosa me atravessando inteira. No momento em que a última música termina e as luzes se acendem de novo, estou vermelha.

— Eles são muito bons — digo, terminando minha bebida. — Eu nunca teria rotulado você como o cara da música eletrônica.

— O que acontece com esse tipo de música é que se você simplesmente ficar parado ouvindo, nunca vai gostar. Você precisa se tornar parte dela, parte da festa. Acho que é por isso que eu gosto tanto. — Ele checa rapidamente o relógio em seu pulso. — Escuta, é quase hora da nossa apresentação. Você vai ficar bem aqui?

— Com certeza.

— Vamos tocar três músicas, então, se você quiser descer na última, posso encontrar você no camarim.

Concordo com a cabeça e sorrio para ele.

Estou mesmo aqui? Saindo com o *Calvin*?

Sinto-me tonta por um momento. Estamos negociando nosso casamento.

A mão dele envolve a parte alta do meu braço e aperta com delicadeza.

— Tem certeza de que vai ficar bem?

— Sim. — Afasto uns fios de cabelo do meu rosto e noto que ele está olhando para os meus lábios. — Isto tudo é meio surreal.

— Eu sei. — Ele se interrompe. Parecia prestes a falar algo sobre isso, mas no final, apenas me diz: — Vou dar seu nome a eles e nos vemos daqui a pouco.

— Boa sorte.

Ele responde com um sorriso e inclina-se, pousando um beijo na minha bochecha que quase me aniquila, antes de seguir na direção das escadas.

A banda do Calvin entra cerca de vinte minutos depois. Quando ele olha para o alto, afinando a guitarra, e acena para mim, meus joelhos ficam bambos.

Ele estava certo sobre o visual deles, nada de calças de vinil. São quatro caras no total, todos em graus variados de jeans *skinny* surrados e camisetas de bandas *vintage*, todos eles eram gatos.

Calvin está tocando uma guitarra que nunca o vi usar antes – parece um violão acústico, mas fica conectada a um amplificador enorme perto de seus pés.

Com os primeiros acordes da música de abertura, já sou capaz de dizer que esses caras são bons. O vocalista é um barítono rouco, mas que impressiona nos agudos. As músicas são curtas e variam de indie rock até rock pesado, e cada uma oferece uma oportunidade para Calvin mostrar toda a sua fluidez na guitarra.

Diferente de como ele faz na estação, aqui Calvin está tocando para seu público. Ele dá sorrisos perversos, levanta seu queixo cumprimentando as mulheres que gritam na beira do palco, e se posiciona debaixo dos holofotes durante seus solos. Essa é uma versão tão diferente dele – e, mesmo assim, tão obscenamente sexy – que mal consigo desviar os olhos.

E não sou a única. Uma garota de cabelos platinados e argola no nariz está parada perto de mim na grade, seu olhar cravado no palco.

– Aquele é o guitarrista novo?

E a garota perto dela também está impressionada.

– Meu Deus.

— Será que ele vai ficar pra festa depois do show? Porque, se ele ficar, eu também fico.

Ouvindo isso, eu resolvo me apressar pelas escadas e seguir para a entrada dos camarins.

— Hã, sou Holland Bakker? — digo ao segurança. — Preciso me encontrar com o Calvin McLoughlin.

Ele olha para mim — sério, acho que ele tem mais de dois metros de altura — e verifica sua lista. Com um suspiro aborrecido, ele pisa para o lado, deixando que eu passe.

Calvin está voltando do palco e encontra-me no mesmo momento.

Tendo conhecido Robert minha vida inteira e trabalhado no teatro nos últimos anos, estou acostumada com a adrenalina das apresentações. É um barato tão bom quanto de qualquer outra droga, e é a única explicação que consigo encontrar para o modo como os olhos de Calvin se acendem quando ele me vê, o modo como ele vem direto na minha direção e me levanta com um abraço apertado e suado.

— Conseguiu ver tudo lá de cima? Como estava o som? — ele pergunta, eletrizado.

— Foi incrível. — Estar assim tão perto dele me deixa verdadeiramente tonta. Agora sei como o peito dele é firme e como são fortes as suas mãos.

Ele me coloca no chão de novo.

— É?

Nem preciso simular minha falta de fôlego.

— Você estava incrível.

— McLoughlin.

Calvin se vira e encontra o vocalista, parado perto dele.

— Devon, oi.

— Obrigado por vir apesar do convite em cima da hora. Estaríamos fodidos sem você.

— Sem problemas. — Calvin escorrega o braço ao redor da minha cintura e me puxa para perto. Meu suéter levanta um pouco e sinto a

Apenas AMIGOS

mão dele na minha pele, deixando-me superconsciente do contato de cada um de seus dedos como se eles estivessem sobre os meus seios.

– Adorei o convite.

Devon esfrega o rosto com uma toalha e a joga sobre o ombro.

– Você gostaria de entrar como membro permanente da banda?

Calvin leva um momento para pensar antes de olhar para mim. Ele pisca e um naco de silêncio passa entre nós, suponho que ele está perguntando: *Então? Vamos mesmo fazer isto?* Os dedos dele massageiam minha cintura como um lembrete de que, não, ele não está querendo me pressionar.

Engulo em seco e dou a ele um sorriso que diz: *Dane-se todo o resto, vamos fazer isto sim!*

Calvin se vira para Devon.

– Dev, esta é minha noiva, Holland. Holls, este é Devon.

Holls.

Noiva.

Agora eu morri.

Os olhos de Devon desaparecem debaixo de sua cabeleira estilizada e suada antes de ele estender a mão, e eu retribuir com um aperto de mãos atrapalhado por causa do gesso.

– Noiva? – ele pergunta. – Muito bem, cara.

Calvin ri.

– Obrigado, parceiro.

– Então, o que acha? – Devon pergunta.

Calvin dá mais uma olhada na minha direção e sorri.

– Obrigado pela oportunidade, Dev. Aprecio, de verdade, mas vou estar bastante ocupado nos próximos meses.

NOVE

O dia mais frio de janeiro coincide com o dia do meu casamento.

Que frase mais estranha.

Uma coisa é dizer: *Ah, olha só, vou casar com esse cara para salvar o dia*, e outra, muito diferente, é fazer isso acontecer. Apesar do que eu disse a Calvin – que precisaríamos preencher alguns formulários e fazer umas entrevistas – o Google alegremente me informou que esse processo é árduo. São *um milhão* de formulários. *Um milhão* de exigências. E apesar de existirem vistos específicos para esta situação – quando alguém no mundo das artes quer contratar um estrangeiro e não há nenhum cidadão americano capacitado para a posição – o fato de Calvin ter vivido ilegalmente aqui torna essa opção improvável. E é por isso que ontem mesmo estivemos aqui, obtendo nossa permissão de casamento.

Permissão de casamento. Céus, isto está mesmo acontecendo.

– Sei que eu sempre encorajei você a fazer algo com sua vida – Lulu diz, deslizando sua mão na minha –, mas isto é como se eu sugerisse que você comesse alguma coisa, e aí você se empanturrasse com uma dúzia de donuts.

Meu coração está na garganta enquanto subimos as escadas em frente ao prédio da prefeitura e agarro a mão de Lulu como se ela estivesse me salvando de um afogamento. Estou tão grata por ela estar aqui: ela conseguiu alianças de ouro a um ótimo preço com seu tio trambiqueiro e chegou cedo esta manhã para arrumar meus cabelos.

– Você disse que isto daria uma grande história na minha biografia um dia.

Os cabelos dela – escovados e cacheados para a ocasião – escorrem em ondas reluzentes sobre um de seus ombros.

– Eu disse na *minha* biografia – ela lembra.

Jogando a cabeça para trás, ela dá um último trago em seu cigarro antes de apagá-lo. A fumaça forma uma nuvem densa diante dela, e eu solto sua mão e me afasto sutilmente. Lulu parou de fumar duas vezes este ano – foi dos Marlboros aos cigarros eletrônicos e, agora, está de volta aos Marlboros. De acordo com ela, nem é tanto pelo vício, mas porque os testes deixam-na nervosa, esperar o resultado dos testes a deixa nervosa, trabalhar em um restaurante em Manhattan e lidar com a aporrinhação dos clientes deixam-na nervosa.

– Vou te dar uma última chance de desistir. – Ela pesca dentro de sua bolsa uma caixinha de Tic Tacs sabor laranja. – Não precisamos entrar lá.

A sugestão dela é simples e sábia, mas não posso retroceder agora. Por mais nervosa e apavorada que eu esteja, outra parte de mim está secreta e desavergonhadamente eufórica.

Ansiosa, aliso minha saia plissada de *chiffon* enquanto atravessamos as portas de vidro. Ainda não estou certa se essa foi a escolha certa. Será que foi demais? Será que não foi o bastante? Afinal, o que se deve vestir para uma falsa cerimônia de casamento?

– Está bonita, garota. – Lulu para e me dá uma boa olhada. – Qual calcinha você está vestindo?

– *Lulu.* – Sério, como é possível ela ser o anjo e o diabinho ao mesmo tempo nos meus ombros?

Apenas AMIGOS

– É uma pergunta importante. A noite de núpcias, *Desgraçalândia*.

Já expliquei mil vezes que este casamento não vai ser assim – mentalmente faço um brinde à tristeza. Entramos e aponto na direção do cartório, guiando-nos pelo corredor.

– Admiro você por sua decisão, então não entenda mal o que vou dizer. – Os sapatos dela estalam no piso. – Mas não consigo acreditar que você nem sequer contou ao Jeff. Prometo mentir como um político se algum dos seus tios me perguntar se estive aqui.

– Vou contar a eles assim que isto terminar. Vai ser como uma festinha surpresa. "Ei, olhe só! Você conseguiu a estrela do seu espetáculo e ah, por falar nisso, a gente se casou!".

Ela passa um braço solidário ao redor do meu ombro e me dá um breve aperto.

– Não gostaria de estar no seu lugar nessa conversa.

Um movimento chama a minha atenção e eu vejo meu noivo no fim do corredor. Seus cabelos castanhos estão elegantemente penteados e ele veste um terno azul, uma camisa roxa de algodão e uma gravata-borboleta azul. Com minha saia azul e blusa de seda cor-de-rosa, estamos combinando.

– *Deus* – Lulu dá um sussurro dramático.

Minha pulsação acelera como um foguete.

O caminhar dele é amplo e cheio de propósito e, em poucos passos, ele está na minha frente. Meus olhos fazem o caminho da mandíbula recém-barbeada de Calvin até a coluna bronzeada de sua garganta. Imagino-o no parque com seu violão durante o verão, as sombras salpicadas sobre seus cabelos e as folhas de grama resvalando em seus sapatos e na barra de suas calças.

– Você está bonito – digo, mas isso é um grande eufemismo.

– Você está... – Os olhos verdes dele percorrem todo o comprimento do meu corpo. Sinto sua atenção sobre minha pele como se fossem mãos. – Estonteante.

Uma garganta raspa ao lado dele.

– Olá. – Um homem com metros de cabelos pretos e olhos azul-claros adianta-se e aperta minha mão. – Sou Mark. O padrinho.

– É isso mesmo? – digo, em meio a uma risada.

– Testemunha – Calvin esclarece, e se posiciona ao lado dele. – Este é Mark Verma. Um amigo.

Sorrio para ele.

– Prazer em conhecê-lo, amigo.

Ele aponta um par de sobrancelhas erguidas para Calvin.

– Gostei dela.

Posso sentir Lulu pairando atrás de mim e a puxo para a frente.

– Esta é minha melhor amiga, Lulu.

– É um prazer conhecê-lo oficialmente – ela diz a Calvin, adiantando-se para apertar a mão dele.

Eles conversam entre si por alguns momentos, e apenas agora, com Calvin perto de mim, noto o que ele está carregando.

Ele segue meu olhar até o círculo de flores roxas que segura em suas mãos.

– É uma tradição irlandesa as noivas usarem flores nos cabelos... pelo menos na minha família. Sei que você não é... que isto não é exatamente tradicional. Mas Mamã ficaria de coração partido se eu nem sequer pedisse a você.

Minhas sobrancelhas empinam em direção ao céu. Ele vai contar aos pais? Minha família mora no mesmo país e eu já concluí que vai ser mais fácil mentir descaradamente a conviver com suas inevitáveis censuras e preocupações. Os pais dele moram do outro lado do mundo. Um gesto como esse me dá a sensação de que estamos fazendo isto Até Que A Morte Nos Separe, quando na verdade é apenas Até Que As Cortinas se Fechem.

Por que raios ele contaria aos pais? Minha reação neste momento – e com certeza a mais madura aqui – é apertar um *pause* e conversar sobre o que cada um de nós espera. Em perspectiva, nós pouco con-

Apenas AMIGOS

versamos sobre tudo isto, e contar às nossas famílias torna isto muito maior do que o necessário.

Mas ele parece tão sincero e anormalmente inseguro que decido tirá-lo deste constrangimento do modo mais rápido:

– Claro que vou usá-las. Obrigada.

A coroa é feita de flores de lavanda trançadas frouxamente, e eu a tomo, pousando-a com cuidado em minha cabeça.

Lulu me ajuda, arrumando as pétalas sedosas e balançando a cabeça para inspecionar seu trabalho.

– Ai. Perfeito. – Ela tira algumas fotos. – Agora vamos casar vocês dois.

Estou mais do que consciente do modo como minha palma se encaixa na de Calvin quando ele toma minha mão e me dirige através da multidão, até os escriturários.

Desviando de uma mulher com um sari de cor vibrante, sorrio para um homem que passa vestindo um quipá. Há casais de todos os tipos e idades. Alguns com ternos e trajes tradicionais.

– Está mais cheio do que eu esperava – digo baixinho.

Calvin deixa escapar um risinho.

– É. Você ficaria surpresa se eu te dissesse quantos vestidos de noiva vejo na estação.

A sala é comprida e estreita, com uma fileira de poltronas verdes lustrosas de um lado e balcões de mármore com cadeiras giratórias do outro. O teto é de painéis brancos com detalhes em filigranas douradas. Um painel suspenso por duas correntes mostra o número que está sendo atendido no momento e uma máquina de senhas está pousada no balcão logo abaixo. Há até uma pequena loja que vende itens de última hora, como flores e gravatas-borboleta.

Calvin pega uma senha na máquina e me mostra: C922. Um *flash* estoura e nós dois nos contraímos.

– Isso vai ser bom – Lulu diz, observando a tela de sua minúscula câmera. Ela captura minha expressão perplexa.

99

– O que foi? As fotos espontâneas são sempre as melhores. Um casamento é o tipo de coisa que você vai querer lembrar. – Ela lança um olhar afiado para mim. – Qualquer casal quer fotos para celebrar.

– Certo. – Precisa parecer oficial. Eu havia pensado muito pouco na logística disto. Céus. Quando tento ser espontânea, é como se roubasse um isqueiro e o lançasse em uma piscina cheia de gasolina. – Bem pensado.

Calvin e eu nos sentamos em um dos sofás estreitos, esperando e tentando ignorar o clique da câmera de Lulu a cada três segundos. Conversamos trivialidades.

– Você teve uma boa manhã?

– Sim, mas não dormi muito.

– Nem eu.

– Está tão frio lá fora.

– Eu sei. Quase esqueci meu casaco.

Risada desajeitada.

– Isso teria sido... ruim.

E assim por diante, durante meia hora. Falamos sobre o que comemos ontem e como não sabíamos o que vestir hoje. O único momento em que parecemos relaxar e começar uma conversa tranquila é quando Calvin menciona que quase trouxe seu violão consigo.

– Parecia estranhamente adequado – ele admite, mas fiquei preocupado que fosse ficar inconveniente, ou parecer esquisito demais.

– Eu teria gostado.

Realmente teria. A música dele desata os nós dentro de mim como em um passe de mágica; já estou sentindo saudade de ouvi-lo tocar no metrô.

Enquanto começamos a esboçar os primeiros passos dessa dança atrapalhada intitulada Puta Merda Vamos Mesmo Nos Casar, Lulu e Mark discretamente batem papo ao nosso lado, sem nenhum problema em entabular uma alegre conversa. Mark — assim como a maioria das

Apenas AMIGOS

pessoas — está encantado com Lulu, mas a cada vez que Lulu funga ou desata a rir de alguma piada, me sinto mais ansiosa.

Deste momento em diante, não importa o que aconteça, estou unindo minha vida à de Calvin.

Finalmente, nossa senha é chamada. Caminhamos até o balcão e observo enquanto Calvin termina de preencher a última papelada. Junto de nossas testemunhas, assinamos nossos nomes – graças ao gesso, o meu é bem menos legível do que todos os outros – e depois de outra breve espera, vem o grande momento. O cartório da cidade de Nova York é muito eficiente.

Somos conduzidos a uma saleta com paredes cor de pêssego e tons pastéis. Nossa juíza de paz é uma mulher sorridente com cabelos escuros e bochechas rosadas, que nos cumprimenta com amigáveis boas-vindas. Não há música nem fanfarra, e ela gentilmente nos orienta a ficarmos de frente um para o outro, enquanto o restante pode ficar em pé ou se sentar, conforme preferir. Calvin segura minhas mãos.

— Calvin e Holland — ela começa —, hoje vocês celebram um dos maiores eventos da vida e reconhecem o valor e a beleza do amor ao se unirem sob os laços do matrimônio.

Olho para o rosto dele, seus olhos estão enrugados de diversão, o que transparece como uma máscara de alegria. Mordo o lábio e, por mais que eu tente me conter, sorrio de volta.

— Calvin — ela prossegue —, aceita Holland Lina Bakker como sua esposa?

A voz dele sai rouca de início, e ele raspa a garganta:

— Aceito.

Adoro o modo como o sotaque dele torce as palavras.

Ela se vira para mim, e ele aperta minha mão entre as suas.

— Holland, você aceita Calvin Aedan McLoughlin como seu marido?

Assinto com a cabeça. Minha respiração está apertada em meu peito e, pela primeira vez, desde o início da cerimônia, sinto uma pontada de tristeza por Jeff, Robert e o restante da minha família não estarem aqui.

– Aceito.

Prometemos amar, honrar, estimar e proteger um ao outro – acima de todos os outros.

Prometemos nos manter ao lado um do outro na saúde e na doença, na riqueza e na pobreza.

Meu estômago afunda e Calvin torce nossos dedos unidos – um pequeno furo nessas promessas todas.

Com a mão trêmula, deslizo a aliança no dedo dele, e ele faz o mesmo comigo. Na base de nossos dedos, os anéis, tão puros e inocentes, brilham orgulhosos. Por minha mente passa o pensamento histérico de que eu não teria coragem de contar a estas joias felizes e reluzentes que elas não passam de objetos de cena.

A cerimônia termina com um *flash* da câmera e com a juíza nos declarando marido e mulher.

– Calvin, pode beijar a noiva.

Sem conseguir evitar, meus olhos fitam a juíza duas vezes. Nunca havia me ocorrido que ele faria isso. Que faríamos isso. Calvin ri ante os meus olhos arregalados.

– Prometo que vai ser bom.

Preciso de toda a minha concentração para permanecer de pé.

– Eu... acredito em você.

Um sorrisinho convencido surge na boca dele.

– Se não der pra ser bom, pelo menos posso ser bom nisso. – A mão dele pousa na minha nuca; seus dedos mergulham nos meus cabelos. – Então, venha – ele sussurra, lambendo o lábio. Conforme ele se inclina, levanto meu rosto para ele. Seus olhos estão fechados, sua respiração compassada, e há um instante de hesitação em que sei que estamos ambos pensando: *Pois é. Estamos mesmo fazendo isto.*

Minha mão descansa sobre o peito dele e sua segurança me encoraja, impele-me a transpor a distância entre nós. Os lábios dele são quen-

Apenas AMIGOS

tes, mais macios do que eu imaginava, e pequenas explosões atravessam meu corpo como uma onda de cafeína inundando minhas veias. É um beijo perfeito, nem tão molhado, nem tão macio, e conto até dois antes que ele se afaste, deixando sua testa descansar de encontro à minha. E quando tenho a impressão de que ele vai me beijar de novo – sem permissão –, ele sussurra um doce e quase inaudível "*obrigado*".

Um *flash* explode junto com os vivas e aplausos.

Outros casais estão aguardando a vez, então nos apressamos a sair e seguimos pelo corredor até um pano de fundo do edifício histórico. Posamos para fotos: eu com Calvin, Mark com Calvin, eu com Lulu (ela ameaça me desmembrar caso eu deixe Jeff ou Robert descobrirem a existência dessa foto), e uma de todos nós juntos.

– Você conseguiu – ela diz no meu ouvido, dando-me um abraço apertado. Puta merda, ela tem razão. Eu me casei. Eu. Nunca sequer *considerei* me casar, e essa palavra soa tão desconhecida que meu cérebro nem consegue absorvê-la. Lulu me entrega uma pequena sacola. – Seu primeiro presente de casamento!

Ali dentro, soterrado debaixo de um amontoado de papel picado, está um ímã vermelho com um coração branco que diz:

Casados em Nova York.

DEZ

DEZ

E agora?

À nossa frente, Lulu e Mark estão batendo papo sobre empregos, Nova York e o clima.

Atrás deles, Calvin e eu estamos imersos em uma bolha esquisita.

O vento está gélido e afiado, e estamos encapotados e calados, virando o último bloco em direção à Gallaghers Steakhouse.

Ele é uma ótima pessoa, eu sou uma ótima pessoa. Como nossos dois encontros mostraram, damo-nos muito bem... mas sei que ainda estamos digerindo o fato de que estamos *casados*.

Casados. Calvin é meu marido. Eu sou a esposa dele.

Observo a aliança na mão esquerda dele e, em resposta, o metal no meu dedo parece ficar ainda mais gelado.

– Você tá bem? – ele pergunta.

Sobressaltada com o som da voz dele, volto minha atenção para o seu rosto. O nariz dele está avermelhado e adorável. Hã. Eu casei com ele, e ele nem faz ideia que minha cabeça vem escrevendo um romance "Holland e o músico do metrô" há meses. Como isto pode ser uma boa ideia? Respondo com um jovial:

– Estou, claro... hoje é o dia do meu casamento.

Quando o rosto dele se volta para mim de novo, mal consigo vê-lo espiar por baixo do capuz de seu casaco preto. Mas consigo ver seu sorriso.

– Você está quieta. Não conheço você há muito tempo, mas, pelo que conheço, você não é assim, calada.

Bem. Ele percebeu rápido.

– Tem razão, não sou. – Sorrio vagamente. Meu rosto está dormente, está muito frio aqui fora. – Estava apenas pensando sobre tudo isto.

– Arrependida?

– Não. É mais: "e o que vamos fazer agora?". Preciso contar a Robert.

– Talvez possamos conversar sobre isso aqui, longe de ouvidos curiosos.

Olho para ele de novo. Estamos a menos de meia quadra de distância da Gallaghers agora, e ele tem razão. Uma vez que entrarmos ali, todos poderão nos ouvir e vão certamente ver nossa viagem pelo *E Agora?* se deixarmos isto para tratar até o fim da refeição.

Paro, curvando-me e ajustando o cadarço do meu sapato. Calvin avisa Lulu e Mark:

– Vão na frente – ele diz. – A gente se encontra no restaurante.

Então ele se agacha, trocando olhares comigo.

– É algo grande, isso que você fez.

– É. – Sinto a intensidade de sua expressão.

– Posso entender por que você ficou um tanto sem palavras.

– É.

– Talvez eu possa acompanhar você quando for falar com seus tios?

– Tudo bem.

Use suas palavras, Holland. Diga a ele que não é culpa o que está sentindo, mas puro pânico pela perspectiva de dividir seu apartamento com um estranho que, por acaso, também é o homem mais gato que você já tocou. E se você peidar enquanto dorme?

Apenas AMIGOS

— Quero que você saiba — ele continua — que apesar daquele meu ligeiro ato criminal, não sou um louco. Nunca iria machucar você. E que, se você se sentir mais confortável se morarmos em lugares separados...

— Não podemos. — Apesar de ser verdade, há um tremor de náusea nos meus pensamentos agora. Estou noventa por cento convencida de que Calvin não é um estuprador nem um usuário de drogas pesadas. Mas levá-lo ao meu apartamento agora parece um pouco impulsivo, e não apenas porque eu posso peidar enquanto durmo.

— Quero que saiba o quanto estou grato por isto — ele diz —, e não vou agir levianamente.

Não estou acostumada a receber tantos agradecimentos, e balbucio um pouco antes de anuir com a cabeça.

— Faz parte do plano eu ir com você para sua casa hoje?

Um calor sobe pelo meu pescoço e se espalha por minhas bochechas.

— Acho que sim.

— Você tem sofá?

Meneio a cabeça.

— Tem tranca na porta do seu quarto?

Retrocedo, olhando para ele.

— Preciso de tranca?

Ele balança a cabeça, rapidamente.

— Claro que não. Só quero que você se sinta segura.

— Você deve estar pensando que sou paranoica.

O sorriso dele faz reviver algo dentro de mim.

— Bom, e não é? Acho que é por isso que gosto de você, Holland Bakker McLoughlin. Por isso e pelas suas sardas.

Levantamo-nos juntos, e durante todo o tempo ele sorri para mim do alto de seus centímetros a mais de altura.

— Acha que eu vou adotar seu sobrenome?

— Tenho certeza.

Meu queixo desaba com meu sorriso.

— Quer dizer que casei com um homem das cavernas?

— É só uma preferência. Quer fazer uma aposta?

— Se eu topar – digo devagar – e perder, adoto seu sobrenome. E se você perder, eu mantenho o meu? Em que isso me beneficia?

— Se eu perder, eu adoto o seu.

O que está acontecendo aqui, afinal?

Ele desliza sua mão ao redor dos meus dedos.

— Então... falamos com os seus tios amanhã?

Fico piscando acima das nossas mãos unidas.

— Vou garantir que eles estejam em casa.

— Bom. Agora vamos entrar e fazer essa aposta. Minhas bolas estão congelando aqui fora.

Quase tropeço na calçada.

Apresso-me para entrar enquanto Calvin segura a porta para mim. Lulu e Mark esperam-nos do lado de dentro; uma rajada de ar morno nos acerta, e o calor é tão fantástico que gememos em uníssono.

Lulu vem na minha direção e segura meu cotovelo.

— Você está bem?

— Sim, só precisava arrumar a tira do meu sapato.

— Certo. – Ela parece mais calma e aponta na direção em que um grupo de funcionários estão limpando uma mesa. – Disseram que vai demorar cinco minutos.

— Legal, obrigada por fazer isso. E obrigada por vir comigo hoje. Não sei o que eu faria sem você.

O sorriso dela suaviza e ela passa os braços ao meu redor.

— Está de brincadeira? A coisa mais louca que já vi você fazer foi trocar a data no seu cupom da Saks para conseguir cinquenta por cento de desconto. Eu jamais teria perdido isto.

Dou uma risada e um beijo na bochecha dela.

— Você é maravilhosa de vez em quando. Não sempre, mas...

– Muito engraçado. Agora me perdoe, mas preciso me divertir e ter uma conversa interessante com o amigo do seu marido.

Calvin observa Lulu se afastar e volta para o meu lado, pegando minha mão. Seu toque é tão familiar e delicioso, faz meu estômago dar piruetas na barriga.

– Fome? – ele pergunta.

– E a aposta? – lembro-o.

– Já chego lá... Tem a ver com a minha pergunta. – Ele levanta o queixo na direção do frigorífico. – Eles têm boas carnes aqui.

Isso faz com que eu fique interessada no que quer que ele esteja sugerindo.

– É, eles têm. O que está pensando?

– Eles servem bisteca para dois, três ou quatro.

Não como nada há quase vinte e quatro horas, e a ideia de um enorme bife suculento faz minha boca salivar.

– É?

– Então, sugiro que a gente divida o de três pessoas entre nós dois, e quem conseguir comer mais vence.

– Imagino que a bisteca para três é capaz de alimentar nós dois por uma semana.

– Aposto que você está certa. – Esse sorriso adorável deveria ser acompanhado por um sininho metálico: *ding*. – E seu jantar é por minha conta.

Não pela primeira vez, tenho vontade de perguntar como ele faz para conseguir pagar suas contas, mas não posso perguntar – não agora, e tampouco quando estivermos sozinhos.

– Você não precisa fazer isso.

– Acho que posso dar conta de pagar um jantar para minha esposa na nossa noite de núpcias.

Nossa *noite de núpcias*. Meu coração bombeia com força.

– É um montão de carne. Sem trocadilhos.

Ele sorri entusiasmado.

— E eu quero ver como você vai dar conta.

— Está apostando que Holland não consegue dar conta de um bifão? – Lulu comenta logo atrás de mim. – Ah, tem muito a aprender, seu bobinho.

Quando nos levantamos, eu gemo, abraçando a barriga.

— É assim que uma grávida se sente? Acho que não estou interessada.

— Eu poderia carregar você – Calvin oferece, docemente, ajudando-me com o casaco.

Lulu se enfia entre nós dois, tonta de tanto beber vinho, e se pendura com os braços ao redor dos nossos ombros.

— Você precisa carregar a noiva através da porta para ser romântico, e não porque ela está empanturrada depois de comer o equivalente a seu peso em carne.

Sufoco um arroto.

— A forma de impressionar um homem é mostrar a ele quanta carne você consegue comer, não sabia disso, Lu?

Calvin ri.

— Foi uma batalha equilibrada.

— Nem tão equilibrada assim – Mark diz, ao lado dele.

Chegamos ao ponto de pedir ao garçom para dividir o bife em duas porções iguais, para o fascínio e a diversão de nossos acompanhantes. Comi mais ou menos três quartos do meu pedaço. Calvin perdeu por cinquenta gramas.

— *Calvin Bakker* soa maravilhosamente bem – digo.

Ele ri, gemendo.

— Onde fui me meter?

— Num casamento com uma garota da fazenda. É bom que aprenda logo no primeiro dia que eu levo comida muito a sério.

– Mas você é deste tamanhinho – ele diz, seu olhar seguindo do meu rosto para meu corpo e de volta para meu rosto.

É como se o olhar dele ateasse fogo em mim.

– Nem *tão* pequena. – Com 1,70 m, estou na média mais alta. Nunca estive acima do peso, mas também nunca fui magra. Davis costuma dizer que eu provenho do gado robusto, o que não é uma descrição lisonjeira, mas também não é das piores. Em síntese: tenho um corpo bom para os esportes, porém uma coordenação motora boa para os livros.

Saímos do restaurante e nos reunimos em um montinho na calçada. Está frio demais para despedidas demoradas.

Mark pergunta se não quero esticar nosso passeio, mas com a hesitação de Calvin, junto-me a ele e respondo – honestamente – que estou meio esgotada, apesar de serem apenas 22h.

Isso significa que eles nos abraçam em despedida, dão parabéns de novo e depois se viram, pedindo táxis e seguindo caminhos separados.

Foi fácil para eu e Calvin ficarmos à vontade durante o jantar – tínhamos uma distração: a aposta. E tão logo nos sentamos, Lulu pediu vinho, Calvin pediu aperitivos, e a conversa fluiu com facilidade, como sempre acontece quando Lulu está por perto. Costumo chamá-la de lubrificante social, mas Robert me fez prometer que nunca mais usaria essa expressão de novo.

Agora somos só nós dois – Calvin e eu. Não há onde se esconder.

Sinto o deslizar quente de sua mão enluvada ao redor da minha.

– Tudo bem assim? – ele pergunta. – Não estou tentando nada, apenas sendo carinhoso.

– Tudo bem. – Mais que tudo bem. Está me tirando o fôlego e, droga, esta é uma péssima ideia. Cada pedaço dessa honestidade e carinho desconcertantes que ele me mostra vai tornar muito difícil quando a temporada do espetáculo encerrar e tivermos de tomar cada um o seu caminho.

– Para qual direção vamos? – ele pergunta.

– Ah. – Claro. Estamos parados aqui fora no frio congelante, enquanto por dentro eu me derreto, e ele não faz ideia de onde moro. – Estou na Avenida 47. Nesta direção.

Caminhamos rápido, com passos sincronizados. Havia me esquecido como é esquisito andar segurando a mão de alguém. Mais esquisito ainda quando está frio e estamos com pressa, mas ele segura minha mão apertado, e eu também.

– Como você conheceu Mark?

– Tocamos juntos em uma banda na escola. – O ombro dele esbarra no meu quando viramos na Oitava Avenida. – Para ele era só um hobby, mas era bastante importante para mim. Depois de se formar, ele continuou os estudos e fez um MBA. – Depois de uma pausa, ele acrescenta: – Tenho morado no apartamento dele, em Chelsea.

Bom, isso responde uma questão.

– Pagando aluguel – ele acrescenta, rapidamente. – Ele ficou triste de ver esse dinheiro extra indo embora, mas como ele mesmo comentou, não vai sentir saudades de ver minha bunda branca. – Ele ri. – E sugeriu que eu investisse em um par de pijamas.

Meus olhos arregalam e ele logo esclarece:

– Que eu já tenho, claro.

– Não... quero dizer... – Aperto a palma da mão na minha testa. Minha temperatura parece estar em mil graus. – Quero que você fique confortável. Você pode me avisar se for... ficar... vou bater na porta antes de sair do quarto de manhã.

Ele sorri e aperta minha mão.

– De qualquer modo, posso colocar o dinheiro do aluguel nas suas mãos agora. É o mais justo.

Meu estômago se aperta. Tudo isso é *realmente* estranho. Sei uns poucos detalhes sobre o Calvin por causa da documentação do casamento, coisas como sua data de nascimento, nome completo, lugar onde nasceu. Contudo, não sei nada relevante, como o modo como ele ganha dinheiro a não ser como músico de rua e guitarrista de bandas cover,

Apenas AMIGOS

quem são seus amigos, a que horas ele vai para a cama, o que gosta de comer no café da manhã, ou – até agora pouco – onde ele morava.

E, obviamente, ele também não sabe essas coisas sobre mim, mas entendo que ele vai *precisar* saber. A imigração vai querer que nós saibamos de coisas que muitos casais não sabem mesmo depois de anos juntos. É assim que vamos fazer isso? Com essa troca de franqueza e honestidade?

Vou direto ao ponto, dizendo:

– Robert e Jeff pagam quase dois terços do meu aluguel.

– Sério? – Ele deixa escapar um assobio.

– É. Por incrível que pareça, eu não ganho muito vendendo camisetas e tirando fotos das pessoas nos bastidores. Não o bastante para morar em Manhattan, de qualquer forma.

– Não imaginava.

Sinto um enjoo. Será que essa é uma coisa boa ou ruim a se admitir? Será que acabo de revelar a ele que Jeff e Robert são cheios da grana?

– Tento não tirar vantagem disso – digo, sentindo-me estranhamente humilhada. Afinal, Calvin acabou de admitir que também contava com a ajuda de um amigo, e sei que ele ganha dinheiro, ao menos em parte, tocando em shows. – Eu ia me mudar para Nova Jersey e vir trabalhar de trem, mas eles arrumaram esse apartamento de um amigo deles que se mudou. – Na verdade, ele morreu. – E... é.

– Você gosta de morar sozinha?

Rio.

– Sim, mas... – registro o que ele quis dizer, e ele começa a rir também.

– Prometo ficar fora do seu caminho.

– Não, não. Eu gosto disso – esclareço –, mas não sou uma pessoa que *precisa* estar sozinha, se é que isso faz sentido.

Calvin olha para mim, sorrindo:

– Faz sentido. – Ele hesita. – Eu ganho até que um dinheiro bom pelo que faço. Consigo pelo menos uns cinquenta dólares a cada vez que toco na estação. Faço mais algumas centenas com os shows nos bares. Mas não é um emprego de verdade.

Olho para ele. Seu rosto está voltado para o céu, como se ele estivesse dando boas-vindas ao choque do frio.

– O que você quer dizer com "emprego de verdade"?

Ele ri.

– Ah, vamos, Holland. Você entendeu o que eu quis dizer. Gosto disso, aliás, de você entender exatamente o que quero dizer. – Fitando diretamente minha alma, ele diz: – Eu arrumo dinheiro, mas sinto como se estivesse me trapaceando por ter uma habilidade em que trabalhei demais para desenvolver e não estar fazendo porra nenhuma com ela.

– Bom, agora você está.

Um sorriso se espalha pelo rosto dele e eu gostaria de ter palavras para descrevê-lo. É análogo a uma borracha apagando quaisquer dúvidas que eu pudesse ter sobre isso tudo.

– É – ele diz. – Agora estou.

Como não havia meio de eu conseguir dormir antes do casamento, limpei meu apartamento inteiro na noite passada. Não sou bagunceira, mas tampouco sou minuciosa, e a faxina me manteve ocupada por duas horas inteiras até que não houvesse mais um grão de sujeira a esfregar com uma escova de dente velha. Depois disso, comecei a listar os momentos fundamentais da minha vida.

Até hoje, meu relacionamento mais longo foi com um cara chamado Bradley. Ele era de Oregon e eu o conheci durante minha graduação em Yale. Namoramos por dois anos e meio, chegando àquele ponto em que eu já tinha ouvido algumas vezes cada história que ele tinha para contar. Mas com Bradley – que era um cara bem legal, apesar de meio entediante (e tinha um pênis que pendia

Apenas AMIGOS

dramaticamente, para a direita, e por mais que eu tentasse fingir que isso não era um problema, na minha mão ele sempre me dava a sensação de ser um osso fora do lugar) – aprendi as coisas gradualmente, com o passar do tempo. Passamos a nos conhecer em doses homeopáticas, durante nossas conversas de travesseiro, ou no bar, conforme ficávamos cada vez mais bêbados e interessados em contato físico. Nosso relacionamento terminou por circunstâncias completamente banais. Eu não sentia mais tesão por ele. Depois de uma semana quase implorando, ele desistiu e dentro de um mês estava saindo com a mulher com quem ele iria, por fim, casar-se. Dois anos e meio de um relacionamento – do início ao fim – nem um pouco marcante.

Estou pensando sobre tudo isso – a forma estranha com que expusemos nossas histórias quase como se estivéssemos fazendo o download de dados um do outro – enquanto entro em casa com Calvin, de modo que quando avisto minha lista sobre o balcão tenho vontade de cair na risada.

– Uau! – Calvin entra, observando tudo com seus olhos arregalados. Meu apartamento é minúsculo, mas é muito bom. Tenho uma janela saliente na minha sala, que ocupa a maior parte da parede. A vista não é de cartão postal nem nada, mas é possível ver por cima dos telhados e dentro de outros apartamentos. Tenho um sofá-cama, uma mesinha de centro e uma televisão. Debaixo da mesinha há um tapete com círculos laranjas e azuis que Robert e Jeff me deram de presente de inauguração da casa (apesar dos meus protestos de que o apartamento já era um presente). Ainda há duas estantes apinhadas de livros e que servem de suporte para a televisão, e mais nada. É tudo o que tenho aqui. É limpo, simples e aconchegante.

– É um lugar muito bom – ele diz, aproximando-se para ler a lombada dos meus livros. – A casa do Mark é incrível, mas ele tem gêmeos de dois anos de idade que o visitam, e é superdesorganizado.

Eu arquivo mentalmente essa informação no banco de dados para a entrevista da imigração, e ele percorre os dedos na borda de um livro do Michael Chabon.

– Isto... gosto de coisas assim, simples. – Ele vaga pela minha minúscula cozinha, espia o ínfimo banheiro, e depois para, virando-se para mim. – É muito bom, Holland, parabéns.

Ele está sendo tão adoravelmente atrapalhado, e eu não me contenho ao dizer:

– Pode olhar o quarto.

O sangue se espalha sob a superfície de sua pele cor de oliva.

– Não, tudo bem. Aquele é o seu espaço.

– Calvin, é só um quarto. Ali não tem pôsteres de mim nua nem nada do tipo.

Não consigo distinguir se o ruído que ele faz é de tosse ou de risada, mas ele assente com a cabeça.

– Bom, é uma pena – ele brinca enquanto passa por mim e entra em meu quarto.

É meu lugar favorito. Tenho uma cama de casal com cabeceira forjada em ferro e um edredom branco, uma penteadeira, um espelho antigo de chão, um par de abajures sobre criados-mudos, algumas fotos de família e isso é tudo.

É esparso e luminoso.

– Acho que eu esperava que fosse mais feminino.

– É. – Eu rio. – Não sou superfeminina.

Ele pega uma tesoura cor-de-rosa de cima de um álbum de fotografias cor-de-rosa e ajeita perto de um par de óculos de sol *rosé*. Fita hesitante o meu armário sem portas; fica claro que o cor-de-rosa é preponderante ali também.

– Bem – emendo –, exceto por algumas coisinhas, acho.

Ele aponta para meu braço.

– Gesso roxo. – Depois sussurra: – E você estava vestida de rosa na noite em que foi empurrada nos trilhos.

Apenas AMIGOS

Meus dedos formigam de um jeito esquisito quando ele diz isso, como se o sangue tivesse evadido minhas extremidades e se concentrado todo em meu peito. Ele encontra meu olhar de cabeça erguida, como se quisesse resolver isso primeiro, antes de fazermos qualquer outra coisa; nossa conversa no bar havia sido superficial, e agora sei que ele não interveio porque não estava no país legalmente.

– Me conta o que aconteceu naquela noite – digo. – Eu não me lembro de muita coisa.

– Bem, é. Você estava bastante inconsciente. – Inclinando ligeiramente a cabeça, ele se vira e sai do meu quarto, seguindo para a sala. Depois, dá tapinhas no sofá para que eu me sente ao seu lado.

Por alguns segundos, durante os quais apenas pisquei encabulada, percebo que ele me viu completamente desalinhada.

Minha meia-calça caindo.

Minha saia embolada ao redor da cintura.

E, mais tarde, minha blusa desabotoada até o umbigo.

– Ah, Deus.

Ele ri.

– Sente.

– Eu estava um desastre. – Desmorono ao lado dele.

– Você caiu nos trilhos do metrô e bateu a cabeça. – Ele me olha, curioso. – É claro que estava um desastre.

– Não – digo, gemendo com o rosto afundado nas mãos –, quero dizer que você provavelmente viu minha meia-calça caída e meus seios.

Uma risada estrangulada soou ao meu lado.

– Naquele momento eu não estava pensando em meia-calça e seios. Dei um salto, mandando o canalha esperar, mas ele correu. Tentei alcançar você, mas não consegui. Fiquei preocupado que, se eu tentasse resgatá-la, nós dois acabaríamos presos ali. Então chamei os paramédicos, telefonei para a Autoridade Metropolitana de Transportes. A ambulância chegou e... isso foi tudo. – Quando olho de novo para ele, encontro-o me estudando. – Aconteceu tão rápido. De início eu não sabia o que ele estava fazendo, e aí ele foi para cima de você. Não tenho um documento de identidade válido nem endereço. Estava paranoico. Realmente foi isso.

– Tudo bem.

Ele aponta a cabeça na direção do meu gesso.

– Por mais quanto tempo você vai ter que usar isso?

Deslizando um dedo sobre o gesso, digo:

– Vou tirar em três semanas.

– Dói?

– Não mais.

Ele anui com a cabeça e o silêncio nos engole.

Olhamos para os lados. Para a televisão apagada, para a janela, para as estantes, para a cozinha. Para qualquer lugar, menos um para o outro.

Meu marido.

Marido.

Quanto mais repito essa palavra na minha mente, mais soa falsa, algo que não é real.

Calvin raspa a garganta.

– Tem algo para beber?

Bebida. Claro. Esta é a situação perfeita para um pouco de álcool.

Salto do sofá e ele ri, atrapalhado.

– Eu devia ter pensado em trazer champanhe ou algo assim.

– Você pagou o jantar – lembro-o. – É claro que o champanhe estava na minha lista, mas esqueci.

Pego uma garrafa de vodka na geladeira e a coloco sobre o balcão, quando me dou conta de que não tenho nada para misturar com ela. E bebi a última cerveja ontem à noite.

– Tenho vodka.

– Vodka pura, então.

– É uma Stoli.

Apenas AMIGOS

– Vodka pura vagabunda, então – ele emenda, com uma piscadela insolente.

O celular dele vibra, liberando uma reação esquisita e estonteante no meu peito. Nós dois temos vidas para além deste apartamento, que continuam sendo um mistério completo um para o outro. Uma diferença entre nós dois é que Calvin possivelmente não se importa com minha vida fora daqui. Ainda assim, eu me importo *demais* com a vida dele. Tê-lo aqui é como ter a chave para abrir um baú misterioso que ficou jazendo no canto do meu quarto por um ano.

Vibra. Vibra.

Erguendo o rosto, encontro os olhos dele. Estão escancarados, quase como se ele estivesse indeciso sobre se deveria responder.

– Pode atender – asseguro a ele. – Tudo bem.

O rosto dele escurece de rubor.

– Eu... acho que não devo.

– É seu telefone. Claro que você deve atendê-lo.

– Não é...

Vibra. Vibra.

A menos que seja, talvez, algum chefão mafioso e se ele responder o seu plano fracassa e eu o chuto para fora. Ou – pior – talvez seja uma namorada ligando?

Por que isso não me ocorreu?

Vibra. Vibra.

– Ah, meu Deus. Você tem namorada?

Ele parece horrorizado.

– Quê? É claro que não.

Vibra. Vibra.

Puta merda, quanto vai demorar para o correio de voz acabar com essa tortura?

– ... namorado?

– Eu não... – ele começa, sorrindo com um estremecimento. – *Não é isso.*

– Não?

– Meu celular não está tocando.

Olho para ele, perplexa.

O rosto dele fica ainda mais vermelho.

– Não é um *telefone*.

Assim que ele diz isso, sei que tem razão. A vibração não tem o ritmo certo para ser um celular.

Levo a vodka até minha boca e entorno, bebendo direto da garrafa.

A vibração tem o ritmo idêntico ao do meu vibrador... aquele que enfiei debaixo da almofada do sofá há dois dias.

Eu vou ter que estar muito bêbada para conseguir lidar com isto.

ONZE

Rolo para o lado, indo de encontro a um corpo quente e sólido. Ao nosso redor tudo é escuro, e o breu apenas amplifica o gemido baixo dele. Em contato comigo, Calvin está completamente nu; nós dois fomos para a cama vestidos, mas de algum modo acabei voltando para a sala – nua – e o calor dele parece infinito sobre o minúsculo sofá-cama.

A cama range quando ele se vira para me encarar, mordiscando um caminho entre meu ombro e minha mandíbula.

– Isso foi inesperado – ele diz.

Quero perguntar há quanto tempo já estou aqui, mas ele afasta qualquer tentativa de pensamento organizado e deixa apenas um rastro de fogo enquanto desliza a mão do meu quadril sobre meus seios e meu pescoço.

– Não quis transar na cama? – ele pergunta, falando enquanto beija minha mandíbula. – Eu teria ido até você.

Ele se afasta apenas o suficiente para deixar que eu o explore com as minhas mãos: a vastidão do seu peito, a trilha de pelos do seu umbigo até embaixo, onde ele está duro, deslizando na minha palma quando meu punho se fecha ao redor de seu pau.

Ele se move assim por alguns respiros curtos, sugando meu pescoço, cobrindo meus seios com suas mãos rudes. Cada centímetro da minha pele está tensa e dolorida – preciso dele em cima, *dentro* de mim.

– Eu quero...

A boca dele paira acima do meu seio com os dentes à mostra.

– Quer?

Tento culpar minha impaciência pelo fato de que é madrugada e de algum modo eu fui até a cama de Calvin e *ele está totalmente de acordo* – não quero perder um único segundo disto pensando demais. Então o instigo a ficar sobre mim, olhando para ele no escuro.

– Você jantou bem? – ele pergunta, beijando-me devagar desde os seios até o pescoço.

Não sei por que ele está brincando a respeito da carne agora, mas nem sequer importa, porque posso sentir seu corpo pressionando o meu, e então seus lábios movem-se e ele desliza para dentro de mim com um gemido que vibra de encontro à minha garganta.

Sentir o estiramento dele dentro de mim é algo tão novo, tão inesperado, que dou um grito; ele vira o rosto e cobre minha boca com a sua mão. Diz algo que não consigo entender, mas provavelmente é menos pelas palavras e mais pela minha inabilidade de processar qualquer coisa enquanto o sinto deslizar para dentro e para fora de mim.

Parece irreal que ele esteja aqui, *movendo-se*, puxando minhas pernas ao redor de sua cintura. Ele não está calado – está deixando escapar um arquejo de prazer a cada estocada, e acho que nunca estive tão selvagem: agarrando o corpo dele, enterrando minhas unhas em suas costas e implorando para ele ir mais rápido, com mais força.

E então ele está atrás de mim – *como?* foi tão rápido – e eu sinto o estalo ardido da sua mão e um rosnado satisfeito que ele faz quando eu grito. E depois estou em cima dele, com as mãos dele nos meus seios, seus dedos desenhando círculos enlouquecedores ao redor dos mamilos.

— Está perto? — A voz dele está apertada de tanta pressão.

— Estou.

— Ótimo. — As mãos dele seguram meus quadris e ele volta a ficar sobre mim, vindo com mais rapidez, mais fundo. — Isso é tão bom.

E é mesmo. Minha pele parece eletrizada, minha coluna está tensa com a espiral de prazer.

— Pula em cima de mim — ele geme.

— ... pular?

— Como coelhinho — ele rosna — em um campo de *cenouras*.

Recupero o fôlego, acordo sobressaltada na escuridão do meu quarto.

Os lençóis estão amontoados aos meus pés. Minha porta ainda está fechada e estou completamente sozinha com minha mão dentro da calcinha.

Em um suspiro, curvo-me para a frente, sondando por qualquer movimento do lado de fora do quarto. Há um sussurro, um rangido da estrutura do sofá-cama. De acordo com meu relógio, são 1h48. Será que Calvin está acordado? *Ah, meu Deus*, será que o acordei com meus gemidos? Será que fiz barulho... enquanto me masturbava?

Quero me atirar da escada de incêndio do lado de fora da janela. Esta é só a primeira noite com Calvin dormindo na minha sala, e já estou tendo sonhos eróticos com ele.

Estou fodida.

Ninguém se acha uma pessoa matutina — não sou exceção.

Não sou uma largada, nem aquelas pessoas que precisam de uma arma sônica para conseguirem sair da cama, apenas tendo a levantar e tropeçar um pouco, com a vista embaçada, por alguns minutos antes de uma rodinha de hamster começar a girar na minha cabeça.

Manhã de quarta-feira, acordo, espreguiço-me, esfrego o rosto e levanto. Assim como faço todas as manhãs, caminho até a cozinha para fazer o café. Com certeza meus cabelos lisos estão bagunçados feito uma fogueira. Meu pijama está retorcido na minha cintura. Estou com bafo de dragão.

Uma voz grave e profunda murmura:

– Oi.

Dou um salto, apertando minha mão no peito.

– *Ahmerdatudobem...*

Acho que esqueci completamente que tenho um marido.

Um marido com inclinações à nudez.

E assim que o vejo, lembro-me do meu sonho – *o não quis transar na cama?* – o pau infinito dele deslizando dentro de mim, o tapa ardido na minha bunda – e um rubor fervente espalha-se por toda a superfície do meu corpo.

Calvin está dobrando o sofá-cama, seus cabelos estão eriçados como se ele tivesse levado um choque do meu sofá. A calça do pijama deslizando baixa ao redor dos quadris... muito baixa. Encho meus olhos com a trilha de pelos da barriga dele antes de desviar o olhar.

Estou impressionada como minhas mãos sonhadoras previram com grande exatidão como ele é quando está pelado.

Fixo minha atenção na ponta do nariz dele.

– Bom dia.

Ele esfrega o nariz, comedido.

– Bom dia, Holland.

– Dormiu bem?

Ele confirma.

– Como uma pedra.

Faço um esforço para não olhar quando ele, distraído, coça o estômago.

Apenas AMIGOS

– Vai trabalhar hoje? – ele pergunta.

– Ah. – Estou excitada. – Não. Precisaremos conversar com Robert em algum momento, mas eu vou tirar folga pelo resto da semana para, hã...

Preciso me virar para mexer no filtro do café. O corpo dele é enlouquecedor. Os pelos no corpo dele estão no ponto certo, suficientes-
-mas-não-peludo.

Calvin está seminu no meu apartamento e estou perdendo as estribeiras. Preciso de um pouco de distância e de cafeína.

Gesticulo vagamente para ele através do recinto.

– Para estudar.

– Para *me* estudar? – ele pergunta, brincalhão. Não estou olhando para ele, mas posso escutar o sorriso em sua voz.

– É. Sua vida. Suas coisas.

– Coisas? – ele repete e ri. Meu cérebro preenche-se com a lembrança dos pelos de sua barriga e do nosso sexo nos meus sonhos.

– Você vai pra estação mais tarde? – pergunto, desesperada para mudar de assunto.

Se ele reparou em como eu conheço o cronograma dele, não demonstrou.

– Não, acho que vou parar de fazer isso.

Meu coração vira uma flor murcha no meu peito. Quero dizer, é claro, faz todo sentido ele parar de tocar na estação agora que vai ter um emprego em período integral, mas isso também significa o fim daquela pequena alegria que eu tinha.

Faço um brinde ao finado Jack, músico de rua.

Escuto um arranhão dissonante atrás de mim e viro-me. Calvin pegou seu violão do estojo e agora está sentado e sem camisa

no

    meu

        sofá.

Ele dedilha as cordas e sorri travesso para mim.

— Você prepara o chá e eu ofereço a trilha sonora?

Minha expiração controlada foge de mim em jorrinhos descompassados.

— Sim, claro.

A única coisa que Calvin acrescentou à cozinha até agora foi uma embalagem de chá com o rótulo BARRY'S, então suponho que é o que ele quer, coloco a chaleira sobre o fogão e um saquinho de chá em uma caneca. Uma música cálida e redonda começa a preencher o apartamento, fazendo uma onda de arrepios correr pelo meu braço. Faço um esforço para manter meu olhar fixo no fio de café escorrendo sobre a caneca, evitando me virar e comê-lo com os olhos enquanto ele toca violão sem camisa.

— Holland — ele diz, desacelerando sua melodia sinuosa —, posso perguntar uma coisa?

— Claro. — Arrisco um olhar por cima do meu ombro. Grande erro. — Acho que é isso que vamos fazer hoje.

— Essa pergunta é diferente.

Abro um sorriso encorajador.

— Manda ver.

— Os brinquedos eróticos das mulheres são sempre cor-de-rosa?

Gah.

Gahhhhhhhh.

— Ou é algo seu? Como a tesoura, o casaco e...

— Eu... Você está tirando uma com a minha cara?

Ele ergue uma mão, com a palheta do violão presa entre dois dedos.

— Juro que não estou tentando constrangê-la.

— Me constranger? — Olho de volta para a cafeteira e pego uma caneca para encher. — Rapaz, estou acostumada a trazer caras aqui para encontrar meu vibrador no sofá. É por isso que eu o guardo aí.

— Sério?

Apenas AMIGOS

Viro-me e olho para ele, inexpressiva.

– Certo – ele diz em meio a outra deliciosa risada enquanto volta a tocar. – A cor dessas coisas me parece um erro.

– Como você prefere tomar?

Os olhos dele se arregalam.

– Desculpe?

Levanto a caneca dele e reprimo uma risada.

– O seu chá.

– Preto. – Uma risadinha adorável sai dele. – Ah, meu Deus, essa conversa. Desculpe. Não acordei ainda. Não sei o que estou dizendo.

Voltando à sala, ofereço a caneca a ele.

– Você está pensando nisso desde a noite passada?

A noite passada: quando puxei o meu enorme e pulsante vibrador rosa de debaixo da almofada, fui até o banheiro para lavar os fiapos de sofá grudados nele e depois o enfiei no gabinete embaixo da pia, bem lá no fundo. A noite passada, quando fui dormir e quase gozei ao sonhar que ele estava transando comigo.

– Não, só desde que eu acordei. – Ele me agradece e beberica antes de se curvar sobre o violão para descansar a caneca sobre a mesinha de centro. – Achava que as cores seriam mais masculinas por ser um pau de mentira... – Meu cérebro começa a dar voltas conforme ele atira essas palavras na minha sala como uma bomba ativada – ... Mas... Minha amostra não é muito numerosa... A maioria deles parece ser cor-de-rosa.

Com esse bate-papo e o seu tom livre de julgamentos, meu embaraço vai, aos poucos, desaparecendo.

– Acho que aqueles mais próximos à cor-da- pele são esquisitos e meio tristes. – Sento ao lado dele. – Como um pênis separado do seu dono.

– É uma perspectiva bem ruim, realmente.

– E eles também ficam desbotados – digo, puxando da memória.

– Tenho um que é bege, que guardo na gaveta das calcinhas, e ele absorveu as cores dos tecidos ao redor, até parece que foi pintado como *tie-dye*.

Ele ri, balançando a cabeça enquanto desliza os dedos para cima e para baixo ao longo do braço do violão.

Só quero entender por que me sinto tão confortável perto dele. Calvin é o equivalente humano de uma articulação. Ou deve ser o efeito do seu toque de violão.

– Talvez seja porque as mulheres querem prazer para si mesmas – digo –, sem dever nada a homem nenhum, mesmo que seja um brinquedo.

Diante disso, ele para de tocar e volta a olhar para mim.

– Isso é bem sagaz.

Franzo os lábios, brincando:

– Está dizendo que sou sagaz por entender minha própria sexualidade?

O sorriso que surge no rosto dele é provavelmente a melhor coisa que já vi. É amplo, mostra os dentes e enruga seus olhos.

– Sabia que eu ia gostar de você.

Sabia que eu ia gostar de você também, músico Jack.

Meneio a cabeça para o violão dele enquanto me coloco de pé para preparar o café da manhã.

– Então, continue tocando.

Por volta da metade da manhã vamos ao teatro. Está congelante do lado de fora, e o frio impede-me de arrastar os pés e adiar isso por mais tempo. Sem dúvidas Robert deve ter pensado que havia algo diferente quando viu que não estou trazendo café do Madman, mas duvido que ele esteja esperando um *Ei, ontem eu me casei!* como justificativa.

Apenas AMIGOS

Lembro a mim mesma que a parte mais difícil já passou. Contar ao Robert vai ser fácil, porque ele vai ficar extasiado...

Certo?

Jeff, por outro lado...

– Então, os dois estão aqui?

É a primeira coisa que Calvin fala desde que saiu do apartamento, e o som de sua voz me catapulta para fora da minha espiral de ansiedade. Fica claro que nós concordamos.

– É. – Mandei uma mensagem para Jeff esta manhã, pedindo um bom tempo para conversar com os dois. Ele disse que passaria a manhã no teatro com o Robert, que mal saiu do teatro desde que Seth foi embora.

Jeff ameaçou arrancá-lo dali se ele nem ao menos o deixasse trazer roupas novas e comida que não fosse de uma máquina de vendas.

Calvin me dá uma piscadela.

– Será que sou uma pessoa horrível por estar aliviado que eles ainda estão estressados com a tarefa de substituir Seth?

Chegamos à frente do Levin-Gladstone e eu me viro para encará-lo.

– Se você está, então estou também, porque me ocorreu ontem à noite que eles podem já ter encontrado um substituto no período que levamos para fazer tudo isso. – Levanto minha mão e mexo o dedo anelar. – Isto poderia ser... inconveniente.

Calvin prende meu cotovelo com suavidade, impedindo que eu abra a porta.

– Obrigado por me deixar acompanhá-la hoje. Parecia ser a coisa certa a fazer. – Ele hesita. – Você não acha que eles vão me matar?

– Eles não vão matar você. Vão me matar.

Assim que entramos, os olhos de Brian pousam em mim como um míssil teleguiado.

– Prepare-se – murmuro.

Calvin segue meu olhar até Brian, caminhando pesadamente na nossa direção.

– Quem é esse?

– É o meu chefe, o contrarregra. Imagine o Senhor Plâncton e Effie Trinket unidos em uma mesma pessoa. Ele me odeia.

– O que diabos você está fazendo aqui? – Brian pergunta, apontando para a porta. – Você tirou quatro dias de folga. *Vá aproveitá-los.*

– Vim ver o Robert. Ele está lá em cima?

– Está lá em cima com o resto da sua família. Meu Deus, estamos produzindo um espetáculo aqui ou fazendo encontros de família? – Os olhos dele mudam para o ponto onde Calvin está parado, ao meu lado. Registro o exato momento em que ele o reconhece, porque ele dá um relance em minha mão esquerda e seu rosto se contorce de alegria. – *Minha. Nossa.*

– Brian...

– Você *realmente* fez isso. – Ele dá um passo para a frente e eu dou outro para trás, colidindo com o peito de Calvin. – Você me deixou ali tomando esporro em frente ao Michael e aos irmãos Law, e depois que saiu fez o que sugeri mesmo assim.

Confirmo, abraçando minha punição. Afinal, ele não está errado. A diferença é que, no final, a decisão foi *minha*, em vez de uma moeda de troca, ou um mérito para Brian reivindicar.

– Bom. – Ele dá um passo dramático para o lado, abrindo o braço como a apontar o caminho para o escritório de Robert. – De qualquer forma, suba e informe seu tio que você fez exatamente o que sugeri. Mal posso *esperar* para ouvir o que ele vai dizer.

Seguro o braço de Calvin e o conduzo para a escadaria, fazendo uma anotação mental para roubar as palmilhas de dentro dos mocassins Gucci do Brian.

– Parece ser um bom sujeito – Calvin diz, secamente e, apesar de tudo, caio em uma gargalhada.

A porta do escritório de Robert está entreaberta; paro diante dela.

– Espere aqui, está bem? Apenas por uns minutos.

Apenas AMIGOS

Calvin hesita antes de assentir com um pouco de relutância, e eu bato na porta.

Robert responde quase de imediato:

– Pode entrar.

– Oi. – Entro, respirando fundo. Robert está sentado à sua mesa comendo um bagel, e Jeff está dobrando um par de calças antes de enfiá-las dentro de uma mochila.

Robert me olha quando escuta o clique da porta atrás de mim.

– Oi, minha flor. Achei que você estaria descansando esta semana.

Aproximo-me e beijo Jeff no rosto antes de contornar a mesa e beijar Robert.

– Vim conversar com vocês.

– Está com fome? – Jeff pergunta. – Tem frutas, café e aquela quiche que você gosta.

– Obrigada, mas... já comi. – A preocupação com não passar mal neste momento é quase cômica. Viro-me para encarar Robert. – Como vai a procura?

Jeff olha para seu marido com uma expressão que me diz que ele está há dias com esse mesmo estado de espírito.

– Por favor, não faça ele começar de novo.

Robert esfrega os olhos com os pulsos.

– Fizemos testes com uma dúzia de músicos.

– E? – A esperança misturada com a ansiedade cavam um buraco nas minhas vísceras.

Ele se afunda na poltrona, parece exausto.

– E... provavelmente, vamos fazer testes com mais meia dúzia.

– Ajudaria se eu lhe dissesse que você não precisa mais?

Estou agudamente consciente de que Jeff congelou ao meu lado.

– Já passamos por isto, Holland – Robert diz, e depois acrescenta: – Ele não pode.

– Quem não pode o quê? – Jeff pergunta com muita cautela, mas tenho certeza de que ele já sabe.

Ignoro isto por um momento, focando-me em Robert.

– Mas digamos que, hipoteticamente, ele possa?

Ele me observa, cautelosamente.

– Bem, eu ficaria maravilhado. Hipoteticamente.

É tudo o que eu precisava ouvir.

Volto-me para a porta, parando com a mão na maçaneta.

– Quero que saiba que fiz isso porque amo você e, quando vi a chance de poder ajudar, não pensei duas vezes. Sei que vai ficar bravo, mas já está feito.

A voz de Robert soa grave, como um estrondo ameaçador:

– Holland Lina Bakker. O que você fez?

A julgar pela expressão em seu rosto, ele já sabe.

Giro a maçaneta e Calvin entra na sala, as mãos enfiadas no fundo dos bolsos do jeans.

– Senhor Okai. – Ele olha para Jeff. – Senhor...

– Okai também – Jeff completa, alternando olhares entre mim e Calvin, confuso. – Alguém gostaria de me atualizar?

Levanto minha mão esquerda, mostrando a aliança de casamento.

Uma respiração.

Duas.

Três.

E então a explosão da voz incrédula de Jeff:

– Você se *casou*? – A voz era tão alta que, mesmo que Brian não esteja ouvindo atrás da porta, ainda assim tenho certeza de que ele escutou.

Ergo minhas mãos.

– Apenas temporariamente.

– Você se casou com um homem que conheceu no *metrô*? Sua mãe sabe disso?

– De jeito nenhum. – Aproximo-me dele, pousando minha mão em seu braço.

Apenas AMIGOS

– Conversei com Davis e ele me assegurou que não vai contar nada. Espero que vocês façam o mesmo.

Jeff retruca com Robert:

– Você a colocou nisso?

– É claro que não! – insisti. – Ele foi a primeira pessoa a reprovar a ideia quando Brian deu essa sugestão.

– Você fez algo que o *Brian* sugeriu? – Jeff costuma ser o membro mais calmo da família, então não sei exatamente como reagir ante a veia que está pulsando na testa dele. No entanto, sinto uma ponta de satisfação por saber que Brian também deve estar ouvindo isto. Jeff observa cada um de nós. – Então vocês *todos* ficaram loucos?

– Querido – Robert se ergue e contorna a mesa para segurar o braço do marido. – Vamos fazer uma pausa para respirar.

Jeff vira-se para ele.

– Não me diga que você vai deixá-la seguir com isso.

Robert ergue as mãos.

– E o que você quer que eu diga?

– Que ela precisa desfazer isso imediatamente?

Aponto para meu peito.

– Olá. Mulher adulta, bem aqui.

Sinto Calvin mover-se atrás de mim.

– Sinto muito por não termos envolvido você na decisão...

– Mas isso não era decisão dele – eu o interrompo, olhando por cima do meu ombro antes de voltar a encarar meus tios. – Deixei claro que Calvin deve lidar com a família dele e eu com a minha.

Robert levanta o rosto para mim, examinando-me com seus olhos.

– Vocês estão *legalmente* casados?

Confirmo.

– Não posso acreditar que estou ouvindo isso. – Jeff fecha os olhos e inspira o ar tentando se acalmar. Depois pega seu casaco e o pendura no braço. – Vou para casa tomar um frasco de anti-hipertensivo e tentar não telefonar para sua mãe, *minha irmã*, que vai me matar na hora em que descobrir. – Virando-se para Robert, ele acrescenta: – Vamos discutir isso quando você chegar em casa. E, considerando que você já tem um músico novo, acredito que vai chegar *cedo* hoje.

Robert assente, obediente, e acompanha Jeff pelo corredor.

Enquanto eles se despedem – falando baixo demais para que possamos ouvir –, Calvin e eu compartilhamos uma careta.

Isso podia ter sido melhor.

Depois que Jeff se foi, Robert fecha a porta e volta para trás de sua mesa, gesticulando para que sentemos diante dele. Com as mãos unidas sobre o caos de currículos e portfólios em sua mesa, ele olha furiosamente para cada um de nós.

– Certo. Vocês fizeram, então agora vamos lidar com as consequências.

Eu... acho que conseguimos?

Quero dizer, Robert está furioso comigo – conosco – mas não fui expulsa do meu apartamento nem estou em um avião, voltando para Des Moines, então vou chamar isso de vitória. E o melhor de tudo? Calvin recebeu a proposta oficial para a vaga em *Possuído*, e mesmo que Robert não admita explicitamente que está em êxtase, com certeza está respirando aliviado. Depois de passarmos por todos os detalhes, ele chamou o restante da equipe. Ele estava vibrando de tanta energia criativa. E fui eu que possibilitei isso.

Missão cumprida.

Mas ainda não terminamos. Apesar de estar bravo conosco, Jeff ainda me encaminhou um e-mail que recebeu de Sam Dougherty, seu amigo de infância que trabalha no Serviço de Imigração dos Estados Unidos. É acalentador, pelo menos. Porém, meu otimismo murcha quando conto o número de anexos; parece que há mil formulários que precisaremos preencher.

Apenas AMIGOS

Calvin e eu passamos o resto da manhã recolhendo certidões de nascimento e atestados médicos e copiando-os em triplicata. À tarde, minha mesinha está coberta com meticulosas pilhas de papéis. Nem sequer começamos a etapa de preencher os documentos e meu cérebro já virou geleia.

Calvin encontra-me piscando para o armário da cozinha, encarando as canecas ali dentro. Sempre fico escutando audiolivros enquanto guardo a louça e *bum* – o surreal me dá um tapa na cara.

Vejo a caneca de Juilliard de Calvin na prateleira perto da outra que Davis me deu no natal do ano passado, onde se lê IRMÃ MAIS GENTE BOA DO MUNDO.

– Tá tudo bem? – ele pergunta, espreitando-me.

– Só tendo um surto momentâneo. Estou ótima agora.

Calvin ri.

– Eu ouvi isso. – Ele pega uma maçã e a esfrega com a barra da camiseta, distraído. Na maior parte do tempo, mantenho meus olhos na altura do queixo.

– Acha que vai ficar tudo bem com seus tios? Jeff parecia emputecido.

Fecho a porta do armário e viro-me para a geladeira. Passamos no mercado no caminho de casa e agora eu pego duas cervejas. Não me importa que horas são, sempre são 17h em algum lugar.

– Jeff vai levar um tempo para se acalmar, mas a parte boa sobre sermos família é que eles vão ter que me perdoar. – Passo uma cerveja para Calvin. – Acho que nós dois precisamos disso.

Abrimos as cervejas e voltamos para nossa tarefa na sala. Calvin senta-se ao meu lado no sofá, descansando as pernas esticadas em cima da mesinha diante dele.

Ele não está calçando sapatos e exibe um par de meias roxas gritantes que eu imediatamente adoro. Meias roxas, pelinhos na barriga, cabelos eletrocutados. Tenho o homem dos sonhos no meu apartamento e ele é uma tremenda distração.

Mal posso esperar para ver como o sonho erótico desta noite termina.

Pego meu notebook e o desperto deslizando o dedo no painel tátil. Faz eras desde a última vez que olhei para esta coisa, quanto mais a liguei. O ícone do software caro de escrita literária surge na barra de tarefas para me lembrar do quanto sou vacilona.

Ignorando-o como sempre, abro meu e-mail.

– No e-mail, Jeff comentou que há formulários para nós dois. Você recebeu um link?

Calvin beberica sua cerveja e ajeita-se no sofá para abrir sua própria conta.

– Formulário I-485. Verificado.

– O meu é o I-130 – digo. – Ele comentou que podemos entregar esses dois simultaneamente e preencher o resto para ele mandar depois que tivermos a aprovação inicial. Há também outra lista de coisas das quais precisamos tirar cópias, e uma lista de afazeres.

Calvin está me olhando e eu tento ignorar o modo como a luz do abajur faz as pontas dos cílios dele brilharem. Gosto de vê-lo em meu sofá. Gosto de saber qual a cor das meias dele, como é a cara de sono dele antes de tomar o chá, pela manhã.

Ele coça o queixo.

– Uma lista de afazeres?

– Você vai precisar de um exame médico. E até que estejamos oficialmente registrados, preciso mostrar comprovantes de renda para provar que posso sustentar nós dois. – Deixo escapar uma risada sincera. – O que significa que o Brian vai ter que me dar um aumento. Se acha que ele foi bacana hoje, deveria ouvir a conversa que vamos ter. Vai ser um acontecimento. – Dou batidinhas com o lápis em meus lábios, lendo. – E preciso de documentos que comprovem que nosso casamento é idôneo. As sugestões deles são um contrato de aluguel compartilhado... Muito simples... Associações conjuntas em clubes... – Olho para ele. – Você frequenta alguma academia?

Apenas AMIGOS

Uma curva de divertimento entorta os lábios dele, e ele cruza os braços sobre o peito daquele modo como os caras fazem quando querem exibir os bíceps.

– Sim. Posso adicionar você no meu plano, a menos que você frequente outra academia e queira me adicionar?

– Vá em frente e me adicione no seu – digo prontamente, como se eu não tivesse uma cama *king-size*, almoçasse barras de chocolate e considerasse esteiras uma forma absurda de correr sem chegar a lugar nenhum.

– Ele sugere que tenhamos e-mails e mensagens trocadas entre nós, então acho que devemos fazer isso?

– Mensagens como "pode comprar uma caixa de leite?" ou... algo mais *pessoal*?

Não consigo encará-lo neste momento. Fixo meu olhar na parede mais distante.

– Precisamos ser convincentes, então... uma mistura dos dois?

Ele puxa o protetor labial, chamando minha atenção para sua boca. Ele está a apenas meio metro de distância. Ainda não tive a chance de observar suas mãos de perto. Suas unhas são bem cortadas, graças a Deus, seus dedos são longos, mas não delicados.

E está usando a aliança.

– Para ser claro – ele diz devagar, colocando a tampa no bastão –, e as mensagens não chegarem assustando você, estamos falando de coisas pessoais do tipo *mal posso esperar para tirar suas roupas*?

Meu coração hasteia uma bandeira branca.

– Hã... é. Acho que sim. – Volto logo para a segurança da minha lista enquanto ele pega o celular e digita algo. – O que mais...? Cartas ou cartões nos parabenizando pelo casamento, contas de compras, cartões de crédito, entre outras coisas, com os nomes de ambos.

Meu celular vibra ao receber a mensagem de Calvin.

> Você vem pra casa antes do trabalho?

Casualmente, digito:

> Estarei em casa em 30 min.

Ele responde:

> Ótimo. Quero provar você de novo antes de ir.

Engasgo, deslizando o celular de volta em cima da mesinha.
— Foi um bom trabalho... Aprovado.
Sinceramente... quantas vezes ele deve ter feito isso?
Ele ri, seu rosto um pouco rosado.
— Eu meio que me sinto mal fazendo você passar por essa confusão.
Abano a mão, espantando as preocupações dele.
— Não vai ser nada mau. Umas mensagens eróticas, mais algumas cópias, alguns questionários do tipo sim ou não. Sinceramente, não vai ser tão difícil.

Alguém, por favor, atire em mim.
Você já tentou fazer suas próprias declarações de impostos? Lidar com a papelada da imigração é muito parecido, porém com menos cálculos e mais oportunidades de mentir.

Meu formulário foi simples de preencher – nomes, endereços e empregos anteriores. Mas o do Calvin é tão detalhado que mesmo quando dividimos a tarefa, leva mais de uma hora para completar as primeiras questões.

Olho para ele do outro lado da mesinha.

Estou na segunda cerveja da tarde e meu lápis está perdido dentro dos meus cabelos.

– Listar suas afiliações e associações passadas e atuais de cada organização, fundo, fundação, partido, clube, sociedade ou grupo de que fez parte desde seus 16 anos, acompanhado de endereço, natureza e data da afiliação mencionada.

Ele fita o vazio, exausto.

– Nem sequer lembro o nome da banda em que toquei no ano passado, muito menos de quando eu tinha 16 anos.

Verifico o formulário antes de olhar para ele de novo.

– É melhor você se lembrar, porque eles querem saber disso também.

Calvin inclina-se para trás e passa uma mão pelos cabelos, rindo. Os restos de uma maçã jazem em um prato diante dele, junto com uma casca de laranja, as embalagens de duas barras de cereais e um pedaço da casca de um sanduíche de manteiga de amendoim com geleia. Uma revelação sobre Calvin: ele come muito.

Passo para a próxima seção.

– Fale-me sobre seus pais.

– Eles se chamam Padraig e Marina. Eles são... – ele se interrompe, dando de ombros. – São legais.

– Padraig? – digo, esforçando-me para repetir a pronúncia dele.

Ele volta a me encarar, acomodando um pé com meia roxa debaixo do corpo. Os cabelos dele estão arrepiados para cima, quase como se estivesse tão deliciado com minha confusão quanto o próprio Calvin.

– *Pa-tri-ck* – ele repete com um chocante sotaque americano, enfatizando cada sílaba desta vez.

Sinto meu rosto queimar.

– Ah. *Patrick*. Sou mesmo uma idiota.

– Vocês americanos falam no fundo da boca e misturam todas as suas consoantes. E em vez de dizer: "como você está?" – ele diz, agora com um perfeito sotaque americano: – um irlandês simplesmente diria: "comocêtá?"

Minha voz sai trêmula e baixa.

– Gosto disso.

Cale a boca, Holland.

Ele continua como se não tivesse notado meu devaneio.

– O sotaque é mais forte algumas vezes e menos em outras, igual quando tomo algumas doses e depois preciso lembrar de falar mais devagar. Se estivéssemos em Galway você não entenderia nada do que eu disse.

– Em comparação, tenho certeza de que nós soamos meio entediantes pra vocês.

Ele balança de leve a cabeça.

– Gosto do jeito como vocês falam.

Ah.

Raspo a garganta e observo os formulários.

Passamos os próximos quinze minutos vasculhando o celular dele, olhando as fotos de sua família enquanto escrevo nossos nomes completos e datas de nascimento de todos os familiares dele. Ele tem 27 anos, é o mais velho de quatro irmãos. Brigid tem 25 e é a mais próxima de Calvin, Finnian tem 23 e Molly, 19.

– Então a ordem de nascimento se aplica? – pergunto a ele. – Você é o filho mais velho e responsável? O mais estruturado, consciente e bem-sucedido...

Ele ri e leva a cerveja à boca para dar um gole.

– Estou aqui com um visto vencido e precisei me casar com uma estranha para conquistar o emprego dos meus sonhos. *Consciente* não me cai exatamente como uma luva. – Ele para e coça o queixo. – Mas, sim, eu era o sabe-tudo entre eles, e meio que um merdinha autoritário, especialmente quando nossos pais não estavam por perto. E, às vezes, eles retaliavam. Uma vez, uma garota de quem eu gostava estava com uma amiga do outro lado da rua, então Brigid e Finn arrancaram minha roupa e me empurraram para fora de casa pela porta da frente.

– Ah, meu Deus.

– É, tenho certeza de que eu mereci. – Ele aponta o queixo para mim. – E você, caçula de seis? É a clássica filha mais nova?

– Tenho certeza de que o Davis diria que sim. Quero dizer, Robert arranjou um trabalho para mim e meu tio paga a maior parte do meu aluguel, então... – Silencio e gesticulo para a sala ao nosso redor, como a dizer: está *vendo*? – Então, eu diria que sim.

– Não sei – ele diz, com os cotovelos sobre os joelhos enquanto olha para mim. – Isto parece bastante generoso. Abrir mão de metade do seu espaço e ainda se arriscar.

– Acho que você está me dando muito crédito. – Ponho-me a arrumar uma pilha de papéis, parecendo ocupada. A culpa é como um cronômetro fazendo *tic-tic-tic* na minha cabeça. No meu coração, sei que fiz isto pelo Robert. Contudo, ter Calvin aqui, tão perto... e sentir que fiz algo realmente importante para o espetáculo... Não posso negar que isso também acrescentou algo para mim.

– Thomas – Calvin murmura, dando batidinhas com a ponta do lápis sobre a lista de nomes dos meus familiares. – Bram, Matthew, Olivia, Davis, Holland.

– Isso mesmo – digo e me levanto para buscar mais cervejas. – Thomas é oftalmologista, em Des Moines. Bram é professor de matemática no ensino médio, em Fargo. Matthew é da equipe de suporte técnico da Universidade de Iowa...

E ele me corta:

– Davis mora em Wisconsin, e Olivia é...?

Ele remexe suas anotações, mas tenho certeza de que não vai encontrar nada.

– Só Deus sabe – conto a ele, voltando com as garrafas. – Semana passada ela queria ir para uma escola de massagistas. Antes disso, ela decidiu que iria transformar as terras de mamãe e papai em uma fazenda de orgânicos.

– Toda família precisa de alguém assim. – Ele aponta o polegar para o próprio peito.

– Algumas dessas perguntas do tipo sim-ou-não são bem fáceis. – Gesticulo para ele me passar seu notebook, o que ele faz quase com alegria.

– Boa sorte. – Ele se esparrama no chão, mexendo suas meias roxas.

– Nunca foi preso... – Seleciono a caixa onde se lê "não" e sigo para a próxima pergunta. – Enquanto estiver nos Estados Unidos, você pretende se envolver com espionagem?

Ele me dá uma piscadela maléfica.

Sorrio, e depois me volto ao formulário.

– Planeja se envolver em alguma atividade cujo propósito seja a oposição, o controle ou a deposição do Governo dos Estados Unidos por meio da força, da violência ou de outros métodos ilegais?

Ele finge pensar e eu sigo.

– Você já foi membro do Partido Comunista? – Ele balança a cabeça e eu clico na caixa correta. – Você tem o intuito de praticar a poligamia nos Estados Unidos?

– Vamos ver primeiro no que isso vai dar.

Uma revoada de borboletas gira como um tornado no meu estômago.

– Nos últimos dez anos você se prostituiu ou usou serviços de prostituição, ou pretende se envolver com tais atividades no futuro?

– Estou tentando parar.

Ele não consegue enxergar por cima do meu ombro e sei que esta pode ser uma oportunidade de ouro para conseguir algumas informações dele.

– Alguma vez se envolveu ou pretende se envolver em qualquer forma de atividade terrorista?

Apenas AMIGOS

– Não.

– Falsificação?

– Não.

– Quando foi seu último relacionamento?

Ele para com a cerveja a meio caminho da boca.

– Ele quer saber isso?

Levanto minhas mãos forjando inocência.

– Não fui eu que escrevi as perguntas.

– Hã, há um bom tempo.

Paro com meus dedos pairando sobre as teclas.

– Ele quer uma data.

– Aproximadamente dez meses atrás, acho. Embora não fosse nada sério.

– Você já fez ou planeja fazer sexo dentro de um veículo aeroespacial?

Calvin abre a boca para responder, mas parece se dar conta do que estou fazendo.

– Sua malandra!

Eu rio, desviando-me do travesseiro que ele atira em minha direção.

DOZE

Quase sempre, eu estava batendo à porta do apartamento de Robert e Jeff com os braços cheios de compras.

Mas na sexta-feira à noite – três dias depois do casamento – foi o tio Jeff quem apareceu carregado de embalagens de comida para viagem.

Apesar de ele ter mediado nossa comunicação com Sam Dougherty, não nos falamos desde a manhã em que ele deixou o escritório de Robert, espumando. Jeff e eu nunca fomos tão longe neste silêncio induzido pela raiva, e estou tão grata por vê-lo que me jogo nos braços dele. Ou, mais especificamente, já que ele está carregado de sacolas de comida tailandesa, atiro-me sobre ele, segurando seu braço livre com o meu sem gesso.

– Desculpe – digo, dando um passo para trás e esfregando meus olhos. Calvin está lá para nos resgatar e aproxima-se, pegando as sacolas dele com um sorriso. Jeff meneia a cabeça em agradecimento antes de me puxar para um abraço genuíno.

– Você é uma idiota – ele diz nos meus cabelos. – Mas é minha idiota favorita e estou grato por isso.

Aperto meu rosto de encontro à camisa social, manchando o algodão xadrez azul e branco com lágrimas e rímel.

– Então, você está tranquilo com isto?

– Definitivamente, *não*. – Ele se afasta o bastante para esfregar minhas bochechas com seus polegares. – Mas entendo um pouco melhor. Não há nada que eu também não faria por ele. De qualquer forma – ele diz, dando um passo para trás –, vim com um exército. – E me dá um olhar silencioso de súplica.

Claro que Robert está no teatro, mas é verdade que Jeff não veio sozinho. Atrás dele, Lulu levanta duas garrafas de tequila e, atrás dela, está Gene, que é... a amizade colorida de Lulu, trazendo um saco de limões e cultivando o maior bigode do universo.

Pego o saco de limões da mão dele.

– Fazem ideia do quanto vou engordar hoje?

Jeff ri alto antes de ir à cozinha, mas Gene parece perplexo.

– O quê?

– Vou ganhar uma pistolinha d'água pra abater os patinhos?

Vejo o exato momento em que ele entende a piada, porque seu bigode gigante estremece por cima do sorriso contido.

– Vou levar meus limões de volta pra casa se você continuar assim, insolente, senhorita.

– Você parece um leiloeiro do século retrasado – comento – ou o Eufrazino Puxa-Briga dos Looney Tunes. Senti até uma vontade súbita de comprar algumas cabeças de gado. – Atrás de mim, Calvin dá uma risadinha.

– Você queria é *conseguir* deixar crescer um bigode de respeito como este.

Explodo de tanto rir.

– Desculpe, não consigo nem ouvir o que você está dizendo debaixo dessa coisa.

– Contei a ele que é horrível. – Lulu dá uma puxadinha no bigode e Gene se afasta.

Ele alisa seu bigode, orgulhoso.

— Sou preguiçoso, e isto é muito mais fácil do que ter que ficar sempre me barbeando.

Não preciso olhar de perto para perceber que o bigode está bem penteado e arrumado com gel. Não é um bigode acidental, mas o de uma pessoa que escolheu cuidadosamente, em um catálogo de estilos de bigodes, o acessório perfeito para seu meticuloso visual *não estou nem aí para minha aparência* (e Lulu me conta que ele passa um bom tempo se admirando no espelho).

Gene entra e Lulu estaca no vão da porta. Acho que não preciso perguntar por que ela veio com Jeff esta noite.

— Ele ligou e gritou com você, não foi?

Ela se inclina e pousa um beijo na minha bochecha.

— Pode apostar que ele fez isso. Mas eu o acalmei mandando a ele todas as fotos. Ele disse que fiz um ótimo trabalho com os seus cabelos.

Rio enquanto ela segue para a cozinha, e eu fecho a porta a tempo de ver Jeff se aproximando de Calvin.

— Acho que não fomos devidamente apresentados. — Meu tio estende sua mão. — E quero me desculpar por ter sido rude. Holland é a minha sobrinha mais nova e praticamente uma filha pra mim, então sou muito protetor com ela.

— Não, não. — Calvin dispensa a ideia e retribui o aperto de mão. — Entendo totalmente.

— E, parabéns. — Jeff sorri com uma piscadela. — Você passou por uma verificação de antecedentes criminais em três níveis.

Ele olha para mim.

— Holland, mandei pra você uma cópia.

Os olhos de Calvin se arregalam.

— Sério?

Com uma risada, Jeff vai para a cozinha desempacotar a comida.

— Ah! — Puxo Gene adiante. — Desculpe, Calvin. Este é Gene, ele é, hã... amigo da Lulu?

— *Namorado* — Gene me corrige.

— Brinquedinho erótico — Lulu diz, com um sorriso, espremendo o rosto dele entre as mãos antes de sair para ajudar Jeff ou, mais provavelmente, servir um pouco de bebida.

Calvin e eu trocamos olhares, e notar que criamos uma linguagem própria sem palavras faz nascer algo vertiginoso dentro de mim.

Calvin estende a mão:

— Eu sou o marido.

— Não o brinquedinho erótico? — Gene pergunta, vertendo um balde de gelo constrangedor em cima da conversa.

— Err... não — Calvin diz, e para mim ele envia uma careta cômica de gritinho suprimido.

— Ainda não! — Lulu berra da cozinha.

— Lulu — grito de volta —, você e o Gene vão ser banidos deste apartamento se continuarem deixando esta noite ridícula.

— Porque já é ridícula — Jeff diz.

Inclinando-se perto o bastante para que apenas eu consiga ouvir, Calvin diz:

— Pensando bem, encontrei um brinquedo erótico no sofá.

Dou um tapa no braço dele.

Lulu volta com quatro coquetéis de tequila e Gene nos pergunta como vai nossa primeira semana de casamento. Apesar do bigode e da obsessão em se arrumar como se ele não se importasse com a aparência, Gene tem 29 anos e, admito, é bastante gato. Mas, parado ao lado do deus que é Calvin, com seus jeans escuros e camiseta desbotada, não há nem comparação. Por dois segundos flagro Lulu espreitando Calvin como meu antigo golden retriever costumava fazer para o meu jantar, e me movo um pouco mais para perto dele.

Coloco as mãos em concha em torno da minha boca, gritando:

— Jeff, tem vinho em cima da geladeira!

— Já peguei — ele responde. — Estou só desembrulhando a comida.

Apenas AMIGOS

– Um aviso – sussurro dramática para Calvin. – Quanto mais Jeff ficar bêbado, mais vai ser sincero sobre como ele está horrorizado com tudo isto.

Calvin olha para Jeff do outro lado do cômodo.

– Ele vai ficar *ainda mais* sincero?

– Estou ouvindo, Holland – Jeff diz, escolhendo esse exato instante para vir nos fazer companhia na sala. – Apenas estou preocupado que isto não termine bem. Sem mencionar que eu odeio mentir para minha irmã.

– Acho que podíamos contar à mamãe e ao papai – digo, e aceno para todos irem se servir na cozinha. Estou mentindo, tenho meus dedos cruzados dentro do meu bolso e aposto que Jeff está blefando. – Mamãe é bem tranquila, ela não vai me deserdar... É só que... Não parece oficial ainda, talvez porque a gente ainda não tenha sido entrevistado pela imigração. Então, por que preocupá-los?

– Eu contei aos meus pais – Calvin diz, casual.

Olho de soslaio para ele. Isso me surpreende, levando em consideração a velocidade com que as coisas aconteceram.

– Quando?

Ele beberica sua bebida, levantando o copo em agradecimento a Lulu.

– Antes do casamento.

– E o que eles acharam? – pergunto.

Ele meneia a cabeça.

– Ficaram maravilhados.

– Você contou *por que* nos casamos?

– Não – ele diz, abaixando a bebida para encher seu prato. – Contei a eles que encontrei uma garota. O que é verdade, né?

É verdade... Mas não os surpreende como isso aconteceu tão rápido? Eu o estudo por mais um segundo, observando sua calma e o sorriso constante. Talvez porque ele seja um filho e não uma filha, ou porque é o mais velho em vez de o caçula, ou talvez ele pareça tão confiante a respeito de suas escolhas que a família deixou de questioná-lo há muito tempo.

A conversa muda de direção enquanto nos servimos de comida e voltamos para a sala. Não tenho uma mesa de jantar, muito menos cadeiras, então todos nós encontramos um lugar para sentar no chão, ao redor da mesinha de centro.

Todos devoram a comida, e eu me levanto para buscar alguns apetrechos. O plano era que Jeff pudesse compartilhar algumas informações sobre mim com Calvin, mas uma vez que Lulu também veio, rapidamente bolei um jogo para evitar que Lulu domine toda a conversa. Lulu, Jeff e Gene vão ter um pacote de fichas de pôquer. Eles têm de oferecer uma ficha para compartilhar uma história dentro da categoria que o Calvin solicitar, e estão livres para fazer uma oferta maior que a dos outros se acharem que sua história é melhor. Não conheço Gene há muito tempo, então apenas estou dando um pacote de fichas a ele para ser legal, porém Lulu e Jeff têm histórias ótimas – e também terríveis – sobre mim, e vão precisar dividir o palco, por assim dizer.

Depois que explico as regras do jogo, todos olhamos para Calvin.

Ele engole um naco do jantar, limpa a boca com o guardanapo e depois puxa um caderninho do bolso traseiro.

– Podemos começar com umas perguntas básicas que todo mundo pode responder? – Ele arranca a tampa da caneta com os dentes.

– Acho que sim. – Aponto para Lulu. – Mas você só tem direito a um minuto por resposta.

Dramática, ela desmorona dramática sobre o travesseiro atrás de si.

– Então, primeiro – Calvin diz, quero saber o que vocês mais admiram em Holland.

– Além dos peitos? – Lulu pergunta, do chão.

Jeff geme, Calvin sorri, e então, sem a menor sutileza, dá uma boa olhada nos meus seios.

– É, certo. Mas além disso.

Minha pulsação se rebela na minha garganta.

Apenas AMIGOS

– Os colhões. – Lulu se ergue em um cotovelo para olhar para mim. – Ela faz exatamente o que diz que vai fazer, e não faz nada que não queira.

– Parabéns. Boa resposta. – Calvin toma nota antes de se virar para Gene, que dá de ombros.

– Quero dizer, ela é uma excelente cozinheira?

Calvin ri.

– Você está me perguntando ou respondendo?

Jeff raspa a garganta e tosse de encontro ao pulso, olhando para mim.

– Essa vai ser difícil. Eu admiro tantas coisas nela.

– Ain, Jeffie. – Inclino-me e dou um beijinho na bochecha dele.

– Acho que admiro o fato de que ela, mais do que ninguém, tenta ser discreta a respeito de seus sucessos e de suas falhas, e é assim que ela é. Ela tenta se ver com clareza, de forma gentil e também autocrítica e, geralmente, é muito precisa.

Esse é um dos melhores e mais inesperados elogios que já recebi na vida, e por um momento fico sem palavras.

– Ela também é muito divertida – Jeff acrescenta, e Lulu já está protestando.

– Você só pode dar *uma* resposta – ela diz, mas Calvin é rápido ao acrescentar:

– Sim, mas ela é gente finíssima – ele diz, com um sorriso travesso em minha direção, então não vou contar como infração.

Calvin faz mais algumas perguntas genéricas – qual a coisa que eles mais gostam de fazer quando estão comigo, que tipo de música gosto de ouvir, que tipo de filmes odeio, o que sempre peço quando vou ao restaurante – e por fim chega a:

– O que você acha irritante em Holland?

– Ei! – protesto.

Ele pega minha mão e aperta.

– Vamos lá. Estou sentindo que isto vai ser bem interessante.

Dane-se. É impossível negar algo a ele quando *sentindo* e *interessante* saem com aquele *t*.

– Ela não aceita correr riscos – Lulu responde prontamente.

– Oi? – Aponto para Calvin. – Risco, *bem aqui*.

Ela funga.

– Não sei. Esse risco tem uma aparência muito boa.

Calvin curva-se um pouco mais para perto de mim. Gene pensa por mais um minuto e depois dá de ombros.

– Ela, hã, não vai me chamar de namorado da Lulu?

– Para ser justa – argumento –, *Lulu* não chama você de namorado.

Gene ri.

– Verdade. Por que você não me chama de namorado, Lu?

– Porque não temos mais 16 anos? Você ficaria mais feliz se eu o chamasse de *meu homem*?

– É, acho.

Enquanto eles estão brincando, olho para Jeff, sem ter certeza se quero ouvir a resposta dele. Ele já está lambendo os lábios, como sempre faz quando está prestes a dizer algo difícil.

– O que eu disse antes era verdade – ele diz baixinho, como se estivesse falando somente para mim –, sobre como Holland tenta se ver com clareza e sempre é muito precisa. Mas também acho que ela se vê como uma personagem secundária, mesmo na história de sua vida.

Assim como fiquei perplexa com o elogio dele, fiquei igualmente perturbada com a sua crítica. Caiu em mim com um sonoro *bong*. Será que Jeff escancarou a verdade por trás do meu maior bloqueio? Há cerca de um ano tenho tentado ter uma ideia para meu primeiro romance, e nada surge. Será que é porque os livros não são sobre personagens secundários, enquanto as vozes na minha cabeça são todas deles?

A sala ficou em silêncio.

Levanto meu copo, termino a bebida e peço para Lulu reabastecê-lo.

Apenas AMIGOS

– Estou me sentindo como um inseto sob a lente de um microscópio. – Com Lulu e Gene aqui, isto está sendo muito mais constrangedor do que imaginei. – Vamos logo à parte divertida.

As apostas começam. Calvin começa com uma pergunta fácil: qual o filme favorito de Holland?

Até Gene sabe, porque o assistimos juntos no Beekman algumas semanas atrás. Sob a mira do olhar de Lulu do outro lado da sala, ele lança uma ficha de pôquer.

– É *Os irmãos cara-de-pau?*

– Correto – digo.

– Uma vez em que Holland chorou – Calvin dispara.

Jeff joga uma ficha e Lulu joga duas, e ele dá a vez a ela. Em vez de contar uma história comovente, ela menciona aquela vez em que ficamos bêbadas, escorregamos e caímos ao cruzar a Madison com a Rua 49, e eu comecei a soluçar porque não consegui encontrar os óculos de sol que estavam na minha cabeça.

– Obrigada por isso, Lulu. E se interessar a alguém, eles eram cor-de-rosa e em edição limitada. Minhas lágrimas eram mais por economia do que por sentimentos.

Ela me saúda.

Calvin abocanha e engole mais um pouco do jantar antes de perguntar.

– Algo que faz Holland ficar sentimental?

Sem apostar fichas, Jeff e Lulu gritam:

– Gladys – em uníssono. E Jeff explica: – É uma cachorrinha de pelúcia chamada Gladys que ela tem desde os 3 anos de idade. Foi presente de aniversário do Robert, que, como você vai descobrir, é a pessoa favorita de Holland no mundo inteiro.

– É verdade – concordo. – Não sou sentimental com mais nada.

– A história mais vergonhosa sobre você? – Calvin pergunta.

Lulu joga uma ficha e começa a falar antes que Jeff tenha tempo de apostar.

– Ah, eu sei essa. Ela transou com um cara uma vez e tinha muito ar na...

Dou um tapa na mesinha de centro.

– *AH, MEU DEUS, LULU.*

Todos ficam mortalmente calados, talvez porque morreram de horror em imaginar a cena. Lulu olha ao redor como se somente agora tivesse se dado conta da presença da plateia.

– Posso viver mil anos – Jeff diz –, e nunca ouvir o resto dessa história.

– Por que eu sempre conto meus segredos pra você? – pergunto, irritada de verdade.

Surpreendentemente, ela soa arrependida:

– Porque minhas histórias são sempre piores?

– Eu não estava pensando em histórias vexantes do tipo "Holland com um namorado" – Calvin diz –, e sim em anedotas engraçadas.

Olho para ele ao escutar o som de sua voz – agora apertada e fina – e reparo em sua expressão zangada. Estou começando a perceber que Calvin não gosta da loucura de Lulu.

E não tenho certeza se eu também gosto, especialmente esta noite, em que ela está ligada nos 220 volts.

– Bem – digo, pousando minha mão no braço dele –, houve uma vez em que minha *avó* não me reconheceu por causa dos quilos que eu havia engordado no primeiro ano de faculdade. – Jeff tosse, e eu emendo: – Foram uns dez quilos.

Calvin olha para mim, grato.

– Isso foi cruel. – E anota em seu caderninho.

Continuamos bebendo e contando histórias – sobre quais esportes pratiquei (vôlei, por um curto período), quais livros adoro (vários), lugares para onde viajei nas férias (menos do que gostaria) – e Calvin compartilha algumas de suas próprias histórias. Ele costumava pescar com seu pai em um lago todas as sextas-feiras de manhã para garantir o jantar; sua irmã mais nova, Molly, tem paralisia cerebral; ele assistiu a *Possuído* sete vezes porque teve sorte de conseguir comprar a entrada duas vezes e porque teve um professor, extremamente generoso, que o levou outras cinco; ele não vê graça nos *sitcoms* (especialmente em *Friends*); seu filme favorito é *O poderoso chefão – Parte II* (e eu adoro o fato de que, pelo menos nisso, ele parece um pouco comum); ele não come carne de carneiro e acha uma abominação misturar outras coisas com uísque. Ele também costumava ajudar muito sua mãe quando era mais novo e é hábil com as agulhas de tricô.

– Você *tricota*?

Ele confirma abanando a cabeça devagar, relaxado com toda a comida, a bebida e a companhia.

– Posso tricotar pra você um cachecol e uma touca combinando.

Parece que estamos absorvendo as informações em largos goles – como se as bebêssemos de uma mangueira de incêndio – mas o modo como essas histórias se desenrolam, com suas piadas e anedotas paralelas, fazem-me perceber que estamos realmente conhecendo um ao outro daquele modo intenso que ocorre quando as pessoas passam um bom tempo convivendo juntas, como em um acampamento de verão.

Jeff se levanta, convidando Lulu e Gene a se retirarem com ele, e eu aprecio a habilidade do meu tio em ser franco sem ser rude.

– Vamos deixar eles dormirem. Imaginem como isso tudo deve ser estafante.

Ele dá um sorriso cansado para Calvin antes de me abraçar apertado.

Lulu agarra a garrafa cheia de tequila restante, e Gene envia beijos a caminho da saída.

Quando a porta se fecha atrás deles, Calvin suspira pesadamente.

– Uau. Estou farto. – Ele dá um tapinha na têmpora, esclarecendo em qual sentido.

Se o modo como ele olhou para Jeff cheio de gratidão serve como pista, acho que ele está farto de interação social.

– Posso apostar.

Juntos, recolhemos os pratos e limpamos a cozinha. Ele lava a louça, enquanto empacoto a comida e limpo o balcão da pia.

Isso é tão acolhedor. Passar um tempo com minhas pessoas queridas tendo Calvin presente e depois limpar a bagunça. Será que é por que sabemos que tudo isto é falso e não temos a pretensão de fingir? Ou será que é algo mais, uma química?

Veja, Holland, é aí onde você vai arranjar confusão.

Ele pega uma cerveja e vai para o sofá, caindo sobre a almofada, e eu desmorono na extremidade oposta.

– Você se divertiu? – ele pergunta.

Esfrego minha testa, contando os quatro coquetéis que bebi ao longo de três horas.

– É, foi divertido. E estou um pouco bêbada.

Ele dá uma risadinha leve, como se achasse isso encantador.

– Seu nariz está todo vermelho.

E então, inesperadamente, ele se ajeita de modo a se deitar e cuidadosamente pousa a cabeça em cima do meu colo.

– Tudo bem se eu ficar assim?

– Claro. – Hesitante, aproximo minha mão e afasto os cabelos de sua testa.

Ele ronrona de leve com meu contato e seus olhos se fecham.

– Que semana maluca.

– É.

Este momento é tão surreal que mordo o lábio para me assegurar de que não estou sonhando. Pergunto-me se vai parecer mais real quando ele começar a frequentar os ensaios e eu retornar ao trabalho, e voltarmos juntos para casa todas as noites.

Um ano. Uma voz dentro de mim adverte-me para proteger meu coração e minhas expectativas com plástico-bolha.

– Eu bebi o bastante para ficar sonolento – ele diz. – Ou talvez mais tagarela.

Apenas AMIGOS

– O que é uma coisa boa. Deixe eu ir buscar minha lista de perguntas extremamente íntimas.

Ele ri, olhando para mim.

– Aprendi muito sobre você hoje. Dá pra saber muito sobre uma pessoa baseado no que seus entes queridos dizem.

Gemo ao me lembrar.

– Lulu é uma monstra. Aquilo não ficou bem no meu currículo.

– Eu ia perguntar sobre isso. – Ele fecha os olhos de novo enquanto penteio os cabelos dele com meus dedos. – Ela parecia legal no casamento, mas esta noite estava uma mala sem alça. Ela é sempre assim, grosseira?

– É, Lulu é uma tempestade de emoções, mas esta noite ela estava meio agressiva, como se estivesse se esforçando para ser mais dramática do que eu.

– O que fizemos foi bastante dramático. Observando de fora, me parece que Lulu está acostumada a ser a mais ousada de vocês duas.

– É verdade. – Fito o rosto dele, aproveitando a oportunidade de estudá-lo sem que ele note. O nariz dele é reto e estreito, os lábios são cheios mas não femininos. Adoro o formato de seus olhos. Não saberia descrevê-lo de outro modo a não ser audaciosos, semicobertos pelas pálpebras. Seus cílios são grossos, mas não muito longos. Os fios da barba são mais escuros que os cabelos, castanho-claros com reflexos vermelhos quando no sol. Na nuca há uma surpreendente mecha prateada, como um afloramento de cristal em uma rocha escura.

Ele pega o celular e digita algo rapidamente, antes de dizer:

– A gente deveria conversar sobre coisas que os novos casais sempre discutem primeiro.

– Você se refere a relacionamentos *anteriores*? Quer pegar seu caderno?

Calvin dispensa a ideia com um sorriso.

– Mais cedo, o Jeff mencionou de passagem um sujeito de nome Bradley. – Ele cruza os tornozelos. – Então suponho que foi duradouro.

Pisco, tentando adivinhar quando – e por que – Jeff e Calvin discutiram meu histórico de relacionamentos esta noite. Mas meu celular vibra sobre a mesa. Curvo-me sobre ele para alcançar o aparelho e leio a mensagem que acaba de chegar... de Calvin.

> Está preparada para mim?

Observo a tela, perplexa, antes de entender o que ele está fazendo. Engrossando nossa troca de mensagens eróticas. Jogando o jogo.

Respondo com meu rosto corado.

> Se por "preparada" você quer dizer "nua", saiba que estou.

– Você estava me contando sobre Bradley – ele pergunta assim que pouso o celular no sofá, perto de mim.

– Certo. – Raspo a garganta, olhando para ele. Calvin também está sugestivamente rosado. – Ficamos juntos por pouco menos de três anos.

– Você achava que iria casar com ele?

É uma pergunta muito óbvia, por isso não há desculpa para o modo como ele me pegou desprevenida.

– Não, não achava. Ele era bom, mas... éramos entediantes de maneiras muito parecidas.

Ele estreita os olhos para mim quando digo isso, e me pergunto o que ele deve estar pensando.

– E os outros?

Os outros. Há tanta mediocridade na resposta.

– Você primeiro – devolvo a pergunta. – Com quantas mulheres já esteve?

Ele inspira o ar, calado, enquanto olha minha mensagem, digita rapidamente uma resposta e deixa o celular descansar sobre a barriga, com a tela virada para baixo para que eu não veja o que ele escreveu.

– Você quer dizer *relacionamentos*? – ele pergunta. – Dois. – Calvin estica a perna. Ele retirou as meias e vejo que tem pés bonitos, não são cheios de calos nem nodosos, mas lisos e bronzeados, com unhas aparadas.

Meu celular vibra.

> Quero sentir seu calor quando for para a cama de noite.

Essas palavras explodem na minha corrente sanguínea. Meu cérebro desvairado descobre que... isso *se aplica* à nossa presente situação.

> Quero muito também. Que horas vai estar em casa?

– Apenas dois? – pergunto, tentando não perder o fio da nossa conversa.

– Bom, duas namoradas de verdade. Aileen e Rori.

– São nomes bem irlandeses.

Isso o faz sorrir e ele deixa escapar uma grande e redonda risada.

– Eram garotas bem irlandesas.

– Nenhuma aqui nos Estados Unidos?

– Rori se mudou comigo pra cá quando vim estudar, mas voltou pra casa depois de alguns meses. Desde ela... houve mais algumas com quem eu apenas transei, não foram muitas. – Calvin estremece ao levantar a cabeça e levar sua garrafa até a boca, acrescentando: – Uma garota de escola, Amanda. – Ele estreita os olhos enquanto pensa. – Durou talvez uns seis meses? Mas ela seria um pouco diabólica. E mandona.

– Eu pensava que uma mulher mandona era boa de cama.

– Está certa. Essa parte não era um problema. – Ele toma outro gole, sem me olhar. – E você?

– Eu?

Ele me observa com olhos estreitos.

– Homens.

– Ah. Depois de Bradley... Centenas.

Ele se ergue mais um pouco.

– É mesmo? – Sua voz está cheia de curiosidade bêbada e dramática, mas murcha quando percebe que estou brincando, e volta a se deitar. – Quero dizer, não seria nada inaudito. Liberdade sexual e tudo mais.

– Não centenas. Mas alguns.

– Sabe – ele diz, sonolento –, segredos são como uma moeda.

– São?

Ele olha para o celular brevemente e digita algo com seus dedos rápidos. No meu peito, meu coração quer entrar em erupção. Calvin meneia a cabeça quando olha de novo para mim.

– Mamã costuma dizer que os segredos abrem portas entre amigos.

Olho para ele com uma exasperação divertida.

– Você está trazendo minha doce sogra Marina para dentro desta conversa sobre minha vida sexual?

– Ela é ótima.

Olho meu celular e as palavras que surgem nele.

> Vou estar em casa assim que possível.
> Só consigo pensar em você.

Apenas AMIGOS

Minha respiração está presa em minha garganta, como um nó grosso e difícil de engolir.

– Além disso – ele diz, baixinho –, você é bonita demais para ser inexperiente no amor. – E antes que eu possa sentir todo o efeito que isso provoca em mim, ele acrescenta: – Só sei de Bradley e daquele que Lulu comentou hoje.

Gemo só de lembrar daquela explosão mortificante de Lulu.

– Então, eu perdi meu crachá de virgem para um cara chamado Eric no meu aniversário de 16 anos. Jake foi meu namorado no último ano do ensino médio. Desde então houve mais alguns... mas, como você diz... eram relacionamentos mais casuais, incluindo esse que a Lulu mencionou. – Olho para ver a reação, mas ele parece apenas esperar.

Parece que ele quer um número.

– Eu transei com seis pessoas.

– Seis não é tão mau.

– Pra quem?

Ele olha para mim e me dá uma piscadela.

– Pra mim, suponho.

Desvio o rosto. Sinceramente não sei o que pensar de tudo isto.

Conhecemo-nos há um tempo que pode ser contado em dias, não em anos, e ainda me parece tão louco que ele esteja aqui no meu apartamento – *no meu colo*. Além disso, ele parece ter se comprometido genuinamente com este casamento, assim como demonstra um interesse real pela minha pessoa. Dada a minha vontade de me proteger, não sei como me sentir a respeito disto.

Tocada, talvez. Similarmente possessiva. E também vigilante.

Não fizemos nenhum pacto de fidelidade.

– Passei tanto tempo durante os últimos quatro anos tentando arranjar um emprego – ele diz, baixinho –, que os relacionamentos ficaram em segundo plano. Acho que fiz testes para tudo. Mas violão clássico é bem difícil. E sempre querem você com uma guitarra tocando rock.

— Você também toca rock.

Ele me fita.

— Sim, mas não como uma paixão.

— Não — eu digo —, é claro que não. Mas você podia ser roqueiro se quisesse.

— O problema não é apenas que eu não quero fazer isso; há um milhão de guitarristas de rock.

— Bom, agora há somente uma pessoa tocando violão clássico no Levin-Gladstone.

Ele dá um soquinho no ar.

— Mas, falando nisso — digo, afastando a cabeça dele do meu colo —, amanhã você vai lá para começar os ensaios. — Aponto para o relógio nos avisando que já passa da meia-noite. — Você deveria ir dormir.

Ele olha para mim.

— Esta noite foi pancada.

Rio.

— E isso é bom?

— É, significa que foi divertido.

— Pra mim também.

O sorriso dele se endireita.

— Não gosto de pensar em você como personagem secundária da sua própria história.

Mordo o lábio, esforçando-me para não desviar o rosto. Não sei o que dizer a respeito disso.

— De repente você se tornou uma parte muito grande de mim — ele diz, baixinho. — E eu, de você, não é? Por que não tornar isto épico?

Calvin se senta e se inclina para pousar um beijo casto na minha bochecha, que sinto durante muito tempo depois que ele levantou para ir ao banheiro.

Apenas AMIGOS

Vou ao meu quarto para vestir meu pijama e depois fico sentada em minha cama, observando o celular. A última mensagem dele ficou sem resposta. Respondo impulsivamente:

> Também me sinto assim.

O que estou fazendo? Tenho menos medo de arrumar problemas com um casamento falso do que de me apaixonar por alguém que pode estar apenas me provocando.

Não faço ideia por quanto tempo fico ali sentada, mas quando saio para ir ao banheiro, vejo Calvin no sofá-cama, enfiado debaixo das cobertas, de olhos fechados.

Meu celular vibra de novo.

> E detesto cada noite que vou dormir sem você.

TREZE

Lembro a primeira vez que assisti a *Uma secretária de futuro*. Foi na casa de Robert e Jeff – claro – e eles tinham uma fita VHS do filme. Há várias falas clássicas – "não sou um prato de comida. Você não pode simplesmente me pedir!" – mas minha cena favorita é a do final – alerta de *spoiler* – quando Melanie Griffith e Harrison Ford estão juntos na cozinha, fazendo café e embrulhando o almoço para o primeiro dia de trabalho dela. Estão cheios de sorrisos íntimos e encontrões de ombros, e é tão bonitinho que chega a ser obsceno.

Vou ser sincera com você e dizer que nossa manhã antes do primeiro ensaio de Calvin não foi assim. Para começar, nós dois acordamos atrasados. Nosso momento de pânico enquanto apressávamos um ao outro – para escovar os dentes, fazer café –, *Vá em frente, tome banho primeiro; Ah, droga, Holland, posso usar sua lâmina?* – só é interrompido quando meu celular toca. É o Robert: o celular do Calvin está no modo silencioso e meu tio está tentando ligar para pedir que ele vá uma hora mais cedo para ensaiar antes de Ramón chegar.

Calvin emerge da bruma de vapores do banheiro com uma toalha enrolada na cintura. Passa pela minha cabeça a memória absurda do torso de plástico da aula de anatomia. Reparo como cada músculo sob a pele dele é perfeitamente definido.

Ele passa por mim.

– Esqueci minhas roupas aqui fora.

O que eu queria dizer mesmo...? Ah, é:

– Robert ligou – digo, e uma parte de mim quer sugerir a ele prender melhor essa toalha, porque ela vai cair quando eu der o aviso. – Ele quer que você vá mais cedo.

Calvin empalidece.

– Mais cedo quanto?

Espio o relógio atrás dele.

– Mais cedo agora?

Ele tem uma explosão de pressa, agarra suas roupas no sofá e corre de volta ao banheiro. Tenho um relance de sua bunda nua e alcanço o nirvana. Visto qualquer roupa que encontro em cima da pilha da lavanderia – aliás, ninguém liga para o que vou vestir hoje ou em qualquer outro dia – e sirvo café para nós dois em canecas para a viagem. Fico esperando na porta.

E então, saímos.

Está tão frio do lado de fora que estou preocupada que os cabelos molhados dele possam congelar. Aparentemente, ele também, porque enfia o gorro de tricô na cabeça e se curva contra o vento cortante, abraçando o estojo do violão junto ao peito. Passamos pela estação da Rua 50 sem nenhum comentário – ele nem sequer olha, embora eu sim – e meu coração se aperta com um nó agridoce.

– O que mais Robert disse? – ele pergunta, estremecendo contra o vento.

– Ramón chega às 10h. Ele quer verificar umas coisas primeiro com você.

Calvin para abruptamente na calçada, atordoado.

– Ah, meu Deus. É o primeiro ensaio do Ramón também.

Uma vez que ele diz isso em voz alta, parece dar-se conta de uma coisa que percebi assim que Robert comentou: não faz sentido Ramón ensaiar com Lisa hoje se Calvin já está entrando para a orquestra. Hoje, vão ensaiar juntos para valer.

Calvin se vira e continua sua marcha apressada até o teatro, e eu corro para conseguir acompanhar seus passos largos.

– Você vai estar incrível – asseguro.

Ele meneia a cabeça dentro de seu cachecol quente.

– Continue me dizendo isso.

– Você vai estar incrível.

Com isso, ganho um sorrisinho.

– Vou deixar você bêbado depois, independente do quê.

Calvin ri.

– Continue me dizendo isso também.

Posso apostar que Calvin está intimidado pela multidão que se reuniu perto do palco para acompanhar seu primeiro ensaio. Ele parecia tão mais relaxado no teste – mas é claro, ele não tinha nada a perder naquela ocasião.

Dou uma apertada no ombro dele em solidariedade e o deixo seguir pelo corredor central, observo enquanto ele se aproxima de Robert. Estou aliviada por ver que Ramón ainda não chegou.

Ao longe, meu marido e meu tio apertam as mãos, e depois Calvin é puxado para um abraço. Abençoada seja a sensibilidade de Robert para lidar com o nervosismo alheio, e abençoado seja Calvin por ceder ao abraço tão rapidamente.

Brian aproxima-se de mim, apontando o queixo na direção do palco.

– Bom. Isso com certeza pareceu um gesto amigável.

Reviro os olhos, mas permaneço calada. Ele está vestindo uma camisa azul-escura estampada com sóis, tigres, serpentes e, não me importa que seja da Gucci, é ridícula. Não sei se a ideia de ele ter pagado 800 dólares em uma porcaria de camisa polo me deixa contente de uma forma malvada ou se me deixa deprimida devido ao estado das minhas próprias finanças.

Em qualquer caso, Brian é um idiota.

— Ele foi muito sortudo por ter encontrado uma jovem dama com tendências a solteirona e más perspectivas para o futuro.

— Está precisando de alguma coisa? — pergunto, fechando minha mão em punhos para não cair na tentação de estapeá-lo.

Ele eleva uma sobrancelha de alerta diante do meu tom.

— Vamos garantir que todos saibam que você é casada. Robert disse que não podemos dar chance aos rumores de que foi de fachada.

Nem sei o que dizer diante disso, apenas murmuro:

— Obrigada.

Já posso sentir que Brian está tentando se meter no meio desta loucura, querendo colecionar casos e fofocas como quem pega moedas em um baú do tesouro. Ele se vira e olha para mim.

— Preciso dizer, mesmo naquela reunião... Nunca imaginei que você realmente *faria* isso.

Raramente ficamos tão próximos, encarando um ao outro abertamente, mas há algo diferente na nossa dinâmica hoje, e quando entendo isso, tudo entra em foco: ele não pode negar que fiz algo valioso. Ele precisa me humilhar apontando como fui louca por me casar com um desconhecido.

— Você parecia convicto de que essa era uma ideia *fora-da-caixa* — lembro a ele.

— Eu estava *brincando* — ele diz. — Quero dizer, porra, quem faria isso?

Ele escarra uma risada e desaparece na direção do *lobby*.

O jeito entojado dele sempre me dá vontade de gritar: *Ei, você sabia que a pronúncia correta é supostamente, e não "supositoriamente"? Sabia que Washington não tem "r"? Sabia que tem notificações de recebimento nas suas mensagens de texto, então sempre sabemos quanto tempo você ficou curtindo sua viagenzinha autoritária antes de nos responder?*

E, ainda assim, não digo nada. Retiro cuidadosamente minha câmera da bolsa e me dirijo até o fim do corredor para tirar algumas fotos do primeiro dia de Calvin e Ramón.

Durante um tempo, Robert e Calvin conversam em voz baixa e com as cabeças inclinadas. Isso me faz lembrar meu pai, quando era técnico do time da escola, com meu irmão mais velho, Thomas, zagueiro: os dois ficavam planejando jogadas juntos, de cabeça abaixada, sentindo a pressão de centenas de olhares sobre eles. De alguma forma, isto não parece muito diferente, exceto que o nível de celebridade neste caso é colossal.

O pensamento sobre papai e Thomas faz meu peito doer um pouco de saudade. Fiquei parada durante tanto tempo e, de repente, minha vida é este trem em movimento; manter um segredo tão grande os faz parecer ainda mais distantes.

À minha frente, Calvin afasta-se e pega o violão, afinando-o com maneirismos que já me parecem estranhamente familiares. Sinto um vaguíssimo cheiro de café e chá – esta manhã eu o vi afinar o violão, praticamente nu, enquanto eu servia a bebida em nossas canecas – e já prevejo o que ele vai fazer: ele gira o pescoço, fecha as mãos em punhos e estala os dedos. Meu coração tamborila na garganta e, quando Calvin olha para Robert, o tamborilar derrete-se em fogo.

Robert levanta as mãos, fazendo contagem regressiva, então a música parece fluir do instrumento para o corredor, como um rio inundando a todos. Ninguém se mexe, ninguém fala, e a exuberância da música me dá a sensação ímpar de *déjà vu*, de algo muito distante que de repente está próximo de novo, e sou sufocada pela sensação de um jeito que faz meu rosto virar para o teto e tentar sorver a música, respirá-la.

Ele não precisa da tablatura; ele percorre as músicas. Cada vez que Robert o interrompe para corrigir algo, deixa-me com a sensação de um espirro suprimido, ou de uma exalação arrancada de mim. Robert faz Calvin parar repetidas vezes, até que, em um momento, durante um simples compasso de quatro, ele fez o público vibrar em uníssono.

Robert se vira e brinca, pedindo silêncio ao público.

— Deixem-me dirigir o espetáculo.

Alguém grita:

— Ele está me dando arrepios.

— Os arrepios vão ser ainda melhores quando ele dominar a sincopação. — Robert vira-se novamente para o palco e faz contagem para que Calvin recomece.

Maestro e músico, isso é tão parecido com uma dança. Robert move-se como água, de onde está, e a música flui de Calvin. Passa-se uma hora de ensaio até que me lembro que eu deveria estar fazendo alguma coisa. Levanto minha câmera, atrapalhada, equilibrando-a sobre o gesso para encontrar o visor. Através do quadradinho na tela, assisto ao filhote-de-dois-metros-da-Broadway-transformado-em--vencedor-do-Oscar e sorridente Ramón Martín subir ao palco batendo palmas.

QUATORZE

Calvin está muito bêbado.

Não só bobo, brincalhão e sorridente, mas com a vista embaçada e com um braço pesado envolvendo meus ombros enquanto eu o ajudo a subir os três lances de escada até o apartamento.

– *Ramón. Martín.* – Ele soltou esse nome com ênfase sonhadora pelo menos umas cinco vezes esta noite. Para ser justa, Ramón esteve conosco até uma hora atrás, quando o enfiamos dentro de um táxi. Os dois estavam bêbados e se abraçando como fãs recíprocos. – Mal posso acreditar que esta é a minha vida. – Ele apoia todo seu peso sobre mim e eu gemo. – Holls, hoje foi uma loucura. Um sonho.

Encosto Calvin na parede enquanto luto para sacar minhas chaves e abrir a porta antes que minha vizinha do apartamento ao lado, senhora Mossman, apareça para nos mandar calar a boca. Por mais que eu esteja bêbada de martínis por minha própria conta, estou ainda mais inebriada pelo que testemunhei hoje. Calvin sozinho é incrível. Calvin e Ramón juntos são um fenômeno.

Ramón já é um barítono impressionante, e com a fluência exuberante do violão de Calvin, a voz dele se abriu e atravessou o teatro sem limites, infinita. Eles puseram a casa abaixo – uma casa repleta de pessoas que viram e ouviram essas músicas centenas de vezes. Até Luis Genova veio assistir à última meia hora de ensaio, e estava quase chorando de alívio ao ver que seu querido espetáculo não iria morrer com sua saída.

– E eu devo isto a você. – Calvin aperta meu queixo com o polegar. – Minha doce Holland e seu ouvido mágico. – Ele precisa de um bom esforço para focar a visão, mas, quando consegue, murmura: – Suas sardas são mesmo adoráveis.

Meu sangue quente parece fazer pressão em minha pele. Consigo abrir a porta e Calvin tropeça para dentro do apartamento, passa por mim e esparrama-se no sofá.

Observo-o enquanto ele já está meio adormecido. Mesmo com as roupas amarfanhadas e os tênis desamarrados, não consigo represar o pensamento: *Olhe pra você. Apenas olhe você, aqui no meu apartamento, existindo.*

– Lulu veio? – ele pergunta.

– Ela foi pra casa com Gene.

Ele ri, virando-se para rir com a cara no travesseiro.

– Gene.

Estou encantada que Calvin sinta tanta vontade quanto eu de rir do nome geriátrico do Gene.

Entretanto, estou menos encantada com o comportamento de Lulu esta noite.

Mais uma vez, ela esteve desagradável e intempestiva, provocando-me de formas passivo-agressivas, comprando bebidas para Calvin e Ramón, sentando no colo deles e paquerando-os descaradamente.

Lulu sempre foi minha amiga maluca, mas nunca foi assim, tóxica.

Vê-la através dos olhos de Calvin é desconcertante. Queria que ela sossegasse e desse um tempo, ainda que só um pouquinho.

Apenas AMIGOS

– Ela tem tanto ciúme de você – Calvin diz, tirando a camisa. Ele a puxa sobre os ombros e arremessa pela sala; uma poça de tecido azul se forma em algum lugar perto da janela.

Vou à cozinha e pego um copo d'água para cada um de nós, assim posso fingir que não preciso responder a isso – ao comentário dele sobre Lulu ou à sua aparente predileção em ficar nu. Calvin soluça no sofá e depois geme, graças a Deus ele não precisa estar no teatro antes de terça-feira à tarde.

– Por que ela é assim? – ele murmura, e eu aperto o copo d'água em sua mão.

Pergunto-me se ele está pensando sobre o mesmo momento que eu, ocorrido no começo da noite: Lulu sobe em cima de Calvin, montando em seu colo, e finge dançar em cima dele; enquanto isso, uma máscara de repulsa mal disfarçada toma o rosto de Calvin antes que ele a faça ficar de pé. Odeio que ela tenha dado em cima dele de forma tão descarada, e detesto ainda mais o fato de que ela zombou de nosso casamento esta noite.

– Não sei.

Ele abre um olho e me espia:

– Não acho que isso seja verdade.

– Talvez seja como você disse: ela gosta de ser a maluca da dupla.

– Quero dizer... esta noite com certeza conta como maluca. Volto para a sala de estar e lhe entrego o copo d'água.

– Você se divertiu?

Os lábios carnudos dele fazem um beicinho pensativo.

– Gostei de estar com Ramón. Também gosto de estar com *você*.

O álcool amortece meus reflexos e em vez de me afastar, meu coração me dá um murro poderoso nas costelas.

– Gosto de estar com você também.

Ele franze o nariz.

– Mas não gosto dela.

Isso me faz rir. Em menos de uma semana, descobri que Calvin é incrivelmente sossegado com quase tudo, mas quando ele desgosta de alguém, não faz nenhuma questão de esconder.

– Percebi.

– Já tive amigos assim – ele diz –, aqueles que você supera, mas mantém por perto.

Quando ele diz isso, um vento me atravessa. Não sei se fico contente ou triste ao perceber que ele tem razão. Lulu e eu nos conhecemos há quase três anos na Universidade de Columbia, e nos mantivemos unidas depois que nos formamos, quando dissemos uma à outra que descobriríamos um modo de virarmos gente grande. Ela é minha única amiga aqui, e eu queria que nossa amizade fosse importante mesmo quando já não sentia mais que nós duas combinamos.

– Acho que você está bêbado demais para fazer declarações tão profundas.

Ele dá uma risadinha.

– Sou seu *marido*, não tenho o direito de me posicionar?

Ele para de rir, e pela duração de um respiro parece totalmente sóbrio – nesse mesmo instante somos atingidos pela consciência de nossa situação absurda, incompreensível. Então ele fecha os olhos e a bolha de riso incontrolável estoura. Preciso tirar o copo da mão dele para que ele não derrame no sofá ou deixe cair no tapete. Calvin controla-se de novo enquanto me entretenho a observá-lo; então, sem aviso, ele me puxa para cima dele e me deixa docemente encurralada entre o encosto do sofá e seu corpo. Um latejar espalha-se pelas minhas coxas e para pesadamente entre minhas pernas.

A respiração dele no meu pescoço é úmida.

– Acho que você é a melhor garota que já existiu.

O calor de seu peito nu em contato com o meu envia arrepios contraditórios da minha garganta até os dedos dos pés. Abro a boca para responder, tentando encontrar as palavras através da bruma da *realidade* dele – o músico virtuoso, o menino bobo que dorme no meu sofá, sua presença seminua pressionada casualmente contra o meu corpo – mas quando o meu singelo "obrigada" me escapa, ele já está dormindo.

– Acho que você também é o melhor garoto que já existiu.

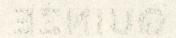

QUINZE

— Pelo amor de Deus, quem tenho que chupar para conseguir um maldito eletricista?

Estamos nos aproximando do fim do ensaio e não se escuta um suspiro no instante em que Brian grita isso no abismo dos bastidores.

Se viesse de qualquer outra pessoa, essa pérola retórica seria respondida com uma saraivada de mãos erguidas, mas nenhum de nós sequer tem ânimo de brincar quando a ideia envolve algo sexual com Brian.

Tiro uma foto clandestina de sua cara de raiva e depois mostro para Calvin, que está sentado ao meu lado, esperando Robert terminar o teste de uma nova percussionista.

— Uau — Calvin sussurra. — Mais azedo que vinagre.

— Nem me fale...

— Holland. — Brian materializa-se como um dementador à minha frente, e eu abaixo a câmera tão discreta quanto possível. — Acha que agora é hora para fotos? Você tem dezessete caixas de mercadoria para desempacotar lá na frente do teatro, e faltam duas horas para o espetáculo desta noite.

Mortificada, olho rapidamente para Calvin.

– Não olhe para *ele*. – Brian rosna e estala os dedos diante do meu rosto. – Ele não vai tocar em uma única caixa sequer com essas mãos. Vá lá para a frente e comece a desempacotar.

Sinto-me tão humilhada que nem consigo fitar os olhos de Calvin agora. Com um tenso "parece uma boa", sigo para a frente do teatro.

Odeio Brian.

Odeio Brian.

É por isso que ninguém corrige você quando diz café *ecspresso ou enticétera*, fico pensando enquanto cruzo o corredor. É por isso que nem Robert quis avisá-lo quando você apareceu com papel higiênico colado na sola do sapato.

Será que é hora de começar a procurar outro emprego? Esse pensamento me faz rir, porque esse momento veio e foi embora há cerca de dois anos. Se eu não começar a escrever meu romance no verão – uma perspectiva ambiciosa, considerando que nem sequer eu tenho uma *ideia* – talvez possa arrumar um trabalho interno em alguma revista? Penso nos contatos que tenho e me pergunto se não é o momento de sondar e enviar uns currículos.

No final das contas, Brian exagerou *um pouquinho* na quantidade de caixas a desempacotar: são somente quatro, e são pequenas. Aposto que estão repletas de chaveiros e toucas de lã. Mesmo com apenas um braço, não levaria mais de dez minutos para arrumar tudo.

Escuto um assobio baixo vindo de trás do balcão e levanto o rosto para encontrar Calvin examinando a enorme quantidade de mercadorias na vitrine.

– Tinha esquecido quanta coisa havia aqui.

Levanto os olhos, sentindo-me humilhada de novo por ele estar ali, observando-me enquanto desempacoto coisas superfaturadas com minha mão atrapalhada.

– Oi.

Ele pega um chaveiro e o gira no dedo indicador.

– Já pensou em vender algumas dessas coisas pelo eBay?

Apenas AMIGOS

Olho ao redor, desvairada, assegurando-me de que ninguém o ouviu. Não dá nem para brincar com algo assim.

– Deus, não.

– Era brincadeira. Quero dizer, eu só encorajaria você a fazer isso se fosse no nome do Brian. – Ele se escora sobre o balcão de vidro com os braços cruzados, curvando-se para ficar frente a frente comigo. Ele nunca tem pressa para falar. Seus olhos verdes me estudam antes de perguntar em voz baixa: – Você está bem?

Ocupo-me em desempacotar as caixas.

– Claro, por quê?

– Você parece um pouco tensa.

Rasgando um pedaço teimoso de fita adesiva, rosno:

– E por que eu estaria?

Calvin segura os lados da caixa de papelão para firmá-la.

– Porque seu chefe é um escroto?

Uma onda de constrangimento e gratidão atravessa-me e olho para ele.

– Ele é repugnante.

– Mas você gosta do seu trabalho? — ele pergunta, e volta a olhar para o conteúdo da vitrine.

A ausência de contato visual me ajuda a falar com sinceridade:

– Gosto da música. Gosto de tirar fotos, mas ficar aqui fora... sinto como se estivesse desperdiçando minha inteligência.

– Sabe, aquela noite, quando o Jeff disse que...

As palavras de Jeff me vêm à mente, doloridas: *Ela se vê como uma personagem secundária, mesmo na história de sua vida.*

Calvin prossegue:

– Quero dizer, em todo esse tempo em que estivemos conversando sobre quem somos, nunca falamos sobre o que você estudou, sobre o que *você* quer da sua vida.

Isso me faz paralisar de surpresa.

– Sim, conversamos.

Mas quando ele se volta para mim com seus olhos estreitados, percebo que tem razão.

– Tenho um mestrado em Escrita Criativa. – Mordo meu lábio e afasto uma mecha de cabelos do rosto enquanto ele me encara. – Quero ser romancista.

– Uau – ele diz, parecendo ligeiramente surpreso. – Sempre pensei que você quisesse fazer algo com música.

– Por quê?

Ele me olha como se eu fosse estúpida.

– Juro – digo a ele. – Não sou musicista.

– Bem, uma romancista é algo sensacional também. E com um mestrado. É bem impressionante, Holland.

Raramente admito que tenho essa ambição, porque parece que isso sempre provoca a mesma reação: uma mistura de surpresa com assombro. E não sei se as pessoas respondem desse modo porque gostam da ideia de que eu queira fazer algo criativo e difícil ou porque ninguém nunca olha para mim e pensa: *Ela tem histórias para contar.*

Quando me formei, sonhava em escrever algo divertido, rentável, engraçado. Agora sou uma respeitável trabalhadora de favor, com 25 anos e que não escreveu sequer um conto, um poema ou, maldição, uma única frase em meses. Se eu ganhasse uma moeda para cada vez que alguém me dissesse que *a única forma de escrever um romance é sentar na cadeira e escrevê-lo*, já seria capaz de comprar uma cobertura de frente para o Central Park. Às vezes, os conselhos mais bem-intencionados são os que menos ajudam.

– Mas só é impressionante quando você usa isso para alguma coisa – digo.

– Então *faça* alguma coisa.

– É mais fácil falar do que fazer. – Deixo escapar um resmungo. – Quero escrever, mas é como se meu cérebro estivesse vazio quando tento pensar em uma história. Ultimamente, sinto como se não fosse qualificada para fazer nada, diferente dc você e do Robert.

Apenas AMIGOS

Em vez de responder à minha insegurança assumida, ele apenas ri. Ainda bem.

– Não me peça para escrever um ensaio ou resolver contas, eu envergonharia você. – Ele fica mais sério: – Todos somos bons em coisas diferentes, *mo stóirín*[1]. Acho que você subestima seus próprios talentos. – Ele volta a olhar para a vitrine, mas estica o braço e cruza seu dedo mindinho com o meu. – Você está fazendo tudo isso por mim e por Robert, não por si mesma. Há uma generosidade enorme nisso. E me parece que você entende de música muito mais do que muita gente que trabalha aqui. – Ele move a cabeça para indicar o teatro. – Então é claro que seu cérebro é muito criativo. Confie nas musas.

Ele acaba de cutucar um ponto sensível nos meus sentimentos.

– Mas e se eu não tiver uma musa? Há uma parte de mim que teme que eu não goste de escrever o bastante para fazer isso todos os dias, a minha vida inteira. – Nunca havia dito essas palavras a ninguém, e a sinceridade nelas faz com que eu me sinta nua e desamparada. – Acho que, em partes, o que me impede de começar é o medo de que eu não vá adorar a escrita, e então ficarei com um diploma que não vou usar e sem outras perspectivas.

O problema é que eu sei que ele não tem como compreender toda a extensão dessa questão. Ele começou a tocar violão aos 4 anos e, desde então, tem tocado por pura paixão. Eu amo ler, mas sempre que leio um romance que me arrebata, penso: *De jeito nenhum eu conseguiria tirar algo assim de dentro de mim.* Será que Jeff tem razão? Sou incapaz de criar minhas histórias porque me vejo como uma personagem secundária? Condenada a ser sempre a amiga, a filha, ou somente uma peça na história de *todas as outras* pessoas?

Ao perceber que não consegue responder a isso, Calvin aponta para o encarte de um programa em edição de colecionador que mostra Luis e Seth no palco, sorrindo um para o outro depois da apresentação que lhes rendeu a primeira e estrondosa salva de aplausos.

---

1 Expressão de origem gaélica que significa "minha querida" ou "meu amor".

– Você tirou esta foto?

Sim, é verdade. Mas estou surpresa que essa tenha sido a pergunta que ele resolveu fazer. É como se não tivesse lhe ocorrido ainda que ele vai ser o novo queridinho da Broadway. Que vai haver uma foto dele e Ramón sorrindo radiantes um para o outro nesses programas comemorativos, vendidos a 25 dólares cada.

– Sim, fui eu que tirei.

Ele sorri para mim, orgulhoso.

– Foi um excelente clique. Você tem um monte de talentos que nem sequer percebe.

Quando o ensaio termina, com a multidão engrossando do lado de fora, Calvin segura a porta para mim e seguimos direto para a Rua 47.

Robert está deixando as rédeas nas mãos do assistente esta noite, porque tem trabalhado um número absurdo de horas para deixar Calvin e Ramón prontos para a estreia e ao mesmo tempo dirigir as apresentações que estão em andamento.

Suspeito de que Jeff interviu e bateu o pé para que seu marido tirasse as próximas noites para respirar um pouco.

Do lado de fora o clima está congelante. Ajusto o cachecol no meu pescoço e visto um par de luvas. Calvin – que ainda parece estar cheio de adrenalina depois do ensaio – não parece nem notar o frio.

– E como foi o restante da sua tarde? – ele pergunta, olhando por cima de mim enquanto esperamos para atravessar a rua.

Uma névoa de vapor escapa com minha risada.

– Planejei o assassinato do Brian...

– É uma excelente ideia para um *livro* – ele me interrompe.

– Desempacotei mercadorias...

– E devo dizer que a vitrine estava *primorosa*.

Espreito-o com o canto do meu olho.

Apenas AMIGOS

– Você está sendo terrivelmente elogioso.

A mão dele se espalma sobre seu peito.

– Apenas estou impressionado com todas as coisas que você faz no teatro, só isso. É como se você tivesse nascido para estar aqui.

Engancho meu braço no dele, abrigando-me contra o vento.

– Uma das histórias favoritas do Robert é sobre o dia em que eu nasci. – Levanto o olhar para ele e vejo como sua atenção está fixa em mim enquanto caminhamos. – De acordo com Robert e Jeff, e mamãe, e todas as outras pessoas que testemunharam aquele dia, papai trouxe meus cinco irmãos até o quarto para me conhecer e eles pareciam um monte de filhotes em cima da mamãe, que estava tão exausta que mal conseguia falar. Robert me pegou nos braços e disse a ela que ela podia descansar. Aparentemente, ele disse: "Que tal deixar que eu cuide desta aqui?".

Calvin ri, e sorriu para ele.

– Estou falando sério.

– Estou rindo porque acredito totalmente nisso.

– Sempre que eu queria fazer alguma coisa grande – digo –, como um acampamento de verão, treino de vôlei, uma viagem no final de semana com uma amiga e sua família, eu pedia para os meus pais, mas geralmente eles falavam para eu perguntar aos meus tios também. Passei cada tarde depois da escola na casa deles, em Des Moines. E também quase todos os finais de semana. Eu acompanhava Robert em seu trabalho de noite e fazia minha lição de casa na minha poltrona favorita, fila H, cadeira 23, enquanto ele conduzia o ensaio da orquestra.

– Isso não aborrecia seus pais? – ele pergunta. – Mamã era tão protetora, acho que isso a teria matado.

Ele não é a primeira pessoa a me perguntar isso. Durante minha vida inteira meus amigos perguntavam se havia algum desentendimento entre mim e meus pais, e isso nunca houve. Eu apenas gravitava na órbita dos meus tios, e eles eram da família, então minha mãe nunca se incomodou.

– Quando cheguei, mamãe não tinha muito tempo para dar toda a atenção que um bebê demanda. Thomas tinha 13 anos quando nasci. Quando eu tinha 3 anos, papai era técnico de Thomas no time da escola e eles foram para o campeonato estadual, então isso virou parte importante da vida da família. Thomas conseguiu uma bolsa integral na Universidade de Iowa e papai ficava lá o tempo todo. Olivia era sete anos mais velha e sempre deu trabalho pra mamãe. Davis era o queridinho dela e...

– Você ficou sobrando ali no meio?

Balanço a cabeça.

– Talvez um pouco. Não sei. Acho que é fácil de entender porque esse arranjo funcionou para todos. Mamãe parecia feliz em me ver tão bem com eles.

– Deve ter sido incrível crescer na sala de concertos.

Concordo.

– Provavelmente eu saberia reconhecer qualquer música clássica com apenas umas poucas notas de abertura, mas às vezes me pergunto se não é uma decepção para Robert o fato de que não sou mais musical.

– Mas isso é bem musical, Holland.

– Não, estou me referindo a ter talento.

Posso sentir o olhar dele pousado em mim por um bom tempo antes que eu enganche meu braço mais apertado no dele.

Um carro buzina ao passar, e nos movemos com a multidão feito um cardume pela calçada e para dentro do restaurante onde vamos nos encontrar com Robert, Jeff e Lulu. Estou levemente ansiosa para estar com meus tios e com Calvin no mesmo lugar, até porque, nós quatro não tivemos a oportunidade de estarmos juntos desde o dia em que demos a notícia de nosso casamento. Também espero que Lulu tenha superado o que quer que seja que a estava inquietando. Adoro a Lulu, mas não sei quanto tempo mais vou aguentar vê-la fazendo cena.

Apenas AMIGOS

Calvin gesticula para que eu entre primeiro e descemos o pequeno lance de escadas que levam ao Sushi de Gari. Os restaurantes de Nova York vêm em todos os tamanhos, moldados para caber no espaço disponível. Aqui, o burburinho de vozes é um ruído monótono enquanto somos guiados em meio ao que mais parece ser um jogo *tetris* de mesas e passamos por um balcão estreito até adentrar a um tipo de cabine, onde Lulu, Robert e Jeff estão à nossa espera enquanto bebericam saquê.

Robert e Jeff levantam, cada um dando um beijo na minha bochecha antes de deslizarmos no banco vazio reservado para nós.

– Desculpem, nos atrasamos – digo.

Robert respondeu a isso com um abano de mão.

– Acabamos de chegar.

Lulu levanta seu copo de saquê.

– Eu não. Estou aqui há vinte minutos.

Respondendo minha pergunta mental, Jeff acrescenta:

– Lulu estava nos entretendo. – Ele me deu uma piscadela.

– Não me diga. – Tiro meu casaco e dou um olhar de advertência para ela por cima da mesa.

Ela sorri de volta, presunçosa, e levanta seu celular.

– Olha, sou tecnológica.

Tomo o celular dela, cautelosa.

– Ah, meu Deus. – Observo a tela. É uma fotografia de um casal na praia, com seus pés na areia e uma fogueira crepitando atrás deles. Mas não é qualquer casal, somos *Calvin e eu.*

Lulu desfere um tapa na mesa.

– Sabia que aquela aula de Photoshop serviria para alguma coisa além de aumentar meus peitos nas fotos!

Na minha visão periférica vejo Robert e Jeff trocarem olhares. Eles, no máximo, toleram Lulu. Mas estou realmente aliviada por ela estar aqui; ela está servindo de contrapeso para o elefante na sala – Eu, Calvin, os Tios: todos nós juntos como uma *família.*

– Céus – Calvin diz, olhando por cima do meu ombro. Sua bochecha está quase encostada na minha e ainda posso sentir o frio do ambiente na minha pele. – Isso ficou muito bom.

– É a lua de mel de vocês – Lulu diz. – Na Flórida, óbvio, uma vez que você não pode sair do país sem ser preso.

Jeff discretamente pediu para ela se calar e eu passei para a imagem seguinte – uma foto de Calvin e eu juntos em um concerto ao ar livre. Ele está parado atrás de mim, com os braços ao redor da minha cintura e o queixo colado à minha têmpora. Em outra foto, estamos em um banco no parque, fitando um ao outro, mas não a câmera.

– *Você* fez isto? Você mal sabia como gravar um programa na televisão.

Ela ignora meu insulto.

– Me inspirei em um cara que coloca a si mesmo nas fotos do Instagram da Kendall Kardashian.

Robert e Jeff parecem ouvir o que ela diz, mas posso ver em seus olhares vidrados que, com a combinação das palavras *Instagram* e *Kardashian,* ela os perdeu.

– Usei um monte de fotos do dia do seu casamento, e também algumas das suas que havia no meu celular. E aquela outra que você me mandou dele no bar.

Olho de relance para ela, como um aviso, mas Calvin não parece ter escutado, ele ainda está estudando a foto adulterada.

– Vou contar uma coisa – Lulu continua, apontando para o telefone. – Nunca mais acredito em nada que vir na capa de uma revista, mas estou feliz pra cacete com o cartão de Natal que fiz com minha foto junto ao Príncipe Harry e ao Ed Sheeran.

Deslizamos a tela mais uma vez para a direita e ficamos desconcertados com a visão de um par de seios nus na tela antes de voltar à foto anterior de nós dois no banco.

Apenas AMIGOS

– Não vá muito longe – ela diz depois de engolir rapidamente um pouco do vinho de arroz. – Tem fotos dos meus peitos aí, e também outras que o Gene me mandou.

Calvin pega o celular – antes que sejamos brindados inadvertidamente com a vista de um pau – e o devolve para Lulu.

– Pode enviá-las para Holland? As *photoshopadas*, não os peitos. – E ele olha para mim. – Estamos parecendo um casal de verdade.

– Um casal sexy – Lulu acrescenta, e meu coração sapateia por todo o salão. Lulu está perdoada. Sei que as fotos foram tratadas com filtros e mágica digital, mas fazem parecer que meu lugar é mesmo ao lado dele.

Do outro lado da mesa, Robert se serve de – ainda mais – saquê. Ele não é um grande bebedor, e capto o olhar de Jeff. Nós dois erguemos sobrancelhas curiosas.

– Com certeza estão convincentes – Robert comenta, distraído, retirando os óculos e esfregando a ponte do nariz.

– É estranho ver essas fotos? – pergunto.

Ele me observa com os olhos apertados.

– Tem muitas coisas aí que são estranhas pra mim. – Ele para e segura minha mão. – Sei que eu não queria que você fizesse isso, mas não vou fingir, ter Ramón e Calvin juntos, tocando as músicas que compus... é meio que um sonho.

Calvin emite um som de concordância do fundo da garganta.

Soltando minha mão, Robert diz mais baixo:

– Mas, meu Deus, como espero que isso dê certo.

– Escutem – Jeff diz e levanta a mão de Robert para beijá-la. – Posso não estar totalmente por dentro de como tudo isso foi acontecer, mas mesmo assim estou confiante de que tudo vai ficar bem.

Olho entre eles, preocupada. Jeff não é o tipo que faz demonstrações públicas de afeto.

Ele é inabalável, sim. Calmo e estável, sim. Mas nunca afetuoso na frente das pessoas. Então vê-lo tranquilizar Robert desse jeito faz minhas antenas subirem.

– Tem alguma coisa errada?

Os dois compartilham um olhar calado antes de Robert apertar a mão de Jeff e recolocar os óculos.

– Temo que o cronograma será apertado. Calvin deveria começar oficialmente na semana que vem, mas talvez consigamos resolver as coisas.

– Enviamos todos os documentos um dia e meio depois do casamento – digo, olhando para Calvin, que meneia a cabeça.

– Sei que fez isso, minha flor, mas não depende de você. Vistos de trabalho podem demorar meses, e estamos pedindo para que seja emitido em, no máximo, duas semanas. É improvável, e não tenho certeza se depois que Luis sair poderei parear Ramón com Lisa até que Calvin seja oficialmente contratado. Ramón não vai querer isso.

Com um olhar para o rosto de Calvin – ofendido, possessivo – sei que Robert está certo.

Jeff se vira para Calvin e para mim.

– Conversei com o Sam na imigração, e ele me assegurou que já tem tudo o que precisam por enquanto. Ele não pode garantir a aprovação, mas pode dar um empurrãozinho e garantir que os formulários sejam processados em tempo.

Meus ombros desmoronam de alívio.

– Ah. Pelo menos uma boa notícia.

– Sei que já disse isso – Calvin fala para Robert –, mas obrigado por tudo. Não sei se um dia conseguirei retribuir tudo o que fizeram por mim.

– Nada disso – Robert diz, espantando a tensão. – Só estou passando por uma crise de nervosismo pré-espetáculo. Sempre acontece. As circunstâncias são só um pouco diferentes desta vez.

Apenas AMIGOS

A garçonete para à beira da mesa e pergunta se já vamos pedir os aperitivos. Com uma pequena discussão, Jeff e Robert pedem o de sempre, e na vez de Lulu, Calvin se aproxima e aponta o meu cardápio.

– Se eu pedir a berinjela, você vai querer dividir? Ou pedimos uns aperitivos para nós dois?

É uma coisa tão de casal que me pega desprevenida.

– Holls? – Acima de seu sorriso paciente há um brilho de divertimento em seus olhos.

– Claro – digo. – O que mais você quer?

Ele abre a boca para responder no mesmo instante em que seu celular vibra no bolso. Ele está tão próximo que eu posso sentir seu movimento sobre o estofado do banco.

– Desculpe – ele diz, afastando-se e olhando para a tela.

Vejo o nome Natalie na tela.

Calvin observa a tela, confuso, enquanto soa um novo toque, então seu sorriso some e ele parece se dar conta de alguma coisa.

– Ah, saco.

Minha garganta se aperta.

– Está tudo bem?

– Sim. Eu... – Ele para e parece ter mudado de ideia, vira-se para falar a todos: – Vocês me dão licença por um minuto? Preciso atender esta aqui. – E voltando-se de novo para mim: – Peça qualquer coisa.

Calvin se levanta e eu me contorço no banco:

– Tem certeza de que está tudo bem?

– Claro. – Dando um aperto no meu ombro, ele se afasta e sai do restaurante. Através das portas de vidro eu o vejo subir as escadas, com o celular já na orelha, até que o perco de vista.

Derrubo as chaves sobre o balcão da cozinha e, antes de ir para a cama, observo Calvin se abaixar para entrar no banheiro, calado. Ao longo de todo o caminho até em casa tenho estado com a estranha sensação de que há uma barreira entre nós, e não consigo descobrir o que o está deixando incomodado. Além do óbvio, claro: a enorme pressão de sua primeira apresentação e o estresse para que nossa documentação seja processada a tempo. Talvez isso seja tudo, e o que ele precisa é de um tempo para digerir. Manter a sanidade intacta enquanto esperamos a emissão do visto de trabalho é como assistir enquanto alguém martela um prego na unha da minha mão com uma batidinha por vez. É angustiante e não tenho controle sobre isso. Imagino como *ele* se sente.

No entanto, Calvin encontra tanta alegria na música e está tão otimista que é difícil crer que seu silêncio seja por estar preocupado com isso. E o que foi aquela ligação urgente esta noite? Será que há alguma outra oportunidade que ele esteja cozinhando em banho-maria? Será que sou a única que está planejando ser fiel?

Essa perspectiva me faz querer vomitar.

Calvin emerge do banheiro e me olha por uma e duas vezes quando percebe que estou postada exatamente no mesmo lugar onde ele me viu pela última vez: diante da porta.

– Você está bem? – ele pergunta.

Tento um sorriso.

– Sim. O jantar foi divertido.

Meneando a cabeça, ele vai para o sofá, senta-se e solta a camisa, depois enfia a cabeça entre as mãos.

É tão esquisito morar com alguém que não conheço bem.

Ele não bebeu muito, então sei que ele não está sob o efeito do álcool. Jantamos há meia hora, então duvido que esteja passando mal por algo que comeu...

– E *você*, está bem? – pergunto.

Apenas AMIGOS

Ele concorda e depois olha para mim, seus olhos estão vermelhos e sem foco de tanto cansaço.

– Sei que passou pouco mais de uma semana, mas ver o nervosismo do Robert hoje me deixou nervoso. E se fizemos tudo isso para nada? A espera está me matando. Só queria me apresentar. Só queria estar lá no palco.

Meneio a cabeça, compreensiva, mas sinto uma pontada estranha de culpa, como se eu devesse estar acelerando isso de alguma forma. E o pensamento de ter feito *tudo isso para nada* também não pousou em mim sem causar um impacto. Percebo que não estamos juntos de verdade, mas tem sido bom estar perto dele, mesmo que platonicamente. Não me sinto como se fosse *nada*.

O nome de Natalie flutua na minha memória junto à forma com que ele se afastou... faz com que eu me sinta insegura por um motivo totalmente diferente.

– Espero que aquela ligação não tenha sido algo ruim.

Ele parece levar alguns segundos para se lembrar, e então levanta o rosto, acanhado.

– Ah. – Ele faz uma careta. – Eu devia ter ido a um encontro e esqueci completamente.

Isso me deixa sem palavras.

– Espere – ele corrige, levantando uma mão –, isso saiu errado. Era um encontro que marquei alguns dias antes daquele almoço. Esqueci de cancelar. Me desculpe.

Bem, isso foi embaraçoso. Sento-me perto dele no sofá, cutucando uma cutícula do meu dedo.

– Acho que, se você quiser... Mas, hã, não sei... Talvez não devêssemos... – tropeço nas palavras e posso sentir o olhar dele sobre mim. – Namorar. Não deveríamos. Quero dizer, pra manter as aparências.

– Diabos, Holland – ele diz, incrédulo. – Não estou pedindo desculpas porque me sinto culpado por não ter ido vê-la esta noite. Estou me desculpando porque outra mulher me ligou quando eu estava jantando com você e sua família.

– Ah.

Ele explode em uma risada.

– Você me acha um tremendo parlapatão?

– Não? – digo, e não consigo evitar um sorriso porque não faço ideia do que "parlapatão" significa. A tensão lentamente se dissolve.

– Mas é verdade que nossa situação é um tanto sem precedentes.

– É, mas não vou ser infiel... Mesmo que estejamos só fingindo.

Apesar de ele ter usado a palavra *infiel*, é *fingindo* que sinto alfinetar meu flanco. Não estou fingindo – ou sim; estou fingindo que não tenho sentimentos por ele.

– Como você a conheceu?

– Por meio de um amigo – ele diz, tranquilo. – Não houve nenhuma grande história por trás disso. Eu a vi uma vez. Isso me lembra... – ele começa e espera que eu o olhe.

Por fim, meu incômodo cessa e consigo encará-lo.

– O que foi?

– Não combinamos o que dizer quando alguém nos perguntar como foi que nos conhecemos.

Meneio a cabeça e olho para a mesa de centro. Lembro da intimidade de nossas mensagens de texto das noites anteriores, como foi a sensação de tê-lo deitado com a cabeça em meu colo no sofá, o calor da pele, o contato firme perto de mim, e ter de lembrar a mim mesma de que *estamos fingindo*.

– Acho que a resposta deve ser a mais simples possível. Nos encontramos na estação do metrô. Não precisa ser mais complicado que isso.

DEZESSEIS

Todos os dias, Calvin ensaia por três horas com Ramón antes de Luis e Lisa entrarem para a apresentação da noite. E depois de cada ensaio, Calvin me localiza nos bastidores e está sempre sorrindo, como se estivesse plugado na corrente elétrica. A música o faz brilhar de um modo inacreditável; às vezes parece uma chama queimando sob a pele dele.

Ocasionalmente, Robert ensaia com eles, mas uma ou duas vezes por semana ele passa as rédeas para Elan, o diretor musical assistente. Sendo o compositor das músicas, ele sente as notas fisicamente e dirige os músicos com movimentos fluidos e instintivos. Porém, noto que Elan se concentra em precisão técnica mais do que em habilidade artística, e nos dias em que ele está ali, a música perde sua qualidade instintiva, uma emoção mais profunda que não foi totalmente transferida de Robert para Ramón e Calvin.

Já vi acontecer antes: a paixão de Robert é lentamente absorvida por seus músicos; ele os treina para sentir e não apenas ver as notas. A clave, o ritmo e os movimentos transformam-se em ação: uma inspiração profunda, um soluço, um punho golpeando o ar em triunfo.

Já não são mais acordes individuais, mas constelações unidas para produzir algo quase de outro mundo.

— O que é que não está funcionando? — Calvin mal saiu do palco quando dispara a pergunta e olha para mim ansioso. Ele movimenta o violão em suas mãos, apontando com a cabeça para o palco atrás de mim. — Alguma coisa soa estranha, não sei bem o quê.

Normalmente, eu evitaria dar qualquer conselho a ele sobre como aprimorar sua já excepcional performance no violão, mas estou envolta na aura brilhante dele e emocionada com o início iminente do seu espetáculo.

— Aproxime-se da cadência enganosa de "Lost to Me" e prolongue a tensão apenas mais um pouco. Você e Ramón estão deixando que ela se resolva muito depressa.

Ele me olha por dez segundos inteiros sem dizer nada, e meu estômago afunda. Nunca o critiquei antes, nem uma vez.

Acho que acabo de fazer algo desastroso.

O silêncio se prolonga durante o jantar. Ele come apressado na mesinha de centro antes de pegar o violão e curvar-se sobre ele até formar um casulo. Retiro-me para o meu quarto e fico ouvindo-o tocar a mesma parte inúmeras vezes, até adormecer. Sonho que o estou perseguindo em um bosque.

No dia seguinte, no palco durante o ensaio, ele troca olhares comigo enquanto toca aquela parte, e a ênfase dos acordes com sua beleza surpreendente faz minar lágrimas dos meus olhos.

Eu estava certa, e é assim que ele resolveu me dizer.

Confie nas musas.

Naquela noite, pela primeira vez em meses, consigo escrever. É apenas um parágrafo, e não é sobre o mundo ficcional que tenho estado desesperada para encontrar — é sobre a sensação de ouvir Calvin e Ramón em dueto, a sensação de ter meu peito tão preenchido de emoção que quase posso levitar – mas escrevi. Coloquei as palavras em uma página.

Todas as noites, nas laterais do palco, Calvin, Ramón e eu assistimos a Luis e Lisa apresentarem-se juntos. Quase posso ouvir Calvin mentalmente recitar as linhas e deixas, e – na nota de abertura de cada apresentação – fazendo contagem regressiva das noites que faltam para a estreia dele e de Ramón.

Meses atrás, Michael Asteroff liberou a notícia de que Ramón vai substituir Luis em meados de fevereiro. Porém, os produtores do espetáculo ainda não comentaram sobre as mudanças da direção do musical – em outras palavras, sobre a entrada de Calvin com o violão. Enquanto é de conhecimento geral que o violinista principal saiu, a imprensa deduziu que Lisa continuará em seu lugar. Sei que Robert está esperando que o visto de trabalho seja emitido antes de anunciar qualquer coisa, mas dada a reação da equipe perante Calvin e a forma como ele tem sido tratado como celebridade nos bastidores – sem mencionar no modo como Lisa tem sido ligeiramente maltratada nas mídias sociais pelos círculos mais radicais da Broadway – acho que a produção não perderia nada em fazer um pouco de barulho sobre Calvin em breve.

Três semanas depois que ele começou os ensaios, e a apenas uma semana de sua primeira apresentação, há uma carta com jeito de documento oficial nos esperando quando chegamos em casa. Nós a rasgamos como cães famintos.

Nosso pedido foi aceito e, de acordo com Jeff, isso é bom o bastante para prosseguirmos com a documentação que Michael precisa enviar para que meu *marido* seja oficialmente contratado.

Dentro de algumas horas, a assistente de Michael telefona para marcar o ensaio fotográfico e as entrevistas de Calvin e Ramón, a serem lançadas na semana de estreia. Embora o centro das atenções seja Ramón, Calvin ainda ganha manicure, corte de cabelo e barba em um salão chique – embora ele, educadamente, recuse uma depilação no peito.

Abrimos uma conta conjunta no banco, o que requer que compartilhemos até o mais básico de nossas finanças, igualmente desanimadoras. Além de trezentos dólares em nossa conta, tenho algum dinheiro guardado em que jamais mexo. Calvin está na mesma, só que sem as economias.

Para as várias entrevistas e aparições ele terá de comprar um terno, algumas camisas e sapatos novos. Nosso orçamento diminui, mas é bem menos estressante com alguém ao meu lado, e qualquer estresse que estejamos sentindo se dissolve tão logo pisamos no teatro e somos brindados com uma explosão de energia ao redor dele.

Nossos últimos dias antes da estreia mereciam uma trilha sonora. Deveria ser *Carruagens de fogo*, mas o mais realista seria a trilha de *Tubarão*.

Estou sentindo um estrondo iminente, e juro que isso não é coisa da minha cabeça. As mídias sociais estão pegando fogo com as especulações sobre quem será o substituto de Seth – o fato de ser um violonista está causando muita controvérsia. Os fãs amontoam-se do lado de fora do teatro na esperança de ouvir a música e saciar a curiosidade. Nós praticamente moramos no Levin-Gladstone. Michael, que raramente vem ao teatro, caminha pelos corredores ouvindo cada nota do ensaio. Os irmãos Law – que não costumavam ficar por perto, pois confiavam em Robert para manter o espetáculo em andamento com o dinheiro deles – são ocasionalmente vistos nos camarotes. Nos bastidores, Brian mais parece um louco, fica latindo ordens e atacando quem quer que esteja parado enquanto ele acha que deveria estar trabalhando. Robert está tenso e berrando ao menor sinal de erro.

Ramón é um perfeccionista e exige repetir uma parte inúmeras vezes, até que ele esteja rouco, e os dedos de Calvin, praticamente sangrando. Mas Calvin ainda vem me encontrar nos bastidores ao fim de cada extenuante ensaio com um sorriso gigante no rosto. É como se ele estivesse esperando isto há anos, e ou ele é à prova de alta pressão, ou então o seu prazer supera o terror.

Vejo como o elenco e a equipe o olham, como observam *nós dois*. Parecemos como qualquer outro casal casado. Calvin me toca livremente e me beija – *na testa*. Chegamos juntos e saímos juntos, mesmo que eu não seja necessária aqui nem por uma fração do tempo em que estou presente. E mesmo que eu não pareça uma completa azarada, sei que todos estão meio que se perguntando como foi que eu me casei com alguém como ele. Sou aquela garota sardenta, com meias-calças desfiadas, desastrada, que vive espirrando o café no decote da blusa, aquela mesma que esbarra em todo mundo com uma câmera na mão. Calvin, por outro lado, desliza com graça para dentro e para fora de qualquer espaço, e já foi comprovado que ele consegue comer salada sem sujar o rosto.

E isso é muito injusto.

Nos bastidores, encontro Calvin encostado em uma parede, conversando com Ethan – um membro da orquestra que, tenho certeza, adoraria puxar meu marido para um lugar mais escuro, onde pudessem ter uma conversa *bem mais íntima*. O fato de Calvin ser heterossexual parece causar dor em muitos dos nossos colegas homens.

Ele imediatamente me vê e sua expressão suaviza enquanto ele passa por Ethan para vir na minha direção.

Ethan me dá um sorriso insuportavelmente falso.

– Oi, Holland.

Imito a expressão dele:

– Oi, Ethan.

Quase salto fora dos meus sapatos quando Calvin me abraça por trás e pressiona a boca na minha mandíbula.

– Vou levar minha linda esposa para jantar.

Não consigo nem olhar para ele por cima do ombro, porque está tão próximo: estamos quase nos beijando.

– Me levar para jantar? – dou um passo para a frente, aumentando a distância entre mim e ele, que é meu marido; ele, que tem aroma de floresta e ar puro; ele, que dorme praticamente nu todas as noites a um cômodo de distância do meu quarto.

– Um encontro propriamente dito.

A Holland imaginária se levanta e agita o cartaz *Isso significa sexo!*, mas peço a ela para se sentar até que obtenhamos mais informações.

– *Propriamente dito*? – digo, com falso recato.

Ele parece captar o significado ao mesmo tempo que eu, e com uma tossidinha puxa seu protetor labial do bolso e o desliza sobre aqueles lábios que tanto adoro.

– Propriamente dito – ele fecha a tampinha com um sorriso – Com comida, bebida, diversão.

Ele enfatizou a palavra *diversão*? Ronronou um pouco enquanto a pronunciava?

Procuro olhar para Ethan, desejando que houvesse um modo de perguntar se ele corrobora isto que acabei de ouvir, mas em nosso inesperado momento de paquera, eu e Calvin não percebemos que Ethan já havia desaparecido.

– Sempre estou disposta a comida, bebida e diversão.

– É por isso que gosto de você. – Calvin engancha o braço com o meu, e eu flagro um olhar cobiçoso e caído vindo de outro membro da equipe.

Puxando-me, ele me conduz à saída lateral.

— Você precisa colocar um vestido propriamente dito, com saltos altos e um penteado.

Meu cérebro ainda está tentando processar tudo isso, decidindo se amo ou odeio que ele esteja me dizendo o que vestir, então a mão dele desliza até tocar minha nuca, e os lábios pousam na minha bochecha, demorando-se ali, quentes e macios.

Ele fala em contato com minha pele.

— Seu pescoço é minha criptonita — ele diz, e sinto seu sorriso se abrir na minha pele. — Acho que eu deveria enviar mais mensagens de texto sobre isso.

Saio do meu quarto com o único vestido *propriamente dito* que acho que tenho: é preto, possui um corpete justo e uma saia de *chiffon*, flácida e plissada, acima dos joelhos.

Calvin gosta também, porque quando piso fora do meu quarto vejo o queixo dele cair, como se estivesse para dizer algo e perdesse o fio do raciocínio. Admito que também fiquei boba de surpresa. Ele está vestindo o terno novo com uma camisa lilás, que ele deixou desabotoada no colarinho, deixando suas clavículas afiadas flertarem com meus olhos.

Depois de passar alguns segundos mirando cada centímetro do meu corpo, ele diz:

— Certo.

— Isto serve?

Os olhos dele pousam no meu pescoço. Meus cabelos estão presos em um coque alto e bagunçado.

— Meu Deus, claro.

Caminhamos algumas quadras até o Taboon e, mesmo havendo uma fila de pelo menos dez grupos esperando do lado de fora, Calvin aperta a mão de um homem parado à porta, que indica para nós uma mesa no fundo do salão. Sigo-o, notando como as cabeças giram quando o irlandês retira seu blazer azul-escuro e o dobra em seu braço.

Quando ele puxa a cadeira para que eu me sente, pergunto:

– Você conhece aquele cara?

– De Juilliard. – E com uma expressão ligeiramente amarga, Calvin diz: – Um violoncelista brilhante. Não tem tido muita sorte desde então.

Sinto um impulso subir pela minha garganta, um desejo de ajudar cada músico desviado de seu caminho. Mas não importa o quanto Robert seja maravilhoso, ou como sua orquestra seja sofisticada em relação à modéstia do teatro Levin-Gladstone, ele não pode contratar cada musicista desempregado que encontrarmos.

Ainda assim, mesmo que eu reprima, Calvin lê minha reação e isso faz suavizar a linha dura em seus lábios.

– Ele vai se ajeitar. Talvez a gente possa ajudar, mais pra frente.

Nós.

Mais pra frente.

Engulo em seco e me esforço para esboçar um dar de ombros neutro. Ficamos cabisbaixos, observando o cardápio, e borboletas pousam no meu estômago, tensas.

Um encontro propriamente dito.

Passamos várias noites no sofá jantando comida para viagem.

Tantas horas passadas com Robert e Jeff, e até mesmo com Lulu antes de voltarmos para casa juntos. E se esta noite tornar as coisas... diferentes?

Calvin levanta o rosto para mim.

– Quer dividir a entrada de couve-flor e robalo?

Maldição, adoro ter um cara decidido como marido.

– Feito.

Ele desliza o cardápio sobre a mesa e segura minha mão.

– Já falei muito obrigado?

Isso me faz rir.

– Uma ou duas vezes.

Apenas AMIGOS

– Bem, então vou falar de novo, só por garantia. – Os olhos dele adquirem um brilho cristalino e sincero. – *Muito obrigado.*

– Claro, não há de quê.

Depois de um ligeiro aperto, ele solta minha mão e recosta-se na cadeira, sorrindo para o garçom que se materializou ao lado da mesa. Este jogo de casados com certeza é fácil de jogar, e Calvin parece realmente empenhado, mas tenho pequenos relances de consciência que me fazem lembrar que não o conheço tão bem assim. Memorizei seus traços – sua pele cor de oliva, seus olhos verdes e os dentes perfeitos –, mas sua mente ainda me parece um mistério.

Fazemos o pedido de nosso jantar, e ele puxa algo do bolso do blazer: uma caixinha cor-de-rosa.

– Pra você.

Sou a pior pessoa para aceitar elogios e presentes. Portanto, como já era esperado, a *Desgraçalândia* faz uma aparição e eu gaguejo alguma coisa que pode ser traduzida como *Ah, meu Deus, você é ridículo, como ousa?*

Dentro da caixa há um delicado anel de *claddagh*,[2] e uma tempestade ruge dentro de mim.

– Sei que vai parecer um estereótipo – Calvin diz, sobrepondo-se ao meu silêncio embasbacado –, mas realmente costumamos usá-los. Por favor, não pense que estou sendo repetitivo. Isto não representa somente o amor, com o coração, mas acho que podemos pensar nas mãos como sinal de amizade, e na coroa como lealdade. – Ele faz uma careta de autozombaria enquanto desliza o anel no meu dedo anular direito, despontando do gesso, com a ponta do coração voltada para meu pulso. – Quando usado assim, significa que você está em um relacionamento. – Com um sorriso na direção da minha mão, ele o remexe, girando até ficar bem posicionado no meu dedo. – Por

---

2 O Anel de Claddagh é uma jóia tradicional irlandesa representando amizade, amor e lealdade. Suas origens remetem ao século XVII. É composto por duas mãos segurando um coração e uma coroa.

sermos casados, você deveria usá-lo na mão esquerda, mas já tem a aliança de casamento ali.

Estou com tanto medo de dizer algo inapropriado ou leviano que acabo por não dizer nada, apenas o toco com os dedos da mão esquerda e sorrio para ele.

– Gostou? – ele pergunta em voz baixa.

Este é o momento em que eu poderia revelar que estou completamente apaixonada por ele, e que ele ter me dado um anel tornou minha vida completa, mas apenas meneio a cabeça, sussurrando:

– É lindo, Calvin.

Ele se recosta, mas há uma fragilidade que não abandona sua expressão.

– Você gosta de assistir aos meus ensaios?

Deixo escapar uma fungada indelicada.

– É uma pergunta séria?

Ele faz aquela careta de autozombaria de novo.

– Bem, é. Sua opinião é uma das que mais me importam. Seus conselhos são... tudo.

Isso me deixa momentaneamente paralisada.

– Adoro ver os seus ensaios. Você é espetacular... e precisa saber disso.

O garçom traz o nosso vinho, e cada um de nós experimenta um gole para aprovar a garrafa, agradecendo-o. Quando ele se retira, Calvin me olha sobre a borda do copo.

– Acho que Ramón e eu fazemos um ótimo trabalho juntos, sim. – Ele morde o lábio, pensativo. – Mas, quero dizer, o tempo todo que tenho estado aqui, o que eu queria era isto... *exatamente* isto. Já contei pra você que quando *Possuído* estreou, eu tocava sozinho e me imaginava no espetáculo?

Alguma coisa espreme meu coração.

– É mesmo?

Ele meneia a cabeça, dando mais um gole na bebida.

Apenas AMIGOS

– Depois que me formei, pensei que algo assim viria. Achei que aquele momento duraria apenas alguns meses, ou que eu iria encontrar alguém influente em uma festa, daria minhas informações e aquilo mudaria tudo. Um ano se transformou em dois, dois anos se transformaram em quatro, e eu queria tanto estar na Broadway que fiquei aqui. Sei que com isso eu me fodi.

– Posso entender como é. – *É igual aconteceu comigo e com o livro*, penso. *Fico esperando que a ideia apareça amanhã, na semana que vem, no mês que vem. E aqui estou, há dois anos fora da universidade, sem ter escrito nada.*

– Então, acho que o que quero dizer é que isso é valioso demais pra mim. Independente se somos amigos ou... você sabe. Quero que este casamento valha a pena pra você – ele diz, gentil – e não tenho certeza sobre como fazer isso.

Independente se somos amigos ou... você sabe.

Independente se somos amigos ou... você sabe?

Meu cérebro está em um *loop*, preso na repetição do que ele acaba de dizer para amenizar a culpa que está sentindo. A resposta *a gente podia começar a transar* chega tão perto de ser dita. Tão perto.

Tomo mais alguns goles do vinho e limpo minha boca indelicadamente com a mão.

– Por favor, não se preocupe com isso.

– Posso ajudar você a pensar no seu livro?

Sinto meu estômago afundar daquele modo como sempre acontece quando me imagino abrir meu notebook para trabalhar.

Poderíamos transar esta noite.

Entorno mais um gole de vinho.

– Vou tentar pensar em alguma coisa – ele diz.

DEZESSETE

A primeira apresentação de Calvin e Ramón é na sexta-feira.

Quando o encontro amarrando a gravata diante do espelho do meu quarto, ele parece calmo e descansado, mas sei que é falso, porque eu o ouvi vagando pela sala na noite passada.

– Está preparado?

Ele confirma com a cabeça, seu lábio inferior preso entre os dentes. Alisando a gravata sobre o peito, ele diz:

– E então? *Você* sente que estou pronto?

Ele disse minha palavra favorita do vocabulário dele – *sente*, com aquele *t* – e não tinha como me deixar mais encantada.

– Estou *sentindo* que você vai estar sensacional.

Ele encontra meus olhos no espelho.

– E você se *sente* no direito de zombar do meu sotaque.

– *Sinto* que você até gosta.

Ele se vira e, por dez segundos, ficamos assim, olhando um para o outro. Estamos separados por meros trinta centímetros e posso ver as mãos dele tremerem. Ele esperou a vida toda por este momento.

– Diga algo que eu precise me lembrar hoje.

Ele quer algo para se concentrar, algum conselho a reverberar para que não escorregue em uma espiral de nervosismo pelas próximas duas horas. Resolvo mexer na gravata dele.

— Não se apresse ao fazer a ponte em "Only Once in My Life". Respire no solo de abertura de "I Didn't Expect You", porque, às vezes, você se esquece de respirar, e acho que as notas saem mais soltas quando você respira. — Fico pensativa por alguns segundos enquanto ele se mantém em silêncio. — Confie em suas mãos durante o "Lost to Me". Não tenha medo de fechar os olhos e sentir os acordes. Quando você faz isso, fica tão natural quanto água correndo sobre as pedras.

Minha mão desliza da gravata para o peito dele. Posso sentir seu coração pulsar.

Calvin deixa escapar o ar longa e lentamente.

— Você deveria ver o modo como brilha quando está falando sobre música. Você até...

Rio, interrompendo-o.

— Estamos falando sobre você agora.

Ele inclina a cabeça e segura minha mão entre as suas.

— Estamos?

Com isso, sinto-me cintilar:

— Você está pronto, Calvin. Sem dúvida nenhuma.

Ele fita a minha boca, e sinto uma chama me queimar por dentro. Parece aquele tipo de cena em que eu dou um passo adiante, ele dá um passo adiante e um beijo acontece, doce e lento, nascido de sentimentos que foram cultivados com o passar dos meses.

Mas, opa, isto é um pensamento apenas meu. Estamos falsamente casados há apenas três semanas, o que significa que temos os onze meses restantes para responder a essa charada. Conseguimos encontrar um equilíbrio confortável. Não faz sentido complicar as coisas.

Apenas AMIGOS

Mesmo três horas antes do espetáculo, o teatro está apinhado do lado de fora, e entramos pela porta lateral. Mais cedo dei uma olhada no site do StubHub e vi que os ingressos para a estreia de Ramón esta noite estavam a seiscentos dólares para os assentos na fileira mais distante do palco. Calvin está se saindo muito bem em parecer tranquilo, mas sua fachada de calma exibe rachaduras: ele fica ajeitando a gravata.

Os bastidores estão em alvoroço. Calvin procura por seu novo colega, mas Ramón está na maquiagem e só pode oferecer um sorriso de encorajamento antes que Calvin seja rebocado por um assistente de palco.

Dou-lhe um abraço apertado, um beijo em cada lado do seu rosto, e então ele some da minha vista. Não vou mais vê-lo até o fim do espetáculo.

Em vez disso, estarei na frente do teatro na maior parte da noite, vendendo camisetas.

E assim toca um trombone triste.

Mas consigo escapulir para assistir do fundo do teatro. Ao entrar, pergunto-me se daqui a dez anos, quando escutar esses acordes de abertura, serei imediatamente transportada a este momento em minha vida. Seguido a esse pensamento, vem um mais sombrio: o que vou sentir quando pensar sobre esta época? Será que vou pensar: *Uau, foram tempos difíceis, em que eu estava tentando descobrir quem sou?* Ou será que pensarei: *Que tempos tão tranquilos e livres, eu tinha* tão poucas responsabilidades?

Tive esse pensamento quase sem perceber – uma consciência insidiosa de que estou bem arranjada, mas, na verdade, não consigo ver o meu futuro. Tenho um emprego temporário e um casamento temporário.

Será que alguma coisa na minha vida vai ser permanente? Que diabos vou fazer com a minha vida? Só tenho uma chance, e neste momento só posso encontrar meu valor sendo útil para os outros. Como posso ser útil para mim?

Calvin me disse para *fazer alguma coisa* com meu cérebro, mas *como*? Rastros de ideias surgem nas bordas da minha mente apenas para desaparecerem tão logo coloco meus dedos no teclado. Não há encadeamento capaz de uni-las, nenhum esqueleto para estruturá-las. Quero viver minha vida com a intensidade que vejo naquele palco, quero me sentir apaixonada por algo desse mesmo modo. Mas e se isso jamais acontecer para mim?

A locomotiva dos meus pensamentos descarrila quando um arranha-céu toma o seu lugar e as luzes do teatro esmorecem. Ramón adentra o foco do holofote no centro do palco. Ele é um homem grande, mas no palco fica imenso. Seus cabelos escuros estão penteados para trás. Seus olhos são quase pretos, mas iluminam o caminho até o fundo do teatro. Percebo que seu peito está subindo e descendo de excitação, e em quase todas as pessoas ao meu redor percebo uma vibração de ansiedade.

Respiro fundo, meu coração está na garganta.

Não posso ver Calvin, mas o escuto no momento em que ele emite a nota de abertura de "Lost to Me", uma das músicas mais celebradas do musical. Sem precisar vê-lo, sei que ele seguiu meu conselho e fechou os olhos. A melodia quente e caudalosa inunda o corredor como uma onda luminosa.

É sublime.

A multidão se move em sincronia, e uma espontânea salva de aplausos irrompe e depois cresce. Por alguns instantes, a plateia está alvoroçada de surpresa e aprovação. Por Calvin, por Ramón, pelo risco e pela beleza do violão e a riqueza temperada do barítono de Ramón erguendo o peso da música acima dos seus ombros para lançá-lo às profundezas do palco. É exatamente o modo como a história precisa se desenrolar através da música. Dá uma sensação de nostalgia... já estou triste por saber que vai acabar.

Apenas AMIGOS

Quando a última cortina desce, não há somente aplausos estrondosos, mas também bater de pés contra o piso. Percebo que a estrutura da iluminação está tremendo, e das rachaduras nas paredes escapa poeira. Preciso correr de volta para o *lobby* – esta noite vendemos todo o estoque de camisetas pela primeira vez –, mas, antes de ir, juro que vi o olhar de Calvin quando ele subiu ao palco para o agradecimento.

Os bastidores estão transbordando champanhe, e há centenas de corpos tentando se aproximar das estrelas do elenco. Assim que a lojinha fecha, junto-me à chusma, mas sou empurrada para o meio da multidão, e depois para a traseira, onde fico erguida na ponta dos pés vendo meu marido abraçar cada pessoa. As palavras que Jeff me disse no nosso pseudojogo de pôquer emergem na minha consciência e ficam ali, borbulhando, recusando-se a calar. Esta é a exata definição de ser uma personagem secundária. Mas não me importo, de verdade, em estar assim tão longe – ainda posso ver o sorriso no rosto dele, tão luminoso quanto um holofote, e sua alegria parece irradiar em todas as direções.

Com certeza todos sabem que isto é muito importante para ele, mas eu ainda olho para Calvin e lembro do músico do metrô recurvado sobre o próprio violão, sentado em um banquinho com o estojo do instrumento aberto aos seus pés. E agora, aqui está ele, vestindo um terno e posto ao lado de Ramón Martín, recebendo os elogios e a adoração de todo o elenco e a equipe.

Ainda estou nas bordas, mas ajudei isso tudo acontecer.

Depois que cada pessoa se afasta, Calvin ergue o rosto, procurando.

Acho que está tentando encontrar Robert, e ele relanceia com atenção por um momento antes de voltar a se concentrar na pessoa que está diante dele, agradecendo, abraçando e ouvindo os elogios.

E depois ele levanta o rosto de novo.

Robert o encontra, por fim, e os dois se abraçam e dão tapinhas nas costas um do outro. Quando desmancham o abraço, Calvin procura de novo e somente então, somente quando Robert aponta

somente quando Calvin escancara um enorme sorriso,

apenas então percebo que ele estava procurando *por mim*.

A expressão de Calvin suaviza e ele começa a abrir caminho. A multidão se abre para ele passar, e mal tenho tempo de apreciar sua marcha no estilo *A força do destino* antes que os braços dele estejam ao redor da minha cintura e eu seja levantada no ar.

– Conseguimos!

Rio, enrolando meus braços nos ombros dele. Ele está quente, suas costas estão encharcadas de suor e seus cabelos fazem cócegas no meu rosto.

– *Você* conseguiu!

Calvin murmura:

– Não, não – várias vezes, e depois começa a rir. Ele está cheirando a uma mistura de pós-barba e suor, e posso sentir o sorriso dele no meu pescoço.

– Como foi? – ele pergunta, com a voz abafada.

– Puta merda, foi...

Ele se afasta apenas o bastante para olhar no meu rosto.

– É? Você conseguiu me ver? Acho que vi você no final, tentei encontrar você.

Estou tão orgulhosa que explodo em lágrimas.

Isso o faz rir ainda mais.

– Tudo bem, tudo bem, *mo stóirín*. Vamos tomar um pouco de champanhe.

DEZOITO

Rolando na cama, estico as pernas e tiro os cabelos da frente do meu rosto. Dentro da cabeça, um martelo acerta meu crânio em protesto.

Não se mexa, ele diz.

A luz do sol que irradia sobre a cama dá a sensação de vir de uma estrela parada logo do outro lado da janela. O gemido grogue de Calvin me alcança do outro lado da cama.

Do outro lado da cama?

Sento, prendendo o lençol ao redor do meu peito nu, e meu mundo oscila em uma guinada brusca e estonteante.

Oh.

Estou nua.

Nua? Afasto o lençol do corpo de Calvin, de bruços sobre o colchão... e... ele também está nu.

O lembrete visual é seguido rapidamente por outro mais físico: estou dolorida. Dolorida nível *ah, meu Deus, que diabos fizemos?*

Ele afunda o rosto no travesseiro.

– *Mmmmph*. Me sinto marinado em cerveja – ele diz, e as palavras saem abafadas. Depois ele se vira, olhando sobre o ombro, observando o próprio corpo. – Onde estão minhas roupas?

– Não sei.

Ele olha para mim e parece adivinhar que também estou nua debaixo das cobertas.

– Onde estão as suas...?

Mantenho o olhar cuidadosamente desviado de seu traseiro musculoso.

– Também não sei.

– Acho... acho que ainda estou com a camisinha. – Ele se vira e eu me deparo com uma monumental ereção matinal antes que meus olhos desviem na direção do céu, fixos no teto.

É verdade, ele ainda está de camisinha.

Com um gemido, ele a retira devagar e dobra, jogando-a na lata de lixo próxima à minha cama. Ele rola de volta e o silêncio que se segue faz minha atenção procurar seu rosto.

Ele está sorrindo.

– Oi.

Acho que minhas bochechas vão derreter com o calor e a vermelhidão em meu rosto.

– Oi.

Manhã de sábado, final de fevereiro, estou em minha cama com Calvin McLoughlin. *Minha cama*. Desloquei-me no tempo e no espaço, mas ainda não me recordo de como viemos parar aqui.

Ele coça bem debaixo do olho.

– Não se surpreenda, tudo bem? Mas eu acho... – Ele olha ao redor da bagunça em minha cama. – Acho que finalmente consumamos nosso casamento na noite passada.

– Uma teoria corroborada por esse obsceno chupão no seu ombro.

Ele gira a cabeça para verificar e olha de volta para mim, impressionado.

Apenas AMIGOS

– Você se lembra... de alguma coisa? – ele pergunta, apertando os olhos na minha direção.

Respiro fundo, vasculhando as memórias.

Champanhe no teatro.

Ele atravessa o recinto e tudo dentro de mim converte-se em bolhinhas douradas.

Jantar com outras quinze pessoas.

Vinho. Tonéis e tonéis de vinho.

– Nós dançamos? – pergunto.

Ele hesita.

– Sim.

Mais bebida e a batida intensa da música.

Ser rebocada para a pista de dança. Calvin me puxando para ele, suas mãos envolvendo meus quadris, sua coxa roçando entre minhas pernas. Sua boca pouco acima da minha orelha, dizendo: *Estou sentindo seu calor. Será que é a bebida ou sou eu?*

Depois, vejo-o tropeçar na direção do bar e grito para ele: *Chega de bebida!*

O sorriso no rosto dele quando ele retorna e coloca uma bebida na minha mão mesmo assim. Seu alegre: *Só mais uma! Este drinque se chama Vaqueiro Pau no Cu!*

Dançamos mais. Mais das mãos deles em meus quadris, no meu traseiro e serpenteando pela minha cintura, flertando com as laterais dos meus seios.

Lembro de deslizar a mão por baixo da camisa dele, sentindo o calor de sua barriga na palma da minha mão. E lembro de como nossos olhares se cruzaram.

Ele disse: *Quero ir pra cama com você.*

Uma caminhada trôpega até minha casa às 3h.

Relanceio para a porta do meu quarto e vejo meu vestido abandonado ali no chão. Está sujo, e isso desencadeia outra memória:

– Eu caí.

– Isso. – Ele busca o edredom caído no chão e o puxa para cima, cobrindo seus quadris, poupando-me do esforço de desviar o olhar. – Aparentemente, não consegui impedir.

Lembro disso. Ah, meu Deus. Bêbada, gritei com ele por não ter reflexos mais rápidos. Ele me levantou, me jogou por cima de seu ombro e me carregou até o apartamento. E depois... Oh.

Depois foi uma loucura. Acho que nós dois lembramos dessa parte ao mesmo tempo, mas não consigo encará-lo para confirmar. Lembro dele cruzando a porta, o modo como me deslizou para baixo de seu corpo e suas mãos agarraram minha bunda, e como nós dois ficamos parados desse jeito, colados, um encarando o outro.

– Gosto de você – ele disse.

– Continua dizendo isso.

– Bem, é verdade.

E na última oportunidade da noite, ele se inclinou e mergulhou seus lábios nos meus.

Isso fez despertar a maníaca dentro de mim.

– Maltratei você – digo.

Ele ri, deliciado.

– Acho que sim.

– Céus, estávamos bêbados.

Imagens embaralhadas atravessam minha mente: roupas sendo arrancadas, bocas por todos os lugares, dentes colidindo. Dedos, lábios, e depois ele em cima de mim, penetrando-me.

– Nenhum de nós... – ele se interrompe.

Levo um instante para me dar conta do que ele quer dizer, e em seguida completo:

– Chegou lá.

– A gente se esforçou, mas depois... de algum tempo... acho que desmaiamos. – Ele ri de novo. – Que troféu para a minha virilidade.

Meu filtro verbal já se foi.

– Isso significa que nós *não* consumamos?

Ele dá uma risadinha e puxa um travesseiro para cima do rosto.

– A consumação é o sexo, não o orgasmo.

Uma centena de perguntas se debatem na minha cabeça como se fossem pássaros voando em um espaço confinado.

Mas sem o orgasmo, será que ele gostou?

Será que ele disse isso para que nós... *Sabe?*

Será que ele se sente ridículo por isso?

E eu me sinto? Quero dizer, claro que eu queria transar com ele desde o começo dos tempos, mas não estava planejando que fosse acontecer *assim* – embriagados, atrapalhados, e quando o envolvimento emocional é tão vago.

– Você está bem? – ele pergunta, deixando cair o travesseiro. – Digo, mental e... – Ele acena com a cabeça para meu corpo debaixo das cobertas.

– Sim. Você?

Isso o faz rir, como se ele nem precisasse responder, e há algum consolo nisso.

– Não olhe – ele diz, sorrindo acima de mim. – Preciso fazer xixi e vou pelado até o seu banheiro porque acho que você rasgou minhas roupas assim que atravessamos a porta.

Fecho os olhos com força.

– É o seu banheiro também.

Uma vez que ele se foi, inclino-me para pegar meu celular. Quero mandar uma mensagem para Lulu e contar tudo sobre esta loucura, mas hesito. Lulu costumava ser minha melhor amiga, a pessoa com quem eu dividia cada detalhe. Mas nas últimas semanas ela tem sido difícil de ler, e não gosto dessa minha intuição de que ela vai acabar usando essa história contra mim de alguma forma.

Estou prestes a desligar a tela quando me dou conta do número de mensagens de texto no meu aplicativo iMessage.

São 364.

– Que diabos?

Abro as mensagens, lendo a que está no topo e foi mandada por Jeff há apenas três minutos.

> Imagino que ainda esteja dormindo. Cuidado, não vá tomar seu café da manhã de ressaca em qualquer lugar.

O quê?

Há 73 mensagens de Lulu, e as dez inferiores estão todas em letras maiúsculas. Basta ler a mais recente para entender o que está acontecendo.

> ABRA A PORRA DO TWITTER.

Abro o aplicativo. Ah, meu Deus.

Deslizo a tela, e deslizo, e deslizo.

Ouço o barulho da descarga do banheiro, o som de água corrente e a porta se abre. Calvin vem para o quarto vestindo apenas suas cuecas boxer.

– Vamos ao Morning Star – ele diz –, para comer uns ovos bem gordurosos e umas linguiças. Comida sólida, para curar a ressaca.

– Acho que temos ovos aqui.

– Não, Holls – ele diz, sentando-se pesadamente na borda da cama. – *Comida.* – Nem ligo que o movimento dele tenha arrancado o lençol que recobria meus seios, onde os olhos dele estão agora.

– Não tenho certeza se deveríamos sair hoje – digo, levantando o rosto. Estou lutando contra a bolha histérica que se formou na minha garganta. – Você está nos *trending topics* do Twitter.

DEZENOVE

Sinceramente, apesar daquele desastre de sexo embriagado da noite anterior, por duas horas nos divertimos à beça navegando pelas redes sociais, até o momento em que anúncios de "aumente seu pênis" começaram a aparecer sob a *hashtag* #Possuído. Resmungando em surpresa, Calvin bate o tampa do notebook e voltamos a olhar um para o outro, em choque.

– Não sei por onde começar – ele diz. – Vamos conversar sobre a rede social, o sexo que meio que fizemos ontem ou se eu devo aumentar meu pênis?

Não consigo manter o contato visual quando ele toca nesse assunto, acho que meu cérebro começou a sangrar, então fico observando as estantes de livros quando digo:

– Eu não acho...

– ... que deveríamos falar sobre isso que está acontecendo nas redes sociais?

Rio.

– É o único tópico seguro.

Na minha visão periférica, ele concorda.

– Então você está dizendo que preciso aumentar meu pênis.

– Não é o que eu queria dizer. – Meu rosto dói de tantas expressões constrangidas que esbocei desde que acordei.

– Estou tentando encarar isto com leveza. É o que sempre faço.

– Estou vendo. – Ele meneia a cabeça devagar, lambendo os lábios. – Bom. Com fome?

Estou faminta. O problema é que ambos estamos de ressaca e aterrorizados com a perspectiva de sair do apartamento. Não é que ele já seja reconhecível. Mas porque, da janela da sala, consigo ver três fotógrafos passeando para lá e para cá em frente ao meu prédio.

A conta de Calvin no Twitter foi de insignificantes 22 seguidores ontem para mais de sessenta mil esta manhã, e cada vez que olhamos esse número fica maior. Ele *tweetou* três vezes em dois anos, e a terceira vez – um *tweet* que ele fez esta manhã e era uma foto que tirei dele e de Ramón depois do primeiro ensaio, onde ambos estão apertando as mãos e rindo com incredulidade (porque os dois juntos parecem pura magia) – foi *retweetada* mais de *sete mil vezes*.

Então, tem *isso*. Ademais, Lin-Manuel Miranda esteve na apresentação na noite passada, assim como Amy Schumer. Não sei se consigo mobilizar meus insignificantes recursos cerebrais para compreender isto enquanto, ao mesmo tempo, calculo o enorme contraste do talento dele com a minha mediocridade.

Acho que estou em choque. Não consigo agir como uma adulta racional mesmo quando Calvin está me fazendo perguntas objetivas.

Nós transamos. Somos casados. Ele está nos *trending topics* do Twitter.

Eu sincera e verdadeiramente não sei como proceder.

Por outro lado, poderia apenas perguntar a ele: "Seja sincero, quanto você se arrepende do sexo que fizemos ontem?". A pior resposta que ele pode dar é *um pouco*, o que eu iria entender, e então nem sequer nos preocuparíamos em recolher os cacos – temos apenas alguns meses de casamento a cumprir – e, em vez disso, apenas seguiríamos em frente.

Por outro lado, seria melhor para nós dois continuar brincando e atravessar isto sem uma conversa séria. A leveza com que ele está encarando a situação me faz pensar...

– *Hollllllaaand.*

Dou um salto e Calvin invade meu campo de visão.

– Você está viva?

Levando em conta o olhar exasperado de brincadeira no rosto dele, acho que perdi alguma coisa.

– Desculpe. O quê?

Com um movimento de cabeça, ele afasta os cabelos dos olhos, e recebo todo o impacto deles, sorrindo para mim.

– Perguntei se você queria ovos. Como você não respondeu, decidi que você *queria* os ovos, e então perguntei se você não preferia a porra de um bacon americano na frigideira, ou alguma coisa mais gordurosa, como *hambúrgueres por delivery.*

– Quando você disse tudo isso?

– Enquanto você conversava em silêncio com a estante.

Franzo a testa.

– Eu estava pensando alto?

Ele confirma.

– O que eu estava... dizendo?

Um sorriso flerta comigo no canto de sua boca.

– Não sei. Você que me diga. Aposto que era sobre sexo.

Nem sequer sei o que dizer agora, apenas deixo escapar:

– Vamos pedir os hambúrgueres.

Ele parece gostar da resposta, estala os dedos decidido e vai buscar o celular no balcão.

Quero dizer alguma coisa, não apenas para arrancar meu cérebro da reverberação dos detalhes tórridos da noite passada, mas porque não sei como me sentir a respeito de como ele superou com facilidade nosso sexo bêbado e emocionalmente confuso.

— Você tem uma apresentação hoje à noite — digo. Como se ele pudesse se esquecer.

Estamos em uma rara semana sem matinê, mas eles fizeram planos para a despedida de Luis e, com isso, o cronograma será um pouco apertado.

Olhando ao redor da cozinha em busca do relógio sobre o fogão, ele diz:

— Robert e eu precisamos estar lá às 17h.

Ele ainda está vestido apenas com as cuecas boxer. Escuto-o ao telefone, pedindo nosso almoço — "Hambúrgueres e batatas palito, não, quero dizer, fritas" — e eu estou contente de vê-lo tão à vontade — *Ah, meu Deus, nós transamos* —, quando meu celular vibra na mesinha de centro.

É Jeff.

Meu coração dá um soco nas costelas. Jeff não costuma ligar, ele prefere as mensagens de texto. Se ele está ligando... é porque alguma coisa deu errado no escritório da imigração...

— Alô?

— Oi, querida — Jeff diz. Ele parece feliz, o que é bom.

— Oi, Jeffinho, como vão as coisas?

— Boas notícias — ele diz e depois ri. — Acho.

O tempo desacelera. É como se eu já soubesse o que ele ia dizer, mas preciso que ele diga mesmo assim.

— Ah, é?

— A entrevista de vocês foi marcada.

Levanto o rosto para Calvin, que acabou de fazer o pedido e já está retornando para o sofá. O prazer de vê-lo apenas de cuecas e o impacto do que Jeff acaba de dizer estão fazendo fermentar uma mistura estranha no meu peito.

— Nossa entrevista foi marcada — sussurro para ele.

As sobrancelhas dele se erguem e posso jurar que suas cuecas se moveram um pouco na direção daqueles pelinhos em sua barriga.

– Mas aqui vai a má notícia – Jeff diz e meu estômago desaba. – Apareceu uma brecha e Sam mexeu os palitinhos para encaixar vocês.

– Certo – digo, devagar –, e quando vai ser?

Calvin observa meu rosto para medir minha reação.

Jeff raspa a garganta:

– Segunda-feira às 10h.

Ainda temos duas horas antes de ir ao teatro, e teremos o domingo inteiro para conversar, mas isso não é suficiente. Esperávamos ter pelo menos mais duas semanas para nos prepararmos para a entrevista, e não um dia.

A internet é uma benção na hora de procurar exemplos de questões, e Jeff me assegurou, antes de desligarmos, que o Sam Dougherty é muito bacana e que não precisamos ficar preocupados com esta entrevista. Mas... como isso é possível? Apenas teremos de contar mentiras convincentes sobre nosso casamento de fachada para uma pessoa legal? Não quero ser presa por isto! Não sou uma mulher durona, eu iria minguar na prisão.

Faz tanto tempo que não estudo para um exame, e este parece mais importante do que qualquer outro que eu já tenha feito na escola, na faculdade ou na pós-graduação. Pelo menos nós transamos! É uma coisa a menos para mentir. E que pena que mal nos lembramos de como tudo aconteceu.

Engolindo um enorme pedaço de hambúrguer, Calvin parece mais tranquilo do que nunca.

– Você é Holland Lina Bakker, a caçula de seis. – Ele limpa os lábios com um guardanapo. – É extremamente próxima do seu tio Jeff, que é o irmão caçula da sua mãe e casado com o meu chefe,

Robert Okai. Você nasceu no dia 15 de abril – ele diz –, que é o dia oficial da entrega da declaração do imposto de renda nos Estados Unidos.

– Ponto extra – digo e devolvo o toca-aqui dele. – Você é Calvin Aedan McLoughlin, nascido em Galway, na Irlanda... o que é muito interessante, pois, segundo a maioria dos norte-americanos, só existe uma cidade na Irlanda: Dublin... É o mais velho de quatro irmãos. Sua mãe é Marina, dona de casa. Seu pai, Patrick, é um fabricante de equipamentos médicos.

Ele sorri, impressionado.

– Sua culinária favorita é a grega.

Fico encantada por ele se lembrar disto, especialmente considerando que eu murmurei isso em uma noite enquanto me empanturrava de spanakopita.

– Seu prato favorito é... sushi?

Ele ri, balançando negativamente a cabeça.

– Odeio sushi.

– Certo – admito. – Foi um chute. Comida chinesa?

– Minha culinária favorita é a alemã.

Dou uma gargalhada.

– Mas comida alemã não é uma *culinária* de verdade, né?

Ele estreita os olhos para mim.

– Vamos mudar de assunto, senhora McLoughlin.

– *Senhor Bakker*, o senhor toca violão desde os 4 anos. – Mordo uma batatinha. – Nos conhecemos em um trem, mas isso foi há seis meses, lembre-se, e não cinco semanas. E você me convidou para jantar.

Calvin acomoda os pés sobre a mesinha de centro.

– Aquele primeiro encontro foi no Mercato, depois fomos pra casa e transamos.

Quase engasgo com o hambúrguer.

– Foi?

Calvin inclina-se e beija minha bochecha.

– Você não se lembra? Não conseguíamos parar de nos agarrar.

– Ah, totalmente – digo, rindo de um jeito tão acanhado que o som me dá vontade de me estapear. – Certo, quero dizer, claro que transamos *muito*. Assim como recém-casados, então, transamos pra caramba... claro.

Há um instante de silêncio enquanto Calvin tenta entender o que diabos está acontecendo, e eu não consigo ajudá-lo, porque também não tenho ideia do que minha boca está fazendo. Meu cérebro saiu de férias.

– *Certo*... – ele diz devagar. – Um monte de sexo. – O sorriso dele começa pequeno e de repente vira um farol de diversão. – Devo dizer a ele que você gosta de sexo selvagem?

Engulo um pedaço de batata sem nem mesmo mastigar, meus olhos lacrimejam no mesmo instante.

– O quê?

– Quero dizer, você gosta, não gosta? – Ele lambe os lábios e observa os meus. – Pelo menos, foi o que pareceu.

Não sei nem o que está acontecendo. Limpo minha boca, como se houvesse um fio de baba ali.

– Gosto de ver você embasbacada.

– Estou... sim. Sem palavras.

O sorriso dele desaparece e ele lambe os lábios de novo, inclinando-se um pouco para a frente.

Em meio a um solavanco, eu tusso e faço uma bola de papel com a embalagem do hambúrguer.

– *Continuando*. Agora você é membro oficial da orquestra do musical *Possuído* – digo –, mas antes você era um *músico freelancer* e tocava em várias bandas, incluindo uma chamada Loose Springsteen...

– Por favor, não conte isso a eles. Não quero isso nos arquivos do governo.

Dou uma risadinha.

– E, pelo que parece, você também gosta de andar pelo apartamento quase pelado na maior parte do tempo.

Ele me olha, malicioso.

– Você mantém o aquecedor nas alturas.

Não sou páreo para este flerte verbal.

– Está quente demais aqui dentro?

Calvin dá de ombros, e seus olhos esverdeados estão salpicados de estrelinhas.

– Você está bem corada.

– Porque você me deixa encabulada.

– Por ficar seminu?

– Por ficar mencionando nossa transa.

– Por mencionar a transa que *não tivemos* – ele corrige, parecendo mais travesso neste momento. – Aquele primeiro encontro foi um sexo fingido. Na noite passada foi sexo real, sem satisfação para nós dois. Estou achando que isso nos deixou um tanto tensos. Talvez você encontre algo pra relaxar aí, em meio às almofadas do sofá.

Por um instante, talvez mais, começo a pensar que ele está me seduzindo.

Começo a achar que ele está sugerindo que a gente transe de verdade antes de sairmos para o trabalho. Ele certamente jogou um charme.

Porém, o sorriso que ele sustenta começa a ficar um pouco forçado quando os olhos dele observam o relógio na tela do celular. E *este* não é um sorriso que eu já tenha visto alguma vez em seu rosto. *Ou será que vi?*

A minha bolha estoura.

Calvin é bom nisso. Não demorou nada para dizer sim à minha proposta. O beijo no dia do casamento deixou meus joelhos bambos, mas ele nunca tentou me beijar de novo desde então. Isto é, sem contar a agarração sob efeito do álcool da noite anterior. Mas ele é muito bom com os sentimentos, com a inteligência emocional... É parte do que faz dele um músico tão bom.

E eu... não sou. Nunca fui uma boa jogadora.

Nossa entrevista será na segunda-feira, e precisamos arrebentar. Há algo dentro de mim a me dizer firmemente que ele está fazendo um jogo, tentando me deixar à vontade o bastante para que eu seja convincente.

Sim, ele é encantador, e sim, claro, ele é lindo. Mas ele quer este emprego e esta vida acima de tudo. Lembro-me de suas palavras naquele dia: *"O tempo todo que tenho estado aqui, o que eu queria era isto, exatamente isto... Depois que me formei, pensei que algo assim viria... Eu queria tanto estar na Broadway que fiquei aqui".*

Isso é o que há de mais importante para ele.

E é quando a verdade me acerta.

Se jogar comigo –e até mesmo dormir comigo – for garantir a ele essa vida, não duvido nem por um segundo que é o que ele vai fazer.

VINTE

> Espero que você não ligue por meu irmão ter me passado seu número...

> A próposito, aqui é Brigid!

Olho para a tela do celular.
Brigid... Brigid?
Ah! Brigid, *a irmã de Calvin.*
– Calvin?

Saio do banheiro e vou encontrá-lo de pé na cozinha. Posso adivinhar que ele está de cuecas boxer, porque, do meu ponto de vista – e ele está com metade do corpo oculto atrás do balcão – parece até que ele está comendo cereal vestido com nada além da aliança de casamento.

Socorro.

Quando ele me vê, limpa a boca com o antebraço e meus olhos disparam no alvo como uma mira telescópica. Com seu braço fora do caminho, deparo-me com uma vista generosa dos seus músculos peitorais, abdominais e oblíquos...

Eu os vejo todos os dias – não é uma vida extraordinária? – e eles sempre me deixam sem fôlego.

– Você comentou que não está com fome, então pensei em comer alguma coisa rápida antes de irmos. – Ele aponta para o celular ainda preso em minhas mãos e abaixa a voz para sussurrar: – É alguém no telefone?

Arranco meu olhar teimoso de seu torso para fitá-lo nos olhos.

– Sim. Telefone. Será que você, por acaso, deu meu número para a sua irmã?

Calvin deixa a tigela na pia e contorna o balcão. Está de cueca, mas agora tenho a visão de suas pernas também.

Não sei se isso melhora minha situação. Parado à minha frente no vão da porta, ele parece acanhado.

– Ela continuou pedindo, e uma vez que ela não sabe que isto é... – Ele gesticula entre nós dois e sei que está querendo dizer: *de fachada.*– Achei melhor ceder. Espero que não fique brava. Ela não é o tipo de pessoa que manda mensagens, então você quase não vai ter contato com ela.

– Não, tudo bem. E você tem razão, ficaria estranho se não interagíssemos com eles.

Calvin escora-se na moldura da porta, de frente para mim, nu demais para estar assim tão perto. Afasto-me e viro-me para encará-lo no corredor. Por um lado, é amável ter notícias de uma irmã dele. Nossas vidas estão se emaranhando, estamos marcando a história um do outro com uma tinta permanente.

Por outro lado, faz quatro anos que ele não volta para casa. É difícil saber quanto custou emocionalmente para ele me conectar com sua irmã.

— Ela não vai querer muita intimidade — ele me garante. — É o jeito McLoughlin de fazer as coisas.

Rio com isso.

— Com certeza é o jeito Bakker também. E, olhando pelo lado bom, pelo menos não vou ter que mentir sobre ter contato com a sua família.

— É verdade. — O sorriso dele escorrega por um momento antes de ser substituído por outro que não enruga seus olhos do modo como estou acostumada a ver, e essa ausência que o torna tão notável. — Falando nisso... Acho que precisamos nos aprontar para ir.

Calvin observa o edifício do governo federal e, juntos, levantamos o rosto para as alturas.

— Estou com a mesma sensação que tinha quando era criança e ouvia: "Espere só até seu pai chegar em casa".

Balanço a cabeça em concordância, parabenizando a mim mesma pela sabedoria de não ter tomado café da manhã hoje. Agora ele estaria voltando pela minha garganta.

Calvin volta-se para mim e o leve rubor que se espalha pelas maçãs do rosto derruba uma carreira de dominó de pânico no meu peito. Ele parecia totalmente calmo durante seu teste no teatro, e apenas levemente ansioso no nosso casamento. Vê-lo nervoso agora me deixa ainda mais aflita.

— Antes que a gente entre — ele diz —, vamos verificar se temos tudo o que precisamos?

Entre nós dois, verificamos pelo menos uma dúzia de vezes, mas estou reconfortada em ver que a necessidade de preparo de Calvin é quase tão obsessiva quanto a minha.

Afastamo-nos da via de entrada para uma lateral, perto de um canteiro repleto de árvores em cada extremidade. Na primavera haveria uma sombra generosa com galhos viçosos e carregados de flores. Mas hoje há somente os galhos esqueléticos e eriçados apontando para o céu cinzento.

Calvin aproxima-se de mim, bloqueando o vento, e eu puxo o fichário com cuidado para não deixar nada cair no chão molhado aos nossos pés.

– Cópias de tudo o que já enviamos – digo, passando pela primeira pilha. – Fotos, contas conjuntas, cópias dos nossos formulários. – Balanço a cabeça na atmosfera gelada. – Está tudo aqui.

Ele também meneia a cabeça e observa o prédio.

– Estamos prontos?

– Não.

Pelo menos isto faz com que ele ria.

– O que mais podemos fazer nos próximos... – Ele puxa meu braço e levanta a manga do meu casaco para espiar o relógio. – Quatro minutos?

Apenas este pequeno gesto – e o fato de que ele sabia que eu estaria usando um relógio de pulso – dá-me um pouco de calma.

– Acho que estamos bem preparados.

Ainda não sei muito sobre a dinâmica da família dele, nem de sua infância, nem sobre o tempo que ele passou nos Estados Unidos. Mas acho que isso é compreensível... desde que eles saibam que nos conhecemos há apenas seis meses.

Ele me dá um beijo na sobrancelha – e meu coração salta na garganta – antes de respirar fundo e seguir adiante, pegando minha mão. O rubor nas bochechas dele se espalhou e, quando ele levanta o rosto, posso ver que seu pescoço também está avermelhado.

Ele me dá um leve cutucão no braço.

– Então, vamos logo resolver isso.

A gravidade do que estamos prestes a fazer me acerta tão logo entramos. Há uma austeridade no ambiente – a sensação de que este não é exatamente o lugar em que se possa esperar sair impune com um sorriso simpático. Há detectores de metais logo na entrada, e um segurança estoico nos vigia enquanto assinamos e mostramos nossos documentos de identidade.

Em silêncio, retiramos as camadas de casacos, guardando-os junto com nossos cachecóis e mochilas em tubos plásticos que são lançados dentro de uma esteira rolante. Calvin sinaliza para que eu passe primeiro na varredura. Depois que atravessamos essa parte, procuramos pelo elevador – meu coração está martelando agora –, entramos – a mão de Calvin está suada em contato com a minha – e, com sua mão livre, ele pressiona o botão do elevador para o nosso andar.

Amaldiçoo minhas sapatilhas de sola dura conforme elas rangem e estalam em nossa caminhada pelo piso reluzente. Tento ajustar minhas pisadas e acabo fazendo uma dancinha desengonçada ao longo do corredor.

– Assim não dá pra se entediar – Calvin proclama ao meu lado.

Rosno em meio a uma risada, tentando andar normalmente.

– Não sou boa em fazer as coisas sob pressão.

– *Não* – ele diz, com um falso tom de incredulidade.

Dou uma cutucada nele.

– Pelo menos não estou precisando fazer xixi. Quando era criança, minha mãe sabia a localização de cada banheiro em Des Moines. Ao menor sinal de ansiedade, eu fazia xixi nas calças.

Ele sufoca um sorriso.

– Eu chupava o dedo.

– Um monte de criança faz isso.

CHRISTINA LAUREN

– Não até os 4 anos. Deus, Mamã tentou de tudo para me fazer parar. Punha meias em minhas mãos, me subornava, até pintava meu dedo com aquele negócio transparente que tem um sabor horrível. – Ele franze o nariz com essa lembrança. – Um dia visitamos meu tio e ele me falou para tanger as cordas do violão velho dele sempre que sentisse necessidade de chupar o dedo, e isso foi o que bastou. Nunca mais fiz.

Chegamos à porta do escritório e eu enfio esse pedaço de informação no meu arquivo mental sobre Calvin.

De modo compreensível, esta sala não tem o charme acolhedor do cartório. O tapete é de um cinza industrial padrão e um punhado de outros casais está sentado em cadeiras de metal e tecido na recepção. Um casal parece ter trazido um advogado – algo que Jeff nos aconselhou a não fazer. Ele nos avisou que isso geralmente deixa o oficial da imigração desconfiado, e que não há necessidade. Espero que ele tenha razão.

Pelo menos vinte minutos se passam. Calvin e eu tentamos fazer um *quiz*, perguntando um ao outro de um modo que pareça mais um flerte do que uma sessão de estudo antes da prova, – e ficamos tão entretidos que temos um sobressalto assim que chamam nossos nomes. Minha mente é assaltada pela imagem de personagens de desenho animado com gotas de suor despontando na testa e a palavra *MENTIROSOS* piscando acima deles. Calvin entrelaça seus dedos aos meus assim que nos levantamos e somos cumprimentados por um homem sorridente, com mais testa do que cabelo, que se apresenta como Sam Dougherty.

Em seu escritório, o oficial Dougherty senta-se em uma cadeira que range a cada vez que ele se movimenta.

– Muito bem. Por favor, repitam depois de mim: "Prometo que as informações que irei fornecer são a verdade, somente a verdade, e nada mais que a verdade, juro por Deus".

Apenas AMIGOS

Repetimos em uníssono, e eu esfrego minha mão suada nas minhas calças assim que terminamos.

Com os olhos no arquivo diante dele, Dougherty começa:

– Calvin, poderia me mostrar seu passaporte e carteira de motorista, se isto se aplica. E Holland, preciso de quaisquer provas de cidadania americana que você tenha trazido.

Calvin e eu ficamos unidos, e apesar de sabermos a documentação de cor e salteado, levamos um tempo ridiculamente grande revirando os papéis até encontrarmos tudo o que ele nos solicitava. Sinto o tremor em minhas mãos assim que entrego os documentos, e posso vê-lo nas mãos de Calvin também.

– Obrigado – Dougherty diz, tomando os papéis. – E obrigado por terem feito cópias. Sempre ajudam.

Apesar de perceber que ele está se esforçando para ser gentil, meu coração está pulsando na garganta. Porém, quando olho para Calvin, noto que qualquer sinal de nervosismo já desapareceu. Ele está sentado confortavelmente na cadeira, com as mãos unidas em seu colo e as pernas cruzadas. Respiro fundo, desejando que ele pudesse transmitir essa calma para mim.

– Quando você chegou ao país?

Calvin responde, com honestidade – oito anos atrás – e reparo no pequeno tremor na sobrancelha de Dougherty enquanto ele toma nota disto. Aperto minhas mãos em meu colo para evitar a tentação de me curvar na direção dele e explicar: *Veja, ele é um músico brilhante e continuava acreditando que a oportunidade certa surgiria, mas não surgiu, e antes que ele se desse conta, já havia passado quatro anos aqui ilegalmente e estava aterrorizado com a constatação de que perdera sua chance de trabalhar nos Estados Unidos.*

Calvin olha para mim, levantando uma sobrancelha como se me avisasse que estou prestes a perder o controle. Ele dá uma piscadinha e minha pressão sanguínea recua; o arrepio de pânico derrete na minha pele.

Volto a me sintonizar na conversa deles. *Que escola você frequentou? O que estudou? Onde nasceu? O que você faz para se sustentar?*

Calvin meneia a cabeça, já preparado para responder a essa última pergunta. Apesar das apresentações musicais de rua estarem protegidas como expressão artística pela Primeira Emenda, concordamos com a opinião de Jeff de que a atividade como músico de rua não dá credibilidade ao plano de Calvin de desempenhar o papel de um músico com treinamento clássico.

— Tenho tocado com muitas bandas locais — ele diz —, me apresentando em diversas casas.

— Pode me dar um exemplo? — Dougherty pergunta sem olhá-lo.

— Hole in the Hall — Calvin diz e pisca para mim. — Bowery, Café Wha?, Arlene's Grocery. Uma porção de lugares.

O oficial Dougherty vira-se para mim e sorri. Ele parece completamente satisfeito até o momento.

— Este é o seu primeiro casamento?

— Sim, senhor.

— A certidão de casamento está com você?

Tateio os papéis de novo e Calvin se inclina para a frente, gentilmente indicando o documento certo.

— Está bem aqui, *mo croi*.

Arquejante, murmuro um agradecimento e entrego a certidão.

— Seus pais estavam na cerimônia, Holland?

— Meus pais... não — digo. — Eles não gostam de voar de avião, e tudo foi meio que tumultuado. — Engulo, tentando acalmar os nervos. — Estávamos apenas nós e nossos melhores amigos.

— Nenhum familiar?

Sinto uma ligeira facada em meu coração.

— Não.

Ele escreve algo na folha de papel, balançando a cabeça. Suspeito que ele já soubesse disso.

— E os seus pais, senhor McLoughlin?

Calvin ajeita-se na cadeira.

– Não, senhor.

Dougherty para, absorvendo a informação antes de tomar nota.

Em um ímpeto de defesa, solto:

– A irmã mais nova de Calvin tem paralisia cerebral. As despesas médicas dela são enormes, e a família não teve condições de vir. Esperamos conseguir viajar para visitá-los no verão e celebrar com eles.

Dougherty olha para mim e depois compartilha um olhar solidário com Calvin.

– Sinto muito por isso, senhor McLoughlin. Mas ouvi dizer que a Irlanda é belíssima no verão.

Calvin busca a minha mão e me dá um ligeiro aperto.

Dougherty emenda outra rodada de perguntas, que desta vez têm o objetivo de conferir se Calvin tem uma "boa índole", e ele responde com a maior facilidade do mundo. Estou apenas começando a relaxar e pensar: *Puta merda, por que eu estava tão nervosa?* – quando o oficial Dougherty raspa a garganta, abaixa a tampa do notebook e nos encara, um de cada vez.

– Então, Calvin e Holland. Agora vamos para a última parte da entrevista, aquela sobre a qual vocês mais devem ter ouvido falar, quando temos o intuito de verificar a autenticidade do casamento.

Ouviu? Esse foi o som do meu coração despencando do céu e se esfrangalhando no chão feito um tijolo.

– Acreditem ou não, algumas pessoas não estão verdadeiramente apaixonadas. – Ele se recosta em sua cadeira, que range e guincha debaixo de seu peso. – Elas vêm aqui tentando fraudar um *green card* – ele diz como se fosse a coisa mais absurda que já ouviu. Calvin e eu olhamos um para o outro, tentando imitar a incredulidade dele. – E é minha função descobrir e identificar as maçãs podres. Devo lembrá-los que vocês estão sob juramento, e a pena por perjúrio é de até cinco anos em uma prisão federal e/ou uma multa de até 250 mil dólares.

Engulo em seco, e engulo mais um pouco. Uma visão de mim dentro de um macacão laranja surge em meus pensamentos e preciso resistir à vontade de rir histericamente.

— Vou fazer algumas perguntas para verificar se vocês preenchem ou não os critérios a respeito da veracidade de seu casamento. Primeira questão: vocês têm documentos para comprovar o casamento?

— Temos nossa certidão. — Puxo uma pilha de papéis de nossa pasta. — E aqui está o contrato de aluguel. — Deslizo o papel para a frente dele, seguido de mais alguns. — Uma cópia das nossas contas de água, gás, energia elétrica e da nossa conta bancária conjunta.

— Então vocês têm transações em nome dos dois?

— Sim, nós transamos... *TEMOS TRANSAÇÕES!* — Meu rosto explode em uma bola de fogo.

Ao meu lado, Calvin levanta uma mão casual para cobrir o seu sorriso.

— Dá pra imaginar. — Com um sorriso, Dougherty pesquisa em uma lista. — Calvin, onde foi que Holland estudou?

— Ela foi para Yale e depois Columbia — ele diz. — Ela tem um diploma em Língua Inglesa e um mestrado em Escrita Criativa.

Dougherty olha, surpreso.

— Um mestrado. Uau.

— Sim, senhor.

— E Holland, onde você e o Calvin se conheceram?

— Nos conhecemos... — Meu cérebro mais parece um acidente de trem em marcha lenta, com a locomotiva desembalada fazendo uma curva antes de descarrilar totalmente. — No metrô. — Nosso plano era dizer que nos conhecemos dentro de um vagão, viajando juntos. Nosso plano era evitar mencionar que ele tocava no metrô por dinheiro, e nos limitar aos diversos shows com bandas locais.

Nosso plano era que tudo corresse sem tropeços, caramba.

Então, não sei o que está acontecendo quando as palavras escapam da minha boca:

Apenas AMIGOS

– Eu costumava ir vê-lo tocar.

Grito mentalmente enquanto nossa história simples, fabricada com todo cuidado, abandona meu cérebro.

– Em uma das casas de show? – Dougherty pergunta, com as sobrancelhas erguidas.

Conserte isto, Holland. Diga sim.

– Não. – *Meeeerda.* – Na estação da Rua 50.

– Eu tocava lá algumas vezes por semana – Calvin emenda, tranquilo. – Mais por diversão que qualquer outra coisa.

Dougherty meneia a cabeça e toma nota.

– Eu ouvia a música quando passava por lá, então um dia resolvi parar e descobrir quem estava tocando. – Engulo em seco, perguntando-me se este já é o fim da minha crise nervosa, mas acho que não tenho tanta sorte. – Eu não conseguia tirar meus olhos dele, então... diversas vezes tomava o trem quando não precisava só para ouvi-lo tocar.

Estou com medo de olhar para Calvin, portanto, mantenho meus olhos fixos adiante, no reflexo das lâmpadas fluorescentes na careca do oficial Dougherty.

– Já ouvi muitas histórias, mas essa é nova – ele diz. – Muito romântica. E quanto tempo se passou antes que você conversasse com ele?

Meu Deus do céu, cale a boca, Holland.

– Seis meses.

Calvin vira-se para mim, devagar.

Ughhhhhhhhh.

– Minha nossa, então foi uma paixão. – Dougherty faz algumas anotações no arquivo e juro que meu suor já deve estar inundando a cadeira.

– E Calvin, qual foi a primeira coisa que você notou em Holland?

– Os olhos dela – ele diz, sem hesitar, apesar de nossa história ter mudado drasticamente. – Na primeira vez que conversamos não falamos muito, mas lembro dos olhos dela. São hipnóticos.

Ele notou meus olhos? Eles são *hipnóticos*? Será que ele realmente se lembra que conversei com ele naquela noite antes de ser atacada pelo maluco, ou será que ele só está inventando? Nem sequer tenho tempo para degustar este momento porque o oficial me olha para confirmar.

– E Holland, você lembra o que disse?

Sinto novamente toda a vergonha.

– Acho que comentei algo sobre a música dele.

Calvin meneia a cabeça.

– Ela disse: "Adoro tanto sua música" e depois meio que... saiu correndo.

Olho para ele e dou risada. Estou feliz que ele se lembra.

– Eu tinha ido ao Brooklyn, beber com a Lulu – conto a ele.

– Acho que percebi desde então, *mo stóirín*.

O oficial Dougherty dá uma risadinha enfiando a cara em seus papéis.

– Uma história de amor tão antiga quanto o próprio tempo.

Caminhamos para o elevador em silêncio, nossos passos reverberam pelo corredor.

Acho que conseguimos.

Acho que conseguimos.

Estou mortificada por ter admitido que eu o perseguia, mas isso não parece tê-lo perturbado nem um pouco.

E quem se importa? Nós conseguimos.

A porta do elevador se abre e entramos, graças a Deus está vazio. Deixo-me desmoronar contra a parede traseira, abismada.

– Puta merda. – Ele enfia a mão nos cabelos. – Puta merda. Isso foi incrível.

Abro a boca. Meu corpo ainda não voltou a sintonizar meu cérebro, ainda me sinto em alerta máximo.

— Ah, meu Deus.

— Eu quase me atrapalhei quando você esqueceu a história de como nos encontramos — ele diz —, e então você teve aquela ideia brilhante de contar que me vigiava havia meses.

Ai, merda.

— Eu...

— A ideia de você ir até a estação todos os dias só para me ouvir tocar — ele diz, balançando a cabeça. — Que loucura. E ele caiu direitinho.

— É, caiu — murmuro.

Será que ele gostaria menos de mim se soubesse que é verdade?

Que eu o segui ao longo de seis meses? Que eu o desejei, em doloroso silêncio, por incontáveis viagens de metrô?

Ele se aproxima um passo, pressionando-me de encontro à parede do elevador.

— E você sabe o que acontece agora?

Com ele tão próximo, tenho vontade de contar sobre cada momento constrangedor em que eu imaginava qual seria a cor dos seus olhos, como seria sua voz quando abrisse a boca, como seria o seu sorriso. Com ele assim, tão próximo, meu cérebro projeta o filme de cada segundo em que Calvin esteve nu em minha cama. O cheiro dele e a visão de seu rosto a esta curta distância desencadeia a lembrança de como era sentir sua pele deslizando sobre a minha, dele movendo-se em cima de mim.

— O quê? — digo, com meus olhos vidrados.

Os dentes dele mordem seu lábio inferior antes que sua boca se curve em um enorme sorriso.

— Agora vamos comemorar.

VINTE E UM

VINTE E UM

O plano é sair para um almoço de comemoração, mas Calvin quer passar no apartamento primeiro. Esta manhã eu estava nervosa demais para comer, e agora estou empolgada demais.

Estamos nos comportando como dois bobos – corremos da estação de metrô até a esquina, brincamos de lutar em frente ao prédio e subimos as escadas correndo com enormes sorrisos no rosto. Estou ciente, neste instante de aguda lucidez, do quanto me divirto com ele.

Desde que nos casamos, descobri que não só aprecio seu rosto lindo e seu corpo delicioso, mas também realmente gosto de estar perto dele. Divertimo-nos porque ele é uma pessoa divertida, e há uma dorzinha que acompanha essa percepção, pois fico me perguntando para onde isto vai.

Sim, ele parece gostar de estar perto de mim, mas não é como se ele tivesse *escolha* – e Calvin parece o tipo de cara capaz de extrair o melhor de cada situação.

Eu me atrapalho com as chaves diante da porta e ele se inclina sobre mim, ofegante da corrida pelas escadas, e descansa o queixo perto da minha têmpora.

– Está com fome? – ele pergunta.

Balanço a cabeça, enfiando a chave na fechadura.

– Ainda estou empolgada demais para ter fome.

De qualquer modo, a sensação dele perto de mim – seu peito de encontro ao meu braço, sua respiração em meu pescoço – poderia acabar com meu apetite de vez.

– Você se saiu muito bem – ele diz e beija meus cabelos. Há um pequeno rosnado no final da palavra "bem", que me dá a sensação de dedos subindo e descendo pela minha espinha, e escuto os ecos de suas palavras na noite retrasada: *Estou sentindo seu calor. Será que é a bebida ou sou eu?*

Não quero interpretar errado esta situação, porque seria devastador acreditar que ele está a fim de mim quando está apenas sendo doce e grato, ainda mais com toda essa adrenalina. Mas minha pulsação está desgovernada e aquela ardência no meu baixo ventre se intensifica a cada segundo.

– Você precisa pegar alguma coisa?

Ele me segue e fecha a porta atrás de nós, dizendo:

– Não preciso pegar nada.

Será que entendi errado?

– Mas achei... – Faço menção de abaixar as chaves, mas ele segura meu braço, virando-me, e gentilmente me guia até que eu esteja pressionada contra a porta.

– Não precisava pegar nada aqui dentro do apartamento.

O quê?

Calvin se curva e sua boca paira logo acima da minha orelha.

– Eu só queria vir pra cá antes do almoço.

Ah.

E meu desejo explode.

Meu corpo está bastante certo do significado disso – minhas mãos movem-se para cima do peito e ao redor do pescoço dele. Mas meu cérebro – ele é sempre o problema.

Apenas AMIGOS

– Por quê?

Ele ri, roçando seus dentes em minha mandíbula, depois beija minha bochecha, minha orelha.

– Você percebe que está evitando contato físico desde que acordamos juntos na cama?

– Estou? – Retrocedo. É surreal olhar nos olhos dele assim tão próximos aos meus.

Isso o faz rir de novo.

– Acho que deixei bem claro que você pode me ter, se quiser. Eu praticamente me recuso a usar roupas dentro da sua casa.

– Ah, isso é verdade.

Ele sorri, beijando meu nariz.

– Mas se não está interessada, vou deixar você em paz e não vou perguntar de novo.

Arremesso minhas palavras como se estivesse em um leilão.

– Estou interessada.

– Eu queria isso desde a primeira vez que almoçamos.

O quê?

O sorriso dele sobe pelo meu pescoço, como parênteses fazendo pressão em minha pele.

– Me lembro de como você estava nervosa e adorável. – Mais beijos. – Fiquei me perguntando se você gostava de mim daquele jeito. Mas você se manteve tão serena comigo aqui na sua casa... Enquanto eu ficava no sofá sentindo sua falta.

Nem sei como responder a isso. Quero repetir o modo como ele diz *sentindo sua falta*. Então quer dizer que ele sente o mesmo que eu sinto? Minha dissimulação foi muito convincente; aparentemente eu podia estar transando com Calvin há um mês. Quero comemorar e gritar ao mesmo tempo.

– E então caímos na sua cama – ele diz, e a boca dele se move da minha garganta até a outra orelha. Ele chupa logo abaixo dela, apertando seu corpo junto ao meu. Algo duro pressiona meu quadril e eu gemo.

Isso o faz resfolegar.

– Gosto dos seus sons. Lembro quantos deles você soltou. – A boca dele se aproxima da minha. – O que você lembra?

– Mais cedo – digo, e ele me beija outra vez –, no elevador, quando você estava perto de mim, eu estava pensando sobre...

Ele se afasta, esperando.

– Pensando sobre...?

– Quando estávamos na minha cama.

– No que estávamos fazendo?

Expulso a dúvida que se alojou em minha garganta.

– Você estava em cima de mim, e estávamos... – *nos movendo juntos*, mas não digo.

Calvin geme, deslizando a mão por baixo da minha camisa para agarrar minha cintura.

– Você estava pensando em transar comigo naquele elevador?

E desse jeito simples, sinto-me arder completamente. Ele está tornando tudo tão fácil.

– Eu estava lembrando daquela sensação de pele sobre a pele, quando nunca é o bastante para se saciar.

A boca dele se aproxima da minha, e eu lembro-me disso também. Não é um beijo novo, mas um que já encenamos antes – provocante apenas no início, e depois profundo e faminto.

Ele desliza as mãos mais fundo, por debaixo da minha camisa e pelas minhas costas, e logo está abrindo o fecho do meu sutiã. Minha camisa e sutiã são arrancados de uma só vez, e a boca dele desce, arrastando palavras sobre a minha pele. Olho para baixo, para seus ombros, tocando-os sobre sua camisa, querendo ver o modo como seus músculos se movem enquanto ele me agarra e me prende, enquanto sua boca desliza pela minha barriga até o fecho da minha saia.

Minhas roupas são arrancadas diante da porta de novo, mas desta vez eu registro tudo. Noto a pele dele sob a luz baixa que se infiltra pela janela da sala, e noto como ele sorri enquanto me beija.

Apenas AMIGOS

Noto a sensação da pele dele nas pontas dos meus dedos e como ela é ainda mais lisa ao toque dos meus lábios.

Noto como ele gosta de ser lambido no peito e mordido perto do quadril, e a mão dele treme quando ele a desliza para dentro dos meus cabelos enquanto desço, tomando seu pau em minha boca.

As coisas que aprendi a respeito de Calvin agora jamais serão compartilhadas em uma entrevista; finalmente temos algo que é somente nosso. Não preciso saber que ele está calado enquanto assiste, sua respiração primeiro falha e depois ofega. Não preciso saber que ele implora baixinho quando está chegando lá, ou que ele me avisa, tentando desacelerar seus movimentos antes de gozar – mas descubro todas essas coisas, de qualquer forma. E não preciso saber para contar a ninguém, só para mim mesma, que ele gosta de brincar quando coloca sua boca em mim, e que ele vai me tocar com os mesmos dedos com que costuma tanger o violão e é isso que vai me levar até a borda do chão da minha sala.

Bebemos um pouco d'água e vamos para a minha cama, a boca dele está sobre mim de novo, nas laterais das minhas coxas, sobre minha barriga, chupando, chupando meu seio. Tenho certeza de que vamos conversar depois, mas por enquanto são apenas gemidos e respirações. Parece que tudo o que fizemos até agora foi conversar – desta forma instrutiva e fácil de memorizar, sabendo que tudo o que dissermos precisa ser arquivado para um encontro posterior – mas, agora, a única coisa que quero é reconstruir aquela lembrança desajeitada da sensação de ter o peso dele em cima de mim e sentir sua pele sobre a minha.

O que é estranho é que tudo isso parece tranquilo e familiar, mas quando ele está aqui – em cima e depois dentro de mim – é quando a sensação de familiaridade termina. Agora sei que, naquela noite em que estávamos bêbados, e posso dizer com toda a certeza, ele não olhou enquanto estava me penetrando e também não foi assim devagar. Posso afirmar que meus olhos provavelmente estavam fechados e tudo foi mais rude e selvagem, porque não conseguíamos processar nada.

E também tenho certeza de que a sensação era diferente. Estou tão sensível que ele mal começou a se mover e já estou me agarrando nele, puxando-o para mais perto, e mais perto, e encontramos um ritmo que nos dá uma sensação tão gostosa que não conseguimos parar de nos maravilhar com esse movimento, e isto me ocorre, inesperadamente – estou chegando lá e ele está me olhando e acelerando o ritmo, está tão focado – seus quadris vacilam de encontro aos meus e ele também goza, logo depois de mim; e um gemido profundo de alívio vibra em sua garganta. Uma das minhas mãos está nos cabelos dele e outra em seu pescoço; minhas pernas estão enroladas em torno dele, estamos enganchados na altura da lombar e, assim, ficamos parados.

Nem sequer me dei conta que está chovendo lá fora. Pesadas lâminas de água represam-se nas calhas e escorrem sobre as calçadas.

– Foi bom pra você? – ele sussurra, reverente.

– Foi. – Engulo e recupero meu fôlego. – E pra você?

Ele se afasta um pouco e me observa.

– Foi. – Ele se curva, beijando-me. – Estou entorpecido.

Sinto a respiração de Calvin quente em meu pescoço, e as costas dele ainda estão escorregadias ao contato das minhas mãos. A noite anterior parecia ébria e desastrada em comparação com o que acaba de acontecer entre nós, e estou momentaneamente sem palavras.

Ele se ergue sobre um cotovelo enquanto a outra mão mergulha no espaço entre nós para segurar a camisinha enquanto ele sai de dentro de mim.

Conforme ele se afasta para jogá-la na lixeira, toda a parte dianteira do meu corpo sente frio, e peço que ele volte, puxando as cobertas sobre nós dois.

– Acho que você nunca vai conseguir fingir um orgasmo comigo. – A voz dele é abafada de encontro ao meu ombro.

Isso me faz rir.

Apenas AMIGOS

– O quê? Quero dizer... eu nunca fingiria um orgasmo... mas por que diz isso?

– Você fica toda vermelha, no rosto e no pescoço. Achei que eu poderia continuar um pouco mais, mas então você começou a gozar, e eu também estava quase lá.

Aconchego-me junto a ele. A sensação daqueles braços ao meu redor é enlouquecedora.

Não quero tirar os olhos dele para me certificar de que não estou imaginando tudo isso.

– Que horas são? – pergunto.

Ele se estica para olhar meu despertador no criado-mudo.

– 14h.

Temos vinte e sete deliciosas horas antes de termos de estar em qualquer lugar. Aninho-me perto dele.

– Holland?

– Sim?

– Como você sabia que meus pais não tinham dinheiro para vir ao casamento?

Afasto-me para poder observá-lo.

– Eu inventei. Imaginei que devem ter grandes despesas médicas com Molly.

– É verdade. – Ele se inclina, beijando meu nariz. – Tem sido esse estresse enorme durante toda a vida dela.

Isso gera uma pontada de dor em meu peito.

– Fiz um esforço tão grande para que eles não se preocupassem comigo – ele diz. Olho o rosto dele, vendo seu maxilar ficar tenso enquanto ele engole. – Não queria que eles gastassem dinheiro para vir me visitar enquanto eu morava no apartamento do Mark e torrava tudo o que ganhava com o aluguel. Com isso, as mentirinhas viraram mentironas e... – Ele se interrompe e olha para mim, examinando meus olhos, um de cada vez. – Vou contar tudo pra você um dia, mas não agora. Mas foi bom ouvir quando você disse aquilo. – Uma de suas mãos desliza sobre meu seio em direção ao meu esterno. – Estar com você me dá a sensação de que não preciso ficar sempre me explicando.

O prazer que floresce em mim ao ouvir isso parece uma pipa subindo no céu, cresce em meu peito.

– Bom, se servir de alguma coisa, posso entender totalmente como foi que você ficou tanto tempo no país, e também por que você não queria que eles se preocupassem com o que estava fazendo ou se havia alguém cuidando de você.

– Mamã está muito feliz com nosso casamento – ele diz. – Nunca fui bom em dar notícias, mas estou tentando melhorar. Contei a ela como tudo está ótimo entre nós. Mas meu pai é mais difícil de convencer. Acho que deve ter sido por isso que Brigid escreveu pra você.

Estremeço ao lembrar-me disso.

– Preciso responder.

– Você esteve bastante ocupada hoje.

– E eu ainda não contei para os meus pais – admito.

Aposto que ele está levemente surpreso com isso.

– Ah, é?

Assim, de perto, seus olhos verdes parecem tão mais intrincados – verde, amarelo, castanho, bronze. Fica difícil dizer algo leviano ou mentir.

– Eles mal confiam em mim para governar minha própria vida, iriam automaticamente pensar que...

– Que você está sendo usada?

Na verdade, há uma dúzia de razões e esta certamente não é uma delas.

– *Eu* não acho isso – acrescento imediatamente.

– Acho que, de início, eu estava me aproveitando. – Lambendo os lábios, ele parece ponderar sobre isto por mais alguns segundos. – Mas eu sabia que gostava de você, e que ficaria feliz em transar com você. – Ele ri, beijando-me. – Pensei que *poderia acontecer* algo mais. Apenas coloquei o casamento antes dos sentimentos.

Apenas AMIGOS

– Casamentos arranjados fazem isso o tempo inteiro.

– Fazem. – Ele me observa. – E, afinal de contas, você falou que duraria um ano. Parecia algo que você queria, mas também um favor gigantesco para Robert e para mim. Imaginei que devia haver algo a mais que você quisesse.

Não sei como interpretar isso, às vezes odeio meu cérebro. Isso significa que sexo é o modo como ele cumpre sua parte do acordo? Será que ele estava fingindo não acreditar que eu estive a fim dele por seis meses e decidiu que este é o jeito de retribuir o favor? Ou aceito o que ele disse literalmente, que ele queria isto desde o começo?

Meu lado racional quer esperar e ver como me sinto a respeito disso quando estiver sozinha amanhã, para não deduzir o que não está escrito nessas linhas. Enquanto isso, meu coração e meu sangue querem mais.

– Meu pai acha que eu devia ter ficado na Irlanda – ele diz, após longos instantes de silêncio –, e arrumado um bom emprego.

Olho para ele.

– Na indústria?

Ele meneia a cabeça.

– Ele faz questão de me lembrar que sou o mais velho, e que é minha responsabilidade cuidar de Molly quando ele e Mamã partirem. Acho que vou voltar um dia. Sempre achei.

– Você sente saudades de casa?

Tenho saudades de Des Moines em momentos inesperados. Por exemplo, quando as sirenes berram abaixo da minha janela interminavelmente e eu apenas fico desejando silêncio. Ou quando é dia de coleta de lixo, e tudo o que ouço é o ruído de metal rangendo, triturando, rilhando, até não aguentar mais. Ou quando saio do meu apartamento e sinto que todas as pessoas que vejo querem ficar dentro de sua própria bolha, sem interagir com qualquer outro ser humano no planeta.

– É. – Calvin rola sobre as costas, puxando-me, de modo que fico com metade do corpo em cima dele. – De algumas formas, lá é mais fácil, e de outras, mais difícil. O mundo parece menor lá, o que é bom e ruim.

Suponho que nós escolhemos nossos sacrifícios. Achei que seria mais fácil arranjar emprego em Nova York, mas eu estava errada.

– Também posso entender como os anos voaram.

– É. – Ele inspira o ar devagar e minha cabeça se move com a expansão de suas costelas. – É tão menos solitário agora que estou com você. Antes eu me sentia tão solto. Tudo aqui parece tão mais autocentrado, se é que você me entende. Todo mundo presta atenção demais em si.

– Bom, este é o bairro dos teatros.

Ele ri exatamente como eu esperava.

– Quero dizer, além desse detalhe. É como se todo mundo aqui estivesse sempre posando para uma *selfie*, mesmo quando estamos apenas conversando.

– Você não é assim.

Ele hesita, olhando para mim.

– Não?

– Não. Você tem uma presença enorme, maior que a vida, e nem sequer percebe. – Deslizo minha mão pelo peito dele. – Você é um gênio com aquele violão, mas também é...

– Burro?

– Não, simples – acrescento em seguida –, e não estou dizendo no mau sentido. Acho que, com você, as coisas parecem exatamente como elas são.

– Espero que esteja certa.

– Todo mundo quer acreditar que é de um modo, mas poucas pessoas são exatamente como imaginam.

Nas minhas palavras, ouço uma pergunta: *Posso confiar neste momento?* De repente, estou consciente demais da nossa nudez. E de que acabamos de fazer amor, e que acho que ele quer fazer de novo.

– Você só diz isso porque gosta de mim. – Ele sorri, rolando e me beijando de leve.

Acho que ele planejou este beijo para que fosse um toque suave, de lábios nos lábios, como um pontinho final, mas estou ansiando por mais e subo em cima dele. Ele tem razão, gosto dele. Na verdade, estou preocupada que neste momento eu esteja me apaixonando perdidamente.

– Bom, pois é. – Deslizo minha mão e meus dedos envolvem o pau dele, que já está duro de novo. – Será que eu ouvi que *você* gosta de *mim*?

Ele observa enquanto levanto meus quadris e abaixo, sobre ele, antes de seus olhos rolarem fechados.

– *Mo stóirín*, acho que vou gostar de você até demais.

– O que quer dizer esse apelido? – minha pergunta sai tensa, já estou sem fôlego.

As mãos dele deslizam sobre minha cintura, apalpam meus seios.

– É curioso que eu só o tenha usado com você. – Minha pele queima sob as palmas daquelas mãos. – Meu avô costumava chamar minha avó assim. Significa "minha queridinha".

VINTE E DOIS

As semanas seguintes passam como um borrão preenchido de sexo, comida para viagem, estrondosos aplausos, o inverno transmutando-se em primavera e conversas tranquilas sob a chuva, a caminho de casa. E a cada vez que atravessamos a porta de casa, é como se entrássemos em uma dobra do espaço-tempo e voltássemos ao surreal: Calvin não está só dormindo no meu apartamento; ele *mora* ali.

Nunca tive um relacionamento sexual como este: sexo em todos os lugares, todos os dias, como se não pudéssemos mais nos fartar. Em vez de nos alternar no chuveiro, tomamos banho juntos. Como Calvin muito precisamente comentou, mal há espaço para uma pessoa no box e esse é o melhor motivo para fazermos isso. Em algumas tardes almoçamos com Robert e Jeff, mas quase sempre estamos em casa, optando pela tranquilidade e conforto do lar antes de cada apresentação – ler, conversar, assistir a um filme no sofá. Ou emaranhados na cama.

Calvin é um amante quase insaciável, e seu apetite acalenta a minha fissura, deixando-me menos preocupada em demonstrar o quanto já o quero de novo, a cada vez que acabamos de transar. Ele me beija constantemente e me dá presentinhos: marcadores de página com citações de livros que adoro, as minhas laranjas preferidas, cobertas de chocolate da loja de doces da esquina, e minúsculos tesouros cor-de--rosa – brincos, um bracelete de tecido adquirido de algum vendedor de rua e excêntricos óculos de sol com armação rosa. Ele come como um adolescente voraz e prefere ficar completamente nu enquanto estamos em casa – *apenas pelo barato da coisa* – insistindo que não há nada melhor para espairecer depois de um dia cansativo de ensaio. *Ah, Holland*, ele diz, encorpando o sotaque, que é *adm'rável – Tem nada d'mais andar c'oa bunda d'fora enquanto cê fica c'oas calças suadas d'sse jeito aí.*

E então ele me captura em cima do sofá e me faz cócegas até que eu esteja gargalhando histericamente... e pelada também.

Tento lembrar a mim mesma de que isto não é real – e com certeza não é para sempre – mas cada vez que ele rola na cama durante a noite e me acorda com suas mãos e seu peso em cima de mim, sinto que é *real*. Cada vez que ele me traz uma xícara de café com essas incríveis marcas de travesseiro no rosto, sinto que é real. Cada vez que ele segura minha jaqueta, me ajudando a vesti-la antes de sair de casa e beija meu rosto, sinto que é real.

Enquanto ele está encantando uma audiência de centenas, ou se movendo sobre mim com o olhar fixo em meus lábios, ou tangendo o violão tranquilamente no sofá, fico a me perguntar como é que eu vivia uma vida tão solitária e medíocre antes dele. Mesmo naquela época, vê-lo tocar na estação, ainda que por um breve momento, era o ponto alto da minha semana. Porém, agora ele se tornou a mais intensa força da natureza a habitar meu mundo. *Como eu poderia não me apaixonar?*

Respondo a mensagem da irmã dele, e apesar de Calvin ter insistido que ela não é uma pessoa de muitas mensagens, ela me escreve de novo. Passamos a trocar mensagens todos os dias – no começo, apenas coisinhas inócuas, e depois algumas fotos e histórias – e passamos a nos conhecer melhor. Cada pedaço dele na minha vida é mais uma peça a erguer a casa onde nossos corações vão morar e, com uma vontade quase dolorosa, quero trazer a mãe a irmã dele aqui para nos visitar. Sei que ele sente saudade delas. Não tenho muito dinheiro sobrando, mas Brigid e eu juntamos nossas economias e compramos duas passagens para fazer uma surpresa a ele.

Uma noite, está em cena o clímax do segundo ato e Ramón está cantando na borda do palco enquanto seu personagem assiste às suas filhas se embrenharem na floresta. Calvin o acompanha do fosso da orquestra, a poucos metros de distância. Este é o momento que todos estavam aguardando, quando a atenção da plateia é canalizada para um único conjunto de holofotes focados sobre Ramón. Mal consigo respirar durante esta canção, e todas as noites dou um jeito de ir até a porta para ouvir, assistir e esperar aquela única nota que...

– Mãe, vai acabar logo? Faz *horas* que eles só estão cantando.

Uma onda de risos varre o auditório em resposta ao comentário intempestivo daquela criança, mas Ramón canta a nota por completo, meneando a cabeça em solidariedade enquanto a constrangida mãe leva a menininha para fora. A plateia irrompe em aplausos.

O teatro é uma arte imprevisível, e muitos atores dirão que essa é justamente a parte que mais adoram. Tanto faz se é uma criança danada, um sinal de entrada errado ou um problema com o figurino, a energia da plateia nesses momentos de incerteza é exatamente o que torna tudo tão viciante.

Para Calvin, a performance parece um afrodisíaco inebriante.

Depois do gesto de agradecimento ao final da peça, ele vai ao meu encontro e mal pode se conter; encurralando-me contra a armação de ferro do cenário de floresta. Os olhos dele brilham com aquela alegria maliciosa que me deixa atiçada. Com os braços em torno da minha cintura, ele me levanta até que meus pés não toquem mais o chão.

A esta hora, o teatro está praticamente vazio, mas ele me conduz para o fundo dos bastidores, derramando beijos e chupadas em meu pescoço.

– Você estava incrível esta noite – digo, um instante antes que seus lábios encontrem minha boca.

Ele fala dentro do beijo:

– Perdi algumas notas em "I Didn't Expect You".

– É, mas foram só duas – digo, afastando-me um pouco –, e o canto de Ramón estava arrepiante esta noite, então acho que só você e o Robert devem ter reparado.

– E você – ele sussurra.

Aponto a cabeça na direção da porta lateral.

– O que estamos fazendo nos bastidores?

Os fãs do espetáculo costumam esperar do lado de fora do teatro na esperança de ter um relance ou tirar uma foto do elenco quando os atores estão indo embora. Ramón quase sempre passa por ali e, ultimamente, um fã clube tem crescido em torno de Calvin também.

Ele me coloca no chão e a frente do meu corpo puxa a frente do corpo dele. Seu pau está meio duro debaixo das calças e é quase impossível não querer enrolar minhas pernas em torno dele e rebolar de encontro ao seu quadril.

Por cima do ombro dele, tenho um relance de Brian exatamente no momento em que ele desvia os olhos para não nos ver ali, naquele canto escuro. Vejo de soslaio a sua careta de nojo, e essa expressão diz tanta coisa que sinto, por um segundo, como se tivesse recebido um soco no estômago.

É quase como se eu pudesse ouvir a voz dele dizendo: *Você é uma tremenda tonta, Holland.*

Fecho os olhos e escondo meu rosto no pescoço de Calvin.

Isto é real. Tem de ser.

– Vou sair por uns instantes. – Ele olha quando meu celular vibra no meu bolso.

– É Lulu – digo a ele –, perguntando "em que porra de lugar" estamos.

– Ela é tão sutil – ele diz, inexpressivo. – Nem vejo a hora em que ela vai sair da concha e ser mais assertiva.

Isso me faz rir.

– Vá dar alguns autógrafos e encontro você lá fora em dez minutos.

– Não quero ficar muito tempo lá fora. – Ele esfrega seus lábios nos meus, com uma demora cheia de significado. Ele fez a barba hoje, mas seu queixo já está áspero, e me sinto tangida como uma das cordas do violão dele, tensa e vibrante, sabendo qual a sensação dessa barba entre as minhas coxas.

Vamos encontrar Lulu a apenas uma quadra do teatro, no Dutch Fred's, mas quando saio pela porta lateral para encontrar Calvin, vinte minutos depois, ele ainda está rodeado de fãs e levanta o rosto para mim com um olhar desvairado e de desamparo.

Nunca o vi tão sobrecarregado.

– Desculpe, pessoal! Só mais cinco! – grito, fingindo autoridade.

Mas às vezes fingir basta. Calvin assina o último autógrafo e pede desculpas para outras vinte pessoas segurando o folheto da programação. Embrenhamo-nos pelo beco, fugindo por uma rota secreta que uso sempre que não quero esbarrar em Brian quando estou saindo depois de um dia de trabalho.

– Por aqui. – Puxo-o pela manga e ele me segue. Evitamos algumas poças. O cheiro do lugar não é exatamente revigorante, mas a caminhada até o bar é rápida e fica fácil evitar a multidão.

No entanto, depois de apenas alguns passos, ouvimos o som de passadas atrás de nós e percebemos que as pessoas estão nos seguindo.

Viro-me para olhar sobre o ombro e Calvin faz o mesmo, mas é um tremendo erro. Luzes de celular brilham ofuscantes assim que ele mostra o rosto. Há pelo menos uma dúzia de iPhones rastreando nossos movimentos.

Escuto-o murmurar um incrédulo:

— Mas que porra é essa?

— Para onde foi Ramón? – pergunto.

— Ele entrou em um carro e foi embora, alguns minutos antes de mim. Não há outro lugar aonde possamos ir, ou seguimos em frente ou voltamos para a multidão. O beco se estreita logo adiante, onde faz uma curva de noventa graus atrás de um restaurante chinês e, seguindo à direita do prédio, pode-se desembocar na Nona Avenida. Será que vão nos seguir por todo esse caminho?

Começamos a correr.

— Calvin! – alguém chama, algumas garotas adolescentes gritam, e dentro de alguns instantes a movimentação degringola para o caos. O grupo começa a correr atrás de nós, e sinto que estão quase em nossos calcanhares.

Calvin vai à frente e eu o sigo; nós dois corremos tão rápido quanto conseguimos, rebolando por meio da passagem escura entre o teatro e o restaurante antes de mergulharmos no espaço estreito entre os Bolinhos do Ying e uma lavanderia. Uma garota passa por mim e agarra a manga de Calvin, puxando-o para fora do meu alcance para tirar uma *selfie*. Capto um relance da cena: ela parece maníaca, e ele, aterrorizado. Não tenho dúvidas de que ela vai postar isso em todas as suas contas nas redes sociais.

— Calma – ele diz, tentando sorrir. – Eu sempre apareço na porta lateral. Todas as noites. Por favor, apenas venham em outro momento.

Apenas AMIGOS

Eles se aproximam, com suas mãos voando sobre Calvin, enquanto ele está tentando ser educado, mas, ai, meu Deus, como isso me deixa *furiosa*.

Arranco a mão mais próxima de cima do casaco dele.

– Não o agarrem. Não nos sigam. Voltem outra noite e meu marido vai autografar o programa para vocês... Se estiverem mais calmos.

A garota pede desculpas, observando Calvin com olhos arregalados. É como ver um *beatle* no auge da *Beatlemania*. Sei que a garota não está sendo ela mesma. Está imersa em uma aura de olhos-esbugalhados-próximos-às-lágrimas. Mas Calvin parece genuinamente perturbado, e é claro que ele está. Há pelo menos quinze garotas paradas em um raio de dois metros de nós, tirando fotos dele a cada poucos segundos. Algumas já estão chorando.

Deslizo minha mão na dele e ele olha para mim, segurando-a.

– Pronto? – pergunto.

Ele meneia a cabeça.

– Não nos sigam. – Nem reconheço minha voz. Nunca na vida falei com tanta firmeza.

Caminhamos sozinhos por meia quadra. Pelo menos parece que o grupo deu meia-volta e foi embora, ou então decidiram ter a decência de não nos perseguir. Calvin não solta minha mão, e posso jurar que sinto o coração dele pulsar através de sua pele.

– Aquilo foi uma loucura – ele diz.

Paro, puxando-o para um canto na parede diante de uma loja de roupas fechada. Ele olha para mim, a pulsação transparecendo em seu pescoço.

– Você está bem? – pergunto.

Ele se inclina, pairando diante dos meus lábios antes de tocá-los. Não é como um beijo matinal, em que estamos sonolentos e dando risada, tampouco um beijo embriagado, quando roçamos dentes e trocamos amassos. Este é um beijo do modo como ele beijaria se me amasse: com as duas mãos amparando meu rosto, beijos leves sobre minha boca sem necessidade de se aprofundar. Ele se afasta, e sob a luz seus olhos dão a impressão de serem da mesma cor de seus cabelos – castanho-claros, cor de mel.

– Você é incrível – ele diz.

– Eu fui uma megera.

– Não. – Ele me beija de novo. – Eu estava literalmente aterrorizado, e você... não.

No momento em que chegamos ao Dutch Fred's, a lanchonete está *lotada*. Calvin e eu cortamos caminho pela multidão, costurando por entre os frequentadores em suas cadeiras de vime e através do enxame de gente ao redor do bar de motivos polinésios, até chegarmos a uma mesa no fundo, onde Lulu está sentada.

– Até que enfim! – Ela se levanta, dando em cada um de nós um abraço firme e apertado. Quando ela volta a se sentar, sua cadeira derrapa um pouco para trás, mas ela não parece notar.

– Desculpe. A multidão estava enorme esta noite. – Aceno para Calvin, enquanto ele me ajuda a retirar a jaqueta com as mãos ainda trêmulas. – Ele foi soterrado pelos fãs do lado de fora do teatro.

– *Oooooh*, que luxo! – Lulu se vira para a garçonete, que aparece para substituir o copo de vinho vazio por um novo, e murmura um "obrigada". Estou tentada a contar a ela o que aconteceu, mas parece óbvio que ela não está preocupada com ninguém a não ser consigo esta noite.

A garçonete se vira para nós.

– O que trago pra vocês, pessoal?

Aceno para a bebida de Lulu enquanto me acomodo na cadeira.

– Eu quero o que ela está bebendo e... – Levanto as sobrancelhas para Calvin em uma pergunta.

Apenas AMIGOS

– Vou querer uma cerveja Left Hand Milk Stout, por favor. – Ele desenrola um cachecol preto do pescoço e dá um sorriso trêmulo a ela. – Saúde.

– *Saúde* – Lulu repete. – Meu Deus, você é tão adorável – ela diz, soando um pouquinho enojada.

– Há quanto tempo você está aqui? – pergunto, verificando meu relógio discretamente. Estamos apenas vinte minutos atrasados, mas parece que Lulu já tomou algumas rodadas de bebida.

Ela pega seu copo e o leva até os lábios.

– Já faz um tempo. Fiz um teste hoje cedo, e eles me interromperam no meio da minha primeira fala para dizer que já tinham visto o bastante.

Seguro a mão dela.

– Ah, Lu. Sinto muito.

Com um revirar de olhos sarcástico, ela solta da minha mão e volta a segurar o copo.

– E, já que não tem nada mais acontecendo na minha vida, percebi que era melhor vir pra cá encher a cara.

Uma farpa no tom de voz dela me arranha. Lulu claramente está com um péssimo humor. De novo. E depois do que acaba de acontecer com Calvin do lado de fora do teatro, tenho de me esforçar muito para meu tom de solidariedade soar convincente.

– Sinto muito, querida. Não lembro de você ter mencionado esse teste. Eu teria ajudado você se...

– É claro que não teria.

Sento-me na cadeira como se tivesse recebido um empurrão e olho para Calvin, pedindo confirmação. Será que entendi errado? Um movimento de ombros me diz que ele está tão embasbacado quanto eu.

Estou prestes a perguntar qual é a porra do problema dela quando a garçonete chega com nossas bebidas. Antes que ela se vá, Lulu pede outro copo de vinho.

– E talvez algo pra comer – sugiro. – Você comeu alguma coisa hoje?

Ela me fita inexpressiva por cima da borda do copo.

– Esse é o seu jeito não-tão-sutil de sugerir que eu já bebi demais?

– É o meu jeito de dizer que já são 23h e que você estaria com um humor melhor se comesse alguma coisa.

Lulu baixa os olhos sobre o cardápio e pede uma porção de fritas com alho, salsinha e pimentas shishito para a mesa inteira, acrescentando que a garçonete deveria garantir que o valor fosse dividido por todas as comandas.

Calvin ajeita-se ao meu lado, aproximando-se.

– Então, há outros testes no horizonte? – ele pergunta, com gentileza.

– Nada novo em vista. Este era pra um comercial de uma loja de eletrônicos, mas acho que eles queriam um feto pra fazer esse papel. Só blá blá blá, como todos os outros. – Ela levanta o copo e entorna a bebida.

Já sei que ela teve um dia de merda, já vi Lulu assim antes.

Normalmente, eu iria até o outro lado da mesa, colocaria um braço ao redor dos ombros dela e diria como ela é incrível. Esta noite, é como tentar enxergá-la por meio de um jogo tortuoso de copos, não estou nem remotamente interessada em consolá-la. Ela está se portando feito uma babaca – e não tem nada de incrível nisso.

Beberico minha própria bebida.

– Onde está o Gene?

– Trabalhando, acho. Sei lá.

Calvin e eu trocamos olhares.

– Então, o que está acontecendo com vocês dois? – ela pergunta, levantando o queixo em nossa direção. – O espetáculo vai bem?

– Fora a loucura que acabou de acontecer, está perfeito – Calvin diz, sorrindo. – Juro que eu me sento ali, as luzes se apagam e o instante ainda não parece real.

Apenas AMIGOS

– E eu fico maluca cada vez que o vejo ali – acrescento. Isso sai em um atropelo de palavras suspiradas e Calvin ri de mim, inclinando-se para beijar meu rosto.

Como se aproveitasse a deixa, uma mulher se aproxima, agarrada a uma revista *Playbill*, e apesar de Calvin parecer levemente desconfiado, ela acaba pedindo, muito educada e com a voz trêmula, um autógrafo.

Calvin abre para ela seu sorriso encantador e de olhos enrugados, e ela sintoniza o modo fã a todo vapor, pedindo para tirar uma *selfie*, dar um abraço e praticamente se oferecendo para ser mãe de seu primeiro filho. A mão dele me procura e pousa na minha coxa, e a sensação fria da aliança de casamento através da minha meia-calça envia uma onda de arrepios a cada centímetro da minha pele. Uno minhas coxas com força; minha nossa, ainda estou dolorida de ontem à noite.

Para qualquer um que vê é óbvio que tudo isto ainda é surreal para ele, e adoro testemunhar enquanto ele absorve essa realidade. Quantos de nós em nosso tempo de vida chegam a experimentar esse tipo de adulação?

Porém, do outro lado da mesa, Lulu está jogando no celular, afundada em um tédio dramático.

Com a revista autografada e a *selfie* tirada, Calvin olha para me consultar antes de se virar para Lulu e oferecer:

– Posso conseguir entradas pra vocês, se quiserem vir.

– Obrigada, mas não. – Ela desliza o celular de volta para a mesa. – Eu já vejo o bastante em cada maldito lugar que vou. Não era o Ryan Gosling que foi lá outro dia ou algo assim? As pessoas estavam se mijando de tanta excitação no meu *feed* do Twitter.

Calvin sorri – foi uma grande comoção e, sinceramente, uma enorme diversão nos bastidores.

– Ele foi. Ele é amigo do Ramón.

– Você o conheceu?

– Conversei com ele por uns minutos.

Lulu olha para mim e depois para ele, claramente esperando que contemos mais.

– E Holland não teve um surto? – Ela quase derruba o copo de vinho. – Acho que ela assistiu *Namorados para sempre* uma centena de vezes. Quero dizer, isso não é nada comparado com a quedinha que ela tinha por você antes de vocês se conhecerem, mas...

Meu coração tropeça no meu peito e rapidamente desvio o assunto:

– O Gene não tinha dito que estava procurando outro emprego? A amiga do Jeff está abrindo uma...

– Eu conheço você. – Lulu agita um dedo bêbado em minha direção. – Sei o que está fazendo. Você não vai conseguir mudar de assunto assim tão rápido. Olhem só para vocês dois *agora*. Você não quer que ele saiba? Você era *louca* por ele.

– Desculpe, mas de quem estamos falando? – Calvin pergunta.

Minha pulsação está acelerada como se eu tivesse acabado de correr uma maratona.

– Estamos falando de você. – Lulu estende a mão e dá uma batidinha no nariz dele com o dedo antes que Calvin consiga se desviar. – Ainda me lembro do primeiro dia em que ela viu você. Ela *perdeu a cabeça*. Até me mandou um vídeo de você tocando na estação do metrô.

Calvin olha para mim, confuso.

– Da noite do ataque?

Ela o fita como se ele fosse estúpido.

– Não, tipo, *muuuuuuuuiiiito* antes. Ela me mandou um vídeo de você tocando no verão passado e não parava de falar nisso. Ah, meu Deus, ela chamava você de Jack! – Lulu bate na mesa, rindo sozinha – Você se lembra do Jack, o músico do metrô, Holland? – Ela volta-se para ele e apoia o queixo sobre a mão. – Costumávamos falar muita merda no ouvido dela por causa de você.

Estou tentando conseguir a atenção dela, implorando com o olhar para que ela pare, mas ou ela não me vê ou – o mais provável – não se importa. Sinceramente, estou me perguntando se seria menos constrangedor disparar o alarme de incêndio ou virar a mesa para fazê-la calar a boca.

– Certo, Lu. Por que você não deixa isto comigo? – Faço menção de pegar o copo dela, mas ela o agarra, o vinho transborda e espirra no braço dela.

– Está de brincadeira? – ela grita.

Cabeças se viram. A casa está no horário de pico, recebendo a multidão que saiu dos espetáculos, e não há uma única cadeira vazia no lugar, porém a voz bêbada de Lulu subiu a um nível obsceno e pode ser ouvida acima de todo o barulho.

– *Não finja* que não sabe do que estou falando. Você sabia o *cronograma* dele. Você deu um *apelido* a ele. Você nem precisava da desculpa de usar o metrô para ir vê-lo tocar!

– Porque ele é talentoso – justifico, enquanto minha mente busca uma saída para esta situação.

– Está me dizendo que você se casou com ele porque é talentoso? – ela pergunta e depois ri, mas engasga com um soluço. – Está me dizendo que você *transa* com ele porque ele é talentoso? Você era obcecada. Por que acha que o Brian foi tão rápido ao sugerir que você se casasse com ele? Era uma *piada*. Você acha que ele estava falando sério? Quero dizer, isso é *bizarro*. – Ela reclina-se na cadeira, encarando-me com seus olhos desfocados. – Mas, olha, deu tudo certo. Agora ele está na sua cama e...

– Já chega, Lulu – Calvin diz, puxando-me para fora da mesa. Ele mal tocou na cerveja à sua frente. – Basta.

– O quê? – Ela levanta as mãos em sinal de inocência. – Não estou inventando nada disso.

Não sei o que está acontecendo, ou por que ela está fazendo isso. Sinto como se nem a conhecesse.

Levantando, pego a minha bolsa e puxo minha carteira. Há três notas de vinte dólares e eu as jogo sobre a mesa.

– Acho que devemos ir.

VINTE E TRÊS

Calvin fica calado durante todo o caminho até em casa, mãos nos bolsos, orelhas enfiadas entre os ombros. Fomos do terror da perseguição à intimidade de termos fugido juntos e, em seguida, para o desastre de Lulu e sua boca descontrolada. Não sei nem como arquivar esta noite em minha memória.

Não há nada que eu possa dizer. Fiz tudo o que ela disse: viagens de metrô desnecessárias, fui assisti-lo tocar inúmeras vezes, mandei um vídeo dele uma vez e até tirei uma foto dele durante o show no Hole in the Hall. Basicamente, contei tudo isso a ele durante nossa entrevista no escritório de imigração, mas deixei-o acreditar que era somente uma história que inventei para consertar meu tropeço diante da pergunta de Dougherty.

Estou nauseada. Senti-me tão poderosa e necessária quando entramos no bar, e então Lulu me fez parecer ridícula.

Se eu fosse Calvin, também estaria calada no caminho de volta para casa. Só que... o que ela disse, o modo como disse, não deu a sensação de ser *a verdade* para mim. Senti-me caluniada.

Assim que chegamos ao apartamento, sinto que há uma tempestade se formando, sei que ela está vindo. Calvin não é um homem complicado, mas ele também não deixa as coisas passarem sem dizer o que deve.

Ele coloca as chaves e a carteira sobre o balcão, com cuidado, como se não quisesse fazer nenhum ruído, nem sacudir nada desavisadamente. Ele retira os sapatos e os deixa perto da porta, e sussurra um mero "com licença" quando passa por mim para usar o banheiro.

Quero vomitar.

Aproveito para colocar meu pijama, pegando minha regata favorita com estampa de sapo e um short de bolinhas cor-de-rosa para me dar coragem. Depois me sento na cama, esperando.

Passamos cerca de três dúzias de noites neste quarto. E se, depois disso, ele quiser voltar ao sofá? Será que sou muito bizarra? Como eu me sentiria se descobrisse que ele mudava sua rota todos os dias para me espiar durante seis meses? Como eu me sentiria se ele tivesse um vídeo meu em seu celular, e depois se oferecesse para se casar comigo para me "ajudar"?

Ouço um raspar de garganta e levanto o rosto para vê-lo parado na passagem da porta, sem camisa. Ele desabotoa as calças, abaixando-as pelos quadris e depois chutando-as para dentro do cesto da lavanderia.

– Preciso perguntar ou você vai conversar comigo?

– Perguntar o quê?

Os olhos dele se erguem, encontrando os meus, e posso apostar que ele está desapontado porque estou evasiva.

– É – digo, mordendo o lábio. – Sei do que você está falando.

– Claro que sabe.

– Antes de começar, posso dizer que Lulu foi terrível hoje? Ela fez tudo parecer diferente do que realmente foi.

Ele inclina-se contra o batente da porta, retirando uma meia.

– Qual parte ela mudou?

– Ela fez soar mais *Atração fatal* do que realmente foi. Eu não estava obcecada – digo, hesitante. – Eu só... tinha uma queda por você.

– Tinha uma queda por um estranho que você chamava de Jack? Gravou um vídeo dele em público? Seguiu-o até o bar onde ele...

– Eu *não fazia nem ideia* de que você tocava com aquela banda cover – interrompo, meu rosto está queimando. – Aquilo foi coincidência.

– Holland, pense nos papéis invertidos. – Ele está seminu, como sempre, e quero pedir para ele colocar alguma maldita roupa para que eu consiga me concentrar. – Imagine se você descobrisse que eu fui até o lugar onde você trabalha, que tirei fotos de você, que fiz vídeos de você e mandei para um amigo. E então, coincidentemente, acabamos em um casamento por conveniência.

Balanço a cabeça e olho para minhas mãos em meu colo.

– Olha, entendo o que está dizendo, mas também me conheço e sei quais eram minhas intenções. Eu não tinha a intenção de ir falar com você, nem mesmo de transformar aquilo em algo mais.

Quando volto a encará-lo, vejo-o me estudando, desconfiado.

Ele retira os cabelos dos olhos com um movimento rápido de cabeça.

– Sim, mas *eu* não conhecia você nem suas intenções. Em retrospectiva, isso muda tudo.

O pontinho de calor em meu peito começa a incendiar com força.

– Eu *admirava* você – digo, um pouco defensiva agora. – Era uma coisa minha, algo privado. Eu não estava agindo de um jeito bizarro, não estava falando sobre você no Twitter ou no Facebook. Não estava publicando vídeos seus no Snapchat. Você tocava algumas das minhas músicas favoritas na estação, e isso era *incrível*. Você parecia bom demais para ser de verdade. Fiquei impressionada e mandei um vídeo de quinze segundos para exatamente uma pessoa. Está dizendo que é ruim que eu estivesse tão interessada em você?

Ele se aproxima, senta-se na borda da cama e de costas para mim.

– Não estou dizendo isso. Tudo terminou bem. Apenas foi esquisito. – Ele expira pesadamente.

Bem? Isso terminou *bem*?

Observo o sobe e desce dos ombros dele enquanto ele respira, e detesto o fato de que não posso ver sua expressão.

– Acho que entramos nisto de igual para igual, éramos desconhecidos, e você estava ajudando Robert, enquanto eu estava me ajudando. – Ele atira as meias no cesto. – Mas sinto que... – Ele balança a cabeça. – Sei lá. Sinto que você mentiu pra mim.

– Menti?

– É. Ou me manipulou.

Isso dispara um gatilho entre minhas costelas: o pontinho de calor transforma-se em brasas, e chego ao ponto de ebulição:

– Você deve estar de brincadeira.

Ele se vira, encarando-me, mas não diz nada.

– E o que tem de mal se eu tive uma queda por você? – pergunto. – É, agora estou fazendo sexo e tendo uma ajuda para pagar o aluguel. Mas não planejei isso. Na verdade, pelo que me recordo, eu era tão discreta com meus sentimentos que você não fazia nem ideia de que eu os tinha. Precisei encarar a raiva de Jeff e Robert, meu irmão Davis não sabe nem como perguntar sobre nós, e meus pais nem sequer sabem disso. Agora o Robert tem o músico virtuoso que ele queria, e você tem o papel dos seus sonhos no espetáculo mais popular da Broadway, além de sexo em casa, com sua esposa de mentira. É sério que tenho que ouvir isto? – Levanto-me e caminho até o banheiro para pegar minha escova de dente.

Ele prossegue.

– Esperava que você tivesse sido sincera sobre seus sentimentos.

– É isso que atormenta você?

– Em partes, sim.

Viro-me para ele e aperto demais o tubo da pasta de dente, mas sinto raiva e tenho orgulho demais para fazer qualquer outra coisa que não seja enfiá-la na minha boca. Imediatamente a retiro.

— Olha, você vinha morar aqui, e eu não queria que você pensasse que eu tinha alguma expectativa. — Aponto a escova de dente para ele. — Fiz isso pelo Robert, sim, mas também porque eu admirava a sua música e queria que ela permanecesse com você, ainda que eu não o conhecesse.

Paro, e os olhos dele examinam os meus, buscando uma resposta que não sei como dar.

— Contei tudo isso na entrevista com Dougherty — lembro a ele.

— É, mas você me fez pensar que era só uma história inventada.

— Certo — digo, meneando a cabeça. — Porque você chamou de "loucura" o que eu contei. — Rio secamente. — Gosto de pensar que isso me torna uma pessoa *gentil*. Mas aqui estou, fazendo as coisas pelos outros e sendo tratada como se eu fosse uma monstra.

A mandíbula dele estala e não sei o que está acontecendo aqui. Tudo o que sei é que já estou sem palavras e cansei de me justificar.

Você me fez pensar que era só uma história inventada.

Se ele tivesse me perguntado se isto era verdade, eu teria dito que sim.

Fico recurvada sobre a pia, escovando os dentes com a força de uma mulher que quer levantar o prédio inteiro e atirá-lo no oceano. Posso sentir Calvin parado atrás de mim, calado, mas por fim ele se vira. Sei pelo som dos seus passos que ele está se dirigindo à sala, não ao quarto, e percebo, com meu coração partido, que me sinto aliviada.

Estou de pé às 6h, depois de uma péssima noite de sono, mas devo ter dormido um pouco, porque, assim que abro os olhos, a lembrança da noite anterior me assalta como uma sombra a passar pelo quarto. A última coisa que desejo fazer esta manhã é repetir a cena, ou sentir a tensão pesar entre mim e minha nova pessoa favorita, que neste momento está soterrada sob o cobertor e ressonando no sofá.

Visto-me em silêncio e saio de casa antes que Calvin acorde.

Parece que faz séculos desde a última vez que caminhei até a estação da Rua 50 para ir buscar café no Madman, mas hoje queria fazer isso. Queria caminhar com meus velhos sapatos, tentar recordar a sensação de certeza de que esta missão era essencial, de que sozinha eu estava fazendo a conexão de dois pontos vitais, levando Robert até Calvin.

A estação do metrô está lotada como sempre, e não há nenhum violonista para me dar as boas-vindas abaixo das escadas. Entretanto, há um saxofonista bastante habilidoso e eu jogo uma nota de cinco dólares no estojo do instrumento dele. Ele para de tocar para me agradecer.

Isso significa que ele está aqui pelo dinheiro, não para ficar absorto com a música, e a honestidade dele é simplesmente refrescante. Calvin poderia muito bem ter passado a vida tocando violão sozinho e morando no apartamento do Mark se tudo se resumisse a música para ele, mas não é somente música. Isto também é sobre plateia, adulação, ganhos – então, como é que pode ficar tão chateado considerando o tanto que está recebendo? Claro, eu deveria ter contado a ele, na hora, que o andava observando na estação já havia algum tempo e que admirava sua música. Mas a reação dele diante da verdade foi tão exagerada que sinto ter azedado algo dentro de mim. Não sei se passo o dia fora de casa ou se corro de volta ao apartamento para esfregar umas verdades na cara dele.

E... agarro-me a este sentimento, porque eu nunca fico com raiva... e chego a esquecer como sentir raiva é bom, porque faz com que eu me sinta mais *forte*. Desde que conheço Calvin, tenho sentido como se eu não merecesse tê-lo em meu apartamento, na minha vida, na minha cama. Minha raiva é minha nova melhor amiga, ela

Apenas AMIGOS

me diz que eu merecia cada segundo da felicidade que vivi antes dessa briga estúpida.

Embrenho-me por dentro da multidão e embarco no trem, pulando de estação em estação, parando para ouvir cada músico que encontro pelo caminho. Estou em uma missão inominável, e apenas quando estou na quarta ou na quinta estação me dou conta de que estou procurando por alguém tão talentoso quanto Calvin.

Porém, não há ninguém como ele em nenhuma estação de Nova York. Passei a vida toda ouvindo música e sei que não há ninguém como ele em lugar nenhum. Eu sei. *Sempre* soube.

Calvin tinha razão quando disse que, ao embarcar nisto como dois desconhecidos, éramos iguais. Mas... será que não somos mais iguais porque eu tinha sentimentos antes dele? Ou será que é porque tenho sentimentos e ele não? Será que isso responde à minha pergunta sobre ele estar jogando comigo este tempo todo? Será que transar comigo é o modo que ele encontrou de me deixar satisfeita, confortável, e manter o governo longe da nossa vida?

De volta à rua, pego meu café e caminho por horas. Ando quilômetros. No momento em que meu estômago resmunga pedindo comida, dou-me conta de que deixei o relógio e o celular em casa e não faço ideia de que horas são. Há certo prazer em saber que estou incomunicável. Tenho certeza de que Calvin está *muito bem* tendo de levantar seu traseiro mal-humorado do sofá para arranjar o que comer sozinho. Ele pode se levar ao teatro mais tarde, não vou me dar ao trabalho de comparecer. Contrariando o dito popular, as porcarias daquelas camisetas, de fato, vendem-se sozinhas.

Apareço sem avisar no apartamento de Jeff e Robert às 17h, quando tenho certeza de que Robert não está lá. Pela primeira vez na minha relação com o querido tio Robert me sinto um pouco desleal por querer evitá-lo. Não me senti assim nem quando casei com Calvin às escondidas, porque estava convencida de que isto era para o bem dele. Obviamente, Robert concorda comigo agora. Para ele, Calvin brilha no escuro, então não tenho certeza de como me sentiria se o ouvisse defender Calvin nesta questão.

Ainda bem que não preciso ter essa preocupação com o Jeff.

Ele atende a porta vestido para o trabalho e segurando uma pilha de correspondência. Seus olhos escancaram de surpresa.

– Oi, é você!

– Você acabou de chegar em casa?

Abrindo espaço, ele gesticula para que eu entre.

– Sim. E *você* não trabalha hoje?

Aquele aroma familiar de sândalo acalma-me no mesmo instante.

– Vou ligar para o Brian e dizer que estou tirando um dia para mim. Posso usar seu telefone?

– Claro. – Jeff encosta na parede e fica me observando enquanto eu pego o telefone da cozinha. – Acho que isso explica por que você não respondeu minha mensagem hoje cedo.

Penso na entrevista e um pânico súbito me invade.

– Ah, droga. Alguma coisa deu er...

– Não era nada urgente. – Ele parece reconsiderar. – Quero dizer, espero que não seja. Mandei algumas mensagens porque Calvin me ligou procurando por você.

– Ele ligou pra você?

Bem. Pelo menos, já é alguma coisa. Minha raiva diminui por um momento.

Dou a Jeff um olhar mal-humorado e um gesto do meu dedo que significa *vou explicar em um instante*, depois termino de digitar o número de Brian. Graças a Deus, a ligação cai no correio de voz:

– Brian, é Holland. Não vai dar pra eu ir hoje. Se precisar de alguma coisa, me ligue na casa do Robert e do Jeff. – Desligo e, em seguida, vou para os braços do Jeff.

Ele fala nos meus cabelos:

– Suspeito que as coisas não estão indo bem no Mundo do Casamento?

O meu "não" sai abafado de encontro ao paletó dele.

– Casamento é difícil – ele diz.

– Acho que casamento de fachada é mais difícil ainda.

Ele para e emite um "hum", solidário.

– Deixe-me colocar uma roupa mais confortável e então podemos conversar melhor.

Preparo o chá enquanto ele se veste. Seu pijama é a calça da equipe esportiva da Universidade de Iowa e a camiseta dos Yankees. Depois, voltamos a nos encontrar em seu enorme e fofo sofá. Jeff se senta, puxando uma perna sob o corpo para ficar de frente para mim. Há apenas um abajur aceso na sala, e a luz dá a ele uma aparência magra, cavernosa. Jeff sempre foi magro, mas, pela primeira vez na vida, tenho a sensação de que ele está velho. Meu coração se aperta um pouco.

– Certo – ele diz. – Vamos ver o que acontece.

Respiro fundo, mas não há como me preparar para isso.

– As coisas com Calvin estão indo muito bem. Nós realmente estamos... juntos.

Meu tio dá uma risada, fingindo-se escandalizado:

– *Essa não*! O que os *outros* vão dizer de duas pessoas casadas que estão tendo um caso! – Ele inclina-se para mim e sussurra: – Nós já pressentíamos.

Levanto meus olhos para o céu e ignoro a provocação dele.

– Então, ontem, precisamos fugir de uma multidão que se juntou na frente do teatro e tudo foi muito surreal. E, depois disso, tivemos um momento superintenso, que deu a sensação de algo sólido, quando senti que realmente estávamos juntos. Senti tanta vontade de protegê-lo, e ele estava tão grato, e foi tão...

– Lindo? – Jeff termina com uma pergunta no tom de voz.

– É... então fomos nos encontrar com Lulu no Dutch Fred's. – Ao ouvir isto, Jeff geme por antecipação. – E ela estava muito bêbada... como sempre, acho. E contou para o Calvin como eu era, basicamente, uma *stalker*.

Jeff paralisa e estreita os olhos. A voz dele sai grave, como costuma ficar quando ele parece mais um animal defendendo a prole do que meu tio:

– Você tinha uma queda por ele, e estava compreensivelmente apaixonada... em partes, por causa do talento dele.

– Bom, ela deu um show, me fez parecer grotesca. Contou como eu o apelidei, como eu sempre ia vê-lo na estação, como eu sabia do cronograma dele. Ela não apenas foi babaca, mas também estragou o grande momento que estávamos vivendo, e senti como se voltássemos a ser estranhos.

Ele escorrega uma mão por seu rosto.

– Então, voltamos pra casa – continuo –, e Calvin quis conversar sobre isso...

– O que é bom. – Ele gentilmente me interrompe com uma mão no meu braço.

– Certo, foi bom, mas não do modo como ele fez. Fiquei muito irritada. – Levanto o rosto para ele e explico como a conversa se desenrolou, como Calvin fez parecer que eu era quem mais se beneficiou do acordo, como ele se sentiu *enganado*. – Cheguei ao limite – digo. – Fiz isso por Robert, por Calvin, e talvez por mim também, mas como isso pode ser ruim? – Levanto e caminho até o outro lado da sala e volto. – Não é como se eu *esperasse* que o casamento se tornasse um relacionamento de fato. Não é como se eu colocasse uma câmera na minha estante para gravar vídeos dele enquanto ele dorme e roubasse as cuecas dele.

– Claro que não, querida – ele diz. – Você tem uma audição incrível para música, e das dezenas de milhares de pessoas que o ouviram, apenas você foi capaz de levá-lo a Robert... Só você foi capaz de fazer isso *acontecer*.

– Mas ontem à noite, o jeito como ele falou fez eu me sentir tão nojenta... Bem quando eu achava que tinha conquistado algo, quando estava me sentindo bem por ter voz e ter conseguido proteger Calvin. Não tenho nada meu – digo, fechando os olhos com força. – Nada a não ser vocês, o apoio que me dão, as esperanças que depositam em mim. Não sou Calvin. Não sou Robert. Não sou você.

– Tem razão – Jeff diz, rindo. – Você não é uma analista financeira bem-sucedida.

– Você nem sempre ama o seu trabalho, mas é muito bom nisso. E encontrou um hobby que adora. – Ergo meus ombros, sinto meu corpo inteiro tenso. – Não tenho nem ideia do que quero fazer. Quero ler, escrever e conversar sobre livros. Quero ouvir música, sair para jantar, e apenas *viver*.

– É uma vida – ele insiste. – E uma vida *boa*.

– Mas preciso ser capaz de me sustentar também. Há todas essas coisas que eu queria fazer, e não fiz nenhuma delas.

– Não descobri minha paixão por trabalhar com cerâmica até os meus 50 anos – Jeff me lembra. – Querida, você só tem 25. Não precisa ter todas as respostas.

Deixo-me cair no sofá e enterro o rosto entre as mãos.

– Mas eu não deveria ter pelo menos algumas?

Ele pousa uma mão espalmada no meu joelho.

– Essa percepção está partindo *apenas* de você.

– Ontem, ela veio de Lulu e, depois, de Calvin. – Abaixo minhas mãos. – Eu amo vocês, mas não posso me fiar somente nos seus sentimentos por mim. Vocês são biológica e legalmente obrigados a me amar.

Jeff inclina-se, depositando um beijo em meus cabelos.

– Hollzinha, pense assim: se eu me comparasse sempre com Robert quando nos conhecemos, eu sempre me sentiria em desvantagem. Ele é um prodígio musical, e eu era um garçom tentando descobrir se minhas notas seriam boas o suficiente para me garantir um MBA medíocre na minha área. – Ele sorri para mim. – Mas eu sabia que queria ficar com ele, e ele, comigo. Ele também sabia o que queria fazer com a vida dele. Então, selamos esse compromisso. Ele aceitou o emprego em Des Moines e era responsabilidade minha conseguir um emprego que garantisse nosso sustento e que eu gostasse *o bastante*. Eu não precisava amar o trabalho, mas também não importava o que eu fizesse, porque eu tinha *ele*. Fiquei buscando outras coisas também, até que, por fim, encontrei a cerâmica. É divertido, claro, mas o mais importante é que sinto que meu trabalho não é tudo na minha vida.

É isto que preciso ter em mente. Às vezes um trabalho pode ser só um trabalho. Ninguém vai vencer a corrida dos ratos.

– Eu sei.

– Você sabe que eu não aprovava seu casamento – ele diz com suavidade, e a culpa inunda minha corrente sanguínea. – Vocês não se conheciam e, de acordo com os sentimentos que você nutria, temi que poderia se machucar.

Gemo dentro de uma almofada, mas Jeff a retira do meu rosto.

– Não estou dando bronca em você. Escute. Tudo isso é verdade, mas eu também não esperava que um relacionamento romântico nascesse entre vocês. Ver vocês assim, ultimamente, tem sido maravilhoso.

– Mas não tenho certeza se isso é real. – Fisgo o lábio inferior, tentando não chorar. Depois de tanto caminhar e sentir raiva, não apenas me sinto fisicamente exaurida, como emoções mais suaves começam a aflorar. O pensamento de que Calvin estivesse jogando comigo durante todo esse tempo é doloroso. Era fácil afastar esse temor enquanto ele me beijava, enquanto sorria para mim. – Talvez seja só um jogo.

– Tenho visto vocês juntos, e eu sei como os homens são. Seria surpreendente se ele conseguisse simular tamanha devoção. Ele me ligou duas vezes, Holl. E ligou para Robert também. A voz dele não soava como se estivesse fingindo.

Aperto o rosto entre as mãos.

— Mas ele precisa que as coisas fiquem bem entre nós porque ele precisa continuar aqui. Não sei se consigo acreditar no que ele faz.

— Bem, essa é *uma* das razões...

— Eu sei. Eu sei.

— Mas, tentando ser otimista, vamos supor que ele seja sincero – Jeff diz. – Se as coisas funcionarem entre vocês, Calvin tem muita sorte, pois tem um trabalho que ama e tem *você*. Isso lhe dá o espaço que você precisa para se encontrar, e descobrir como quer que sua vida seja. Não precisa ser como a minha, ou como a dele, ou a de Robert.

— Eu sei.

— E ela também não precisa ser agora como você quer que seja daqui a dez anos.

— Mas acho que é isso que mais me assusta – digo a ele. – Sinto terror ao pensar que, dentro de dez anos, ela seja exatamente igual... para mim. Mas para Calvin? Ele terá seguido em frente, subido na vida, ou ido para longe.

— Você não tem como saber disso. Tudo o que pode fazer é construir *o seu* caminho. – Jeff se levanta e leva sua xícara vazia até a cozinha. – Venha. Vamos pedir algo para comer.

Adormeço como uma pedra no quarto de hóspedes, tão profundamente que, quando Robert me dá uma leve sacudida, acordo com um sobressalto, agitando os braços desvairada, e quase faço o telefone sem fio voar das mãos dele.

– Ligação pra você – ele diz, e coloca o telefone na minha mão, acrescentando em um resmungo: – Seu marido tocou feito merda ontem à noite.

Levantando-se, ele sai do quarto e fecha a porta atrás de si com um suave clique.

Encaro o telefone, terminando de acordar. Não preciso dizer nada para saber que é Calvin quem me ligou. E ele tocou feito merda ontem à noite?

Levando o telefone até a orelha, despejo um rouco:

– Oi.

A voz dele soa sonolenta e grave.

– Oi. – Sinto-a ressoar como se ele tivesse rolado para perto de mim e falado no meu pescoço. – Espero que não tenha nenhum problema eu ter ligado pra esse número.

Arrepios despontam ao longo dos meus braços.

– Claro. Meu celular está no meu apartamento.

A risada dele é um som vazio.

– É, eu sei.

Olho para o teto, esperando que as palavras surjam na minha cabeça. Minha raiva agora parece uma fogueira amanhecida – reduzida a brasas e cinzas.

– Eu esperava que você fosse aparecer ontem à noite – ele diz. – No teatro.

– Eu estava aborrecida.

Ele inspira o ar devagar e o solta com um gemido.

– E esperava que você voltasse pra casa mais tarde, depois que eu dormisse.

– Dormi na casa de Robert e Jeff.

– Imaginei que você estivesse aí quando fui até seu quarto hoje de manhã para subir na cama e pedir desculpas – ele diz, com um timbre baixo e suave –, mas você ainda não tinha voltado.

Apenas AMIGOS

Ele quer pedir desculpas? Fecho os olhos com força diante do desejo que sinto de ter o corpo quente dele junto a mim na cama.

– Acha que vai vir pra casa hoje? – Ele respira fundo mais uma vez e, quando volta a falar, percebo que está se espreguiçando. – Isto não está certo, *mo stóirín*. Não gosto disso.

– Eu também não – digo baixinho, perguntando-me se Jeff e Robert conseguem me ouvir da sala. – Mas você fez com que eu me sentisse mal, como se tivesse feito algo muito errado. E não acho que fiz.

– Eu sei. Merda. – Ele expira pelo nariz. – Eu não lidei como devia. Ontem à noite eu estava arrasado, toquei terrivelmente mal.

– É, posso imaginar como é estressante pensar que você pode ter que deixar o país se as coisas não correrem bem entre nós. – Estremeço ao dizer isso.

Passam-se longos segundos até que ele fale de novo, e seu sotaque parece tão forte através do telefone:

– Não é assim. Acha mesmo que eu estava enganando você?

Fecho os olhos com força sob a cadência suave das palavras dele.

Não é assim. Acha mesmo q'eu'stava só ng'nando você?

– Não sei.

– Prefere que eu vá até aí? O que você gostaria?

Na verdade, quero voltar para casa, me enfiar entre os lençóis com ele e sentir seu calor em mim enquanto ele me abraça. Quero a vibração da voz dele no meu pescoço, no meu ombro, nos meus seios, e o modo como toda a luz é bloqueada por um instante quando ele se põe em cima de mim. Mas também quero esta centelha de energia que sinto agora. Ontem eu acordei de tal maneira que ainda não consigo definir, mas não quero que isso evapore antes que eu possa lhe dar um nome.

– Quero dizer que sinto muito – ele diz, sua voz baixa como um murmúrio. – Venha pra casa e me dê um soco na cara se precisar, mas depois me beije.

A sala está vazia quando eu entro, deixando minhas chaves sobre o balcão e pendurando meu casaco no encosto de uma cadeira. A porta do banheiro está aberta – ele não está ali.

O apartamento parece estranhamente parado, não há o ruído do aquecedor nem o tintinar da louça sendo lavada. Parece que passou uma semana, e não somente vinte e quatro horas.

Encontro Calvin em minha cama, recostado no painel e observando a porta.

Sua expressão relaxa imediatamente quando me vê.

– Oi.

Chutando fora meus sapatos, dou um sorrisinho e sento-me na borda da cama, mas ele puxa as cobertas de um canto da cama e dá tapinhas sobre o colchão.

– Vem cá. Podemos conversar aqui.

É uma oferta difícil de recusar. Eu abaixo minhas calças de corrida e tiro a blusa de moletom antes de me refugiar debaixo dos lençóis. Imediatamente deparo-me com o calor sólido do peito dele e me aconchego em seus braços; ele está completamente nu, e de algum modo parece mais quente que o sol. Calvin desliza uma mão por minhas costas, abre o fecho do meu sutiã e o retira, atirando-o para qualquer lugar atrás dele.

Ele solta um gemido baixinho e um leve prazer dança através de meu corpo ao perceber que ele precisava sentir pele sobre pele com a mesma urgência que eu.

– Desculpe. – Ele chupa o lábio inferior e fita os meus olhos. – Não foi justo o que eu disse. Acho que eu estava encabulado porque não percebi que você foi sincera no escritório da imigração. Ou talvez frustrado porque o tempo todo eu desejava você, enquanto você fingia não me querer. Parecia tão fácil. Acho que fiquei confuso.

Apenas AMIGOS

Sorrio e isso o faz destravar seu próprio sorriso; parece aliviado.

– Não tenho certeza se confio no que você está tentando fazer aqui – Pressiono minha mão no peito dele, ele abaixa o olhar e balança a cabeça, sem entender o que estou tentando explicar. – Você podia morar aqui e ter o seu emprego sem precisar transar comigo, você sabe.

Os olhos dele se fecham e ele solta um pequeno "ahhhh", como se eu tivesse acabado de dar a ele uma confirmação.

– Poderíamos ser convincentes sem precisar disso – digo baixinho. – Mas agora que você já sabe que eu gostava de você antes de nos conhecermos, não me sinto confortável em fazer *isso* sem saber qual é a sua posição. Porque realmente parece desequilibrado.

Os olhos dele deslizam de um lado para o outro entre os meus.

– Meu desejo por você como amante é totalmente separado do desejo pelo trabalho que você me ajudou a encontrar.

Esforço-me para conseguir falar depois da explosão que essas palavras provocam em mim.

– Mesmo? Porque, como você mesmo disse, seria uma merda enorme se você me enganasse assim.

Ele inclina-se perto o bastante para me beijar, mas para, subitamente tímido.

– Mesmo. Claro que meus sentimentos são influenciados pelo seu conhecimento de música. Sua opinião importa mais para mim que a do Ramón e até do Robert. Mas isso não é a respeito do trabalho, mas porque a música também é parte de você.

Aproximo-me, descansando meus lábios nos dele, e ele geme, rolando por cima de mim, erguendo uma mão para amparar meu rosto. A tensão derrete dentro de mim e balanço de encontro a ele quando ele se posiciona entre minhas coxas.

Reatar o relacionamento é... bem divertido.

Calvin afasta-se um pouco, sorrindo para mim.

– Seis meses antes de a gente se conhecer, hein?

– Pelo menos – digo, rindo e corando. – Foi uma quedinha bem épica.

Escorrego minhas mãos ao redor dos ombros dele e embrenho os dedos em seus cabelos enquanto ele desce, em beijos, pelos meus seios, pela minha barriga e para dentro das cobertas, onde ele beija uma coxa e depois a outra, e depois desliza a língua na minha boceta.

Querendo assistir, afasto as cobertas e ele me olha, sorrindo dentro de outro beijo. Ele me provoca, deslizando a ponta da língua, mordiscando – praticamente *fazendo cena* para mim.

– Sei o que você está pensando – sussurro.

Uma chupada longa e suave, e depois ele responde:

– O quê?

– E a resposta é sim, eu imaginei você fazendo isso antes de nos conhecermos.

Ele retrocede um pouquinho, sua expressão esquentando:

– Imaginou que eu beijava você aqui?

Meneio a cabeça, e minha excitação cresce apenas em assisti-lo enquanto ele me assiste.

– E você se masturbava?

– Às vezes.

Ele corre um dedo sobre mim, movendo para cima e para baixo, e depois para dentro.

– Você está ficando molhada só de me contar.

Enterro uma mão nos cabelos dele.

– Não vou me desculpar por ter fantasias com você.

– Espero que não. – Ele observa o que está fazendo. – Também não quero que você pare de fantasiar.

– E sobre o que você fantasia?

Ele fecha os olhos e abaixa-se para me lamber, pensando. Ao se afastar, responde:

– Um monte de coisas. – Sinto o calor de sua respiração em mim.

Um monte de coisas, com aquele *t*.

Apenas AMIGOS

Puxo o braço dele e ele se coloca sobre o meu corpo, inclinando-se para me beijar com uma boca aberta e faminta.

Trazendo a mão dele para cima do meu seio, digo:

– Me fala.

Ele o aperta e depois curva-se para chupá-lo.

– Penso em dizer algumas coisas sujas pra você quando estamos juntos no sofá. Gosto de quando você está de frente pra mim, e então eu posso lamber do jeitinho que você gosta.

Ah. Meu sangue se aquece e eu me arqueio buscando a boca dele.

– Penso em transar com você perto da janela e deixar aqueles *paparazzi* lá embaixo nos assistir. Fico excitado só de imaginar *aquelas* fotos no Twitter.

Escorrego minha mão até encontrar o pau dele, e ele geme antes de subir de novo e me beijar.

– Penso na imagem de você me possuindo com a boca. E como gozo rápido quando você faz isso. – A mão dele mergulha entre nós, deslizando dois dedos para dentro de mim, e começamos a nos mover, as palavras dele aceleram: – Penso que estamos em outro lugar e você faz isso: me chupa sem que ninguém fique sabendo.

– Como no teatro?

– Ou em qualquer outro lugar – ele diz, sua respiração quente em meu rosto. Ele grunhe enquanto fode minha mão, tão perto de onde eu quero que ele esteja, e eu arranco a mão dele da minha boceta e guio seu pau para dentro. Ele entra de uma vez, sem camisinha, fundo, e eu grito antes de ele engolir meus sons.

Não fizemos isto antes... Precisamos colocar uma camisinha.

– Penso *nisto* – ele sussurra –, exatamente assim. Ah, Deus, é tão bom.

Sim, é, de modo que nenhum de nós quer parar. É tão fácil continuarmos nos movendo, cairmos naquele ritmo oscilante; nas últimas semanas ele descobriu o que eu preciso e então começa bem ali: fundo, com força.

285

Minhas mãos passeiam pelas costas dele, descendo até a bunda, até as coxas, o mais distante que consigo tocar.

Ele deve saber que está perdoado, porque não fala mais, não se interrompe para verificar se estou bem, e essa é uma das coisas que mais adoro nele. Acho que ele confia que, se eu não quisesse isto agora, eu teria dito. Ele jamais deixaria de dizer algo que precisa ser dito.

Mas mesmo assim, enquanto ele se move em círculos perfeitos sobre mim, outra sombra entra em minha visão. Pergunto-me o que é que estamos consertando aqui, e com qual finalidade? Eu já deixei claro que não precisamos ter um relacionamento íntimo para que ele possa ficar. E certamente não precisamos estar apaixonados. Porém, ele me beija como se fosse amor, e enquanto estoca cada vez mais rápido, ele soa como um homem transbordando amor, e quando ele rola na cama e me coloca por cima, ele me observa com algo que parece amor em seus olhos.

Mas como eu realmente iria saber?

– Por que você parou? – ele pergunta, com as mãos em meus quadris. – Está tudo bem?

O peito dele está coberto por um leve brilho de suor por causa do esforço e do calor de nossos corpos movendo-se juntos. Eu aperto a palma da minha mão ali, seu coração está disparado. Examino o rosto dele. Seus olhos estão límpidos, talvez um pouco preocupados.

– Está tudo ótimo.

Sou tão ruim em pedir o que quero.

– Machuquei você? – ele sussurra.

Balançando a cabeça, digo:

– Não.

Ele senta-se debaixo de mim e seus braços envolvem minha cintura. Ele observa meu rosto.

– No que está pensando? O que posso fazer para tudo ficar bem?

– Acho que estou me perguntando o que é que estamos fazendo aqui.

Ele dá um sorriso malicioso e atrevido.

– Achei que estivéssemos ocupados fazendo amor.

– E é isso mesmo? – Honestamente, nunca me senti assim antes, então nem sei como chamar. Mas não sei se sou capaz de fazer sem me apaixonar por ele.

Ele beija meu queixo.

– E parece outra coisa pra você?

– Acho que está começando a parecer a mesma coisa pra mim, mas eu não tenho certeza. – Pressiono minha boca na dele e deixo que ele aprofunde o beijo, antes de retroceder só um pouquinho. – Sinto que deveríamos assegurar que vamos nos entender sobre tudo isto, depois... – Ele me beija. – O que aconteceu com Lulu e...

Ele interrompe-me com outro beijo.

– E o fato de que já somos casados? – ele pergunta. Sua mão percorre minhas costas e mergulha em meus cabelos.

– É, exatamente. Conversamos sobre a logística, sobre a história de fundo e fantasias, mas nunca chegamos a falar sobre sentimentos.

– Você desapareceu ontem o dia inteiro. Eu acordei esta manhã e você ainda não estava aqui. – Ele inclina a cabeça, chupando meu pescoço. – Achei que eu tinha estragado tudo e, sinceramente, nunca senti tanto pânico na minha vida.

– O plano inicial era um ano – sussurro.

– Pro inferno com o plano inicial.

– É mais complicado que ter uma namorada nova. Nós fizemos votos.

Calvin sorri para mim.

– Estou ciente.

– Paradoxalmente, isso não complica o novo plano?

– E como eu vou saber? – Ele ri de encontro ao meu ombro e me morde de leve. – Nunca fiz isto antes. Só sei que estou me apaixonando pela garota com quem me casei.

VINTE E QUATRO

Calvin me passa meu celular vibrando.

– Lulu de novo.

Coloco-o sobre a mesinha de centro com a tela para baixo e volto ao meu notebook. Pela primeira vez em eras, acordei com palavras em minha mente, e estou determinada a escrevê-las antes que desapareçam na bruma.

Ele está deitado atrás de mim no sofá.

– Você não vai ligar pra ela?

– Não agora.

Percebo que ele está lendo por cima do meu ombro.

– O que é isso?

– Nem eu sei, pra falar a verdade. – Estou tentada a cobrir a tela, a fechar a tampa para ocultar as palavras, porque parecem como o tronco nu de uma árvore: desprotegido e à mercê dos elementos. Em vez disso, finjo que minhas mãos estão grudadas no teclado. Por centenas de vezes ouvi Calvin tropeçar nas notas enquanto ensaiava um novo trecho de música ou composição inédita, e ele nunca ficou envergonhado. Por que eu ficaria?

– Para um livro? – ele pergunta. Calvin sabe por quanto tempo isto me escapou, e o que significa para mim ter uma centelha de inspiração.

– Não. Talvez? Não tenho certeza. – Releio as anotações que fiz, quase hesitante, com muito cuidado para não espantar a centelha.

Não consigo parar de pensar na sensação de atravessar a cidade ontem em busca de um talento equiparável ao dele. Não consigo parar de pensar na sensação de ouvir Ramón e ele apresentando-se juntos.

– Apenas me veio à mente essa ideia, sobre como nos conhecemos e onde você está agora, e como me sinto ao ouvir você nos dois lugares.

A mão dele escorre dos meus ombros para dentro da minha camisa até descansar acima do meu coração.

– Gosto da expressão no seu rosto agora. Tão intensa.

Tenho saudade de escrever. Escrevi inúmeros contos durante a faculdade e o mestrado. Precisava escrever todos os dias ou me sentiria como um ralo entupido, transbordando palavras. No dia em que peguei meu diploma e passei a encarar o mundo como uma pessoa que não está mais sob a redoma protetora da escola, parece que as ideias todas secaram.

E isso tem sido verdade desde então.

Depois de conversar com Robert e Jeff, pergunto-me se não é porque estou rodeada de pessoas que são brilhantes de formas que não sou, e isso faz com que eu me sinta medíocre por comparação.

Mas isto... Escrever sobre a sensação de ouvir música, de tê-lo encontrado – é quase como descrever o funcionamento dos meus órgãos, do que me mantém respirando. Não acho que já tenha me sentido assim antes.

A mão dele desliza mais para baixo, brincando com meu mamilo, e a boca dele vem no meu pescoço, morna e mordente.

– Posso fazer isto enquanto você escreve?

Ainda estou sensível após a segunda rodada de sexo que fizemos há apenas uma hora, mas quando as pontas dos dedos dele fisgam o bico do meu seio com uma suave beliscada, meu corpo inteiro vibra.

Apenas AMIGOS

– Não acho que eu consiga manter o foco. Seria como chupar você enquanto você toca.

A risada dele vibra sobre minha pele.

– Deveríamos tentar isso depois.

Viro-me para capturar a boca dele em um beijo.

– Estou quase terminando.

Calvin retrocede um pouco, sua mão sobe e sua boca volta para a minha nuca. Embora eu tema que esta distração possa afugentar minha musa, as palavras parecem ainda mais fortes. Lembro-me deste sentimento – o prazer de estar repleta com algo e conseguir trazê-lo à tona com toda a clareza. Meus dedos voam pelo teclado e eu ignoro a tipologia neste momento, ignoro a percepção de que ele acompanha meus pensamentos na tela, ignoro tudo.

A criatividade voltou, e a consciência de que ela voltou porque estou feliz me impele adiante em uma espiral de retroalimentação positiva que me faz continuar canalizando mais palavras do meu cérebro para meus dedos.

Meu celular vibra de novo e Calvin o pega para desligar o modo vibratório.

E então ele acende de novo, e mais uma vez, tocando. Tenho um relance do nome na tela, e meu entusiasmo com a escrita ainda é tão frágil que a ansiedade de lidar com Lulu provoca um pequeno abalo.

– Ela já ligou dez vezes hoje – ele diz. – E ligou um milhão de vezes ontem também.

Gemo diante da visão do meu celular acendendo com outra mensagem de voz.

– Aposto que ela está com uma tremenda ressaca, mesmo dois dias depois. – Ele descansa o queixo no meu ombro. – Quer que eu leve o celular para o quarto?

Quero dizer sim. Quero voltar para o que estava fazendo, e quero que ele volte para salpicar beijos nos meus ombros e pescoço, porém, na verdade, o cerne da ideia já está escrito na página diante de mim e sei que minha consciência do pânico de Lulu só vai me incomodar ainda mais se eu não retornar a ligação dela.

Estou com raiva, sim, mas não quero castigá-la.

Minha mão toca o telefone e eu o puxo, suspirando.

– Me deixe resolver isto.

A ligação mal termina de completar quando ela me responde:

– *Holllllls,* eu sou uma *cuzona*.

– Sim, você é.

– Cara. Desculpa. Sinto muito, desculpa.

A questão é, sei que ela está arrependida de verdade de seu comportamento na noite retrasada. Lulu é a pior inimiga de si mesma. A Lulu bêbada é um alter ego cruel e um fardo que ela tem de carregar a cada vez que enche a cara daquele jeito.

– Nem sei o que dizer – digo a ela, esfregando meus olhos.

Sinto-me grotesca de novo só de pensar nisso, e uma parte de mim se arrepende de ter ligado.

– Vocês estão bem?

– Agora estamos. Conversamos sobre isso hoje de manhã.

– Hoje de manhã? – ela geme.

– Eu dormi na casa do Jeff e do Robert ontem à noite.

Ela solta um gritinho de horror.

– Holls. O Calvin ficou puto?

– O que você acha?

– Você ficou?

Solto uma risada de pura irritação.

– Lulu, fala sério. Você me fez parecer uma completa aberração.

Calvin inclina-se sobre mim quando digo isto, descansando os lábios no meu pescoço. Com a mão livre acaricio os cabelos dele.

– E o que eu posso fazer? – ela choraminga.

O fato é que alguma coisa se rompeu naquela noite – nossa amizade já estava esfriando há algumas semanas – e não tenho certeza se pode voltar a ser como era antes. Sei que Calvin pode ouvi-la também, então eu o observo, e ele dá de ombros.

– Qualquer coisa – ela diz. – Quero consertar o que fiz.

– Então nunca mais seja rude e desagradável com a gente.

Ela solta uma risada rouca e quase posso sentir a ressaca no fundo.

– Eu sei. Acho que fiquei um pouco confusa com essa coisa de casamento. Você costumava ser a minha pessoa favorita.

É verdade. Eu estava lá sempre que ela precisava de companhia para ir a um show, a um bar ou a um concerto. Mas eu também era uma estepe quando ela não tinha um acompanhante fixo para as suas aventuras compradas no Groupon, e essa tem sido nossa dinâmica desde sempre: eu *sempre* estive lá para Lulu.

– As coisas com Calvin estão indo bem – digo baixinho. – Entendo que é estranho pra você eu não estar mais cem por cento disponível, mas eu estou muito feliz, e sinto que você não está feliz por mim.

Ele me puxa de volta para o sofá com um braço morno ao redor do meu peito, paira uma mão sobre o meu seio.

– Entendo o que você está me dizendo – ela diz. É doloroso ouvi-la se humilhar, nunca fiz isso com ela. – Quero que você me veja dando todo o apoio! Juro que posso dar.

– Bem... – digo e rio. Posso sentir o sorriso de Calvin no meu pescoço.

– Talvez eu possa marcar pra vocês um jantar romântico no Blue Hill?

Isso me dá uma ideia, e eu me curvo para a frente, pensativa. O aniversário de Calvin é dentro de algumas semanas, e eu já planejei para que a mãe e a irmã dele venham fazer uma surpresa, mas o Blue Hill é um excelente restaurante, e com certeza Lulu poderia nos conseguir uma ótima mesa. Algo um pouco mais íntimo para comemorar o aniversário dele não seria nada mal, não é?

Estou parada diante de uma mesa no Blue Hill com Lulu ao meu lado. Depois de me abraçar por longos cinco minutos e prometer que jamais seria babaca de novo, ela me leva até o fundo do restaurante e me mostra o lugar que ela tem em mente para o meu plano – meu louquíssimo plano.

A cabine fica no canto mais afastado do restaurante e a mesa é grande o bastante para receber pelo menos quatro pessoas, mas ela prometeu mantê-la reservada somente para nós. Inclinando a cabeça, verifico quanto do piso é visível.

A borda da toalha de mesa superior derrama-se somente 30 cm em direção ao chão, mas a toalha inferior quase encosta no piso.

– Tem certeza de que vai funcionar? – pressiono meu punho na altura do meu diafragma, tentando controlar o nervosismo. O jantar será dentro de duas semanas, mas sinto como se Calvin pudesse entrar aqui a qualquer instante.

Ao nosso redor, os garçons e colegas de Lulu carregam bandejas com talheres e guardanapos e arrumam as mesas, completamente alheios ao nosso pequeno plano.

Ela saltita um pouco ao meu lado.

– Tenho toda a certeza.

Meu coração faz o sangue correr desvairado. Nunca fiz nada tão maluco.

Bem, exceto casar com um desconhecido. E depois mentir a respeito disso para um oficial do governo.

– Você vai mesmo fazer isso? – ela pergunta, exultante. – Essa é a melhor ideia que já vi.

Engulo o pânico alojado na minha garganta. Se Lulu acha que é uma boa ideia, definitivamente eu enlouqueci.

– Sim, vou fazer.

Apenas AMIGOS

Quinze dias depois, volto ao Blue Hill exatamente às 16h50. O restaurante abre para o jantar às 17h, Calvin estará aqui às 18h, e isso me dá bastante tempo antes dos clientes chegarem.

Trouxe um livro e meu celular, e estou com um vestido cujo fabricante garantiu que não amassa. Agora preciso esperar.

A cada segundo até este momento achei que minha ideia era *fantástica*. Era audaciosa e corajosa, algo do qual lembraríamos para sempre. Lulu vai levar Calvin até a mesa, e enquanto ele estiver me esperando chegar – *bum!* – vai ter a surpresa de uma vida inteira. Daqui a três dias é o aniversário dele, e existe melhor forma de comemorar a chegada dos 28 anos do que receber sexo oral surpresa em um restaurante elegante?

Eu estava confiante até o momento em que Lulu me levou ao lugar onde vou ficar escondida. Mas agora que estou aqui debaixo da mesa, ouvindo os clientes chegarem e se sentarem a poucos metros de distância, sinto-me um pouco insegura sobre a limpeza da parte debaixo da mesa. Espero que ninguém veja meus pés e penso que é isto que Calvin queria dizer quando mencionou receber um boquete em algum lugar enquanto ninguém percebe... Esta parece ser uma ideia bastante maluca. E por maluca, quero dizer *terrível*. Uma coisa era imaginar isto, outra muito diferente é realizar.

O problema é que... estou paralisada.

Puxo meu livro da bolsa e percebo que está escuro demais para ler. Não quero correr o risco da luz do meu telefone me denunciar através da toalha de mesa, então não o uso.

O tempo demora a passar. Os aromas de comida infiltram-se sob a mesa e ficam presos aqui. Tenho certeza de que, em circunstâncias normais, esse perfume seria maravilhoso, mas no momento *não sou* essa pessoa – uma indomável fora da lei atrás de uma aventura sexual – então meu apetite desapareceu e a apreensão se alojou permanentemente em minha garganta.

Lulu sinaliza que Calvin está aqui com uma batidinha no tampo da mesa enquanto ela segue para dar as boas-vindas a ele e, quando ela volta – depois de quase *sete anos* que estou enfiada debaixo desta mesa – dá só uma batida forte e rápida, sem nenhum outro aviso. Pulo com um sobressalto – bem, não exatamente, porque minhas pernas estão adormecidas – e quase sem fôlego, com uma mistura indescritível de alívio e nervosismo. Mas escuto os passos voltarem na minha direção e mais batidas insistentes na mesa, bem acima da minha cabeça.

– Ela vai ficar tão surpresa em ver *vocês três*! – Lulu grita.

O quê?

– É o aniversário dela também – Calvin diz. – Bom, quase.

É então que ouço: a risada profundamente ressonante do Robert.

Meu estômago afunda até o chão. Ai que merda.

Ai, merdamerdamerda.

Mal consigo enxergar qualquer coisa – apenas as sombras de alguns pares de sapatos.

– Calvin, por que você não se senta deste lado, para que ela possa ver você quando chegar? – Lulu diz, dando batidinhas do lado direito da mesa.

Rapidamente me arrasto para lá. Minhas pernas estão latejando, e sinto que vou vomitar.

Calvin se senta, colidindo com meu ombro. Abafo um grito e ele solta um "Ah, meu Cristo!" de surpresa antes que Lulu interceda:

– Muito bem! – ela grita estridente, e posso imaginá-la distraindo Calvin, dando a ele um olhar significativo e fazendo mímica feito uma maluca para anunciar minha posição. Então, ela diz: – *Agora você vai vê-la quando ela chegar.*

– Ah – ele diz, com um leve arquejo. – *Aahhh.* – A mão dele tateia por baixo da mesa, encontrando meu ombro, meu rosto. E então escuto uma risada incrédula e um sussurro: – O que raios...?

– Robert e Jeff – Lulu os chama, alto o bastante para que eu possa ouvir –, me deem seus casacos.

Apenas AMIGOS

Há uma movimentação e então Calvin se abaixa, e sua voz soa de repente muito próxima.

– O que diabos você está fazendo?

– Eu ia surpreender você com um boquete! – grito-sussurrando.

– Ah, meu Deus. Eu ia fazer uma surpresa... *Ooooiii!* – Ele volta a se sentar e abre um pouco as pernas para que eu possa me abrigar perto dele enquanto Robert e Jeff deslizam nos bancos da cabine.

O joelho de Robert está a menos de quinze centímetros do meu braço. Ah, meu Deus, isto é um desastre. Por que Lulu não os levou para conhecer... o banheiro ou qualquer coisa assim? Por que ela não os levou para se sentarem em outro lugar?

A única salvação aqui é que a cabine é enorme. Dobro meus joelhos e me inclino sobre a mão de Calvin quando ele a leva para baixo da mesa para me confortar. Com todo o cuidado, puxo meu celular, abaixo a luz da tela e abro as mensagens.

Lulu já me enviou uma.

> Mas que porra é essaaaaaaaa?

> Por que você os trouxe para sentar???

> Não há outras mesas, e Calvin sabia que você tinha reserva. Que merda, estraguei tudo. NUNCA FIZ NADA ASSIM ANTES E ENTREI EM PÂNICO.

> **O QUE EU FAÇO???**

Está calor aqui embaixo e estou começando a me sentir tonta – estarei sufocando de tanto respirar este ar viciado?

> Sai daí, o que eles podem dizer?

Fecho os olhos, batendo minha cabeça em silêncio no joelho de Calvin.

– Onde ela está? – Robert pergunta, e dentro de alguns segundos outra mensagem de texto aparece na tela do meu celular, vindo dele.

> Onde você está?

> Vou me atrasar. Vão em frente e façam o pedido.

– Ela disse que vai se atrasar – Robert diz a eles. – Devemos fazer o pedido dela?

– Acho que ela iria gostar da linguiça de carne de veado – Calvin diz. Dou um beliscão na perna dele e ele tosse, depois ele coloca a mão debaixo da mesa e agarra meu seio.

– Ela não gosta de carne de veado – Jeff murmura distraído.

– Não – Robert retruca –, o que ela não gosta é de carne de alce.

– Vou perguntar pra ela – Calvin diz, e logo aparece mais uma mensagem na minha tela.

> Você prefere veado ou carneiro? Aliás, vou te foder muito mais tarde. Você é uma heroína só por ter pensado em fazer isso.

> O carneiro. Já posso sair daqui?

> Acho que seria fantástico.

> Devo avisá-los?

Do lado de cima da mesa, Calvin ri.

– O que foi? – Jeff pergunta. Imagino-o levantar o rosto do cardápio, abaixar os óculos de leitura e fitar Calvin com inocência do outro lado da mesa.

– Sinto que vocês logo vão ver. – Posso ouvir o sorriso dele quando ele coloca uma ênfase picante no *sinto*.

As pernas do Jeff contorcem-se um pouco, como se ele estivesse se virando para olhar na direção da entrada do restaurante.

Suspiro, enviando uma mensagem para ele e Robert em uma janela compartilhada.

> Já estou aqui.

> Onde? Não vejo você. Estamos na cabine do fundo.

Merda.
Merda.

> Estou debaixo da mesa.

— Mas que diabo? — Jeff se curva, levantando a toalha de mesa. Os olhos dele ficam escancarados quando me vê, e Calvin tem um ataque de risos.

Com um gemido, saio de debaixo da mesa e deslizo para o banco curvado da cabine, sentando-me entre Robert e Calvin.

— Eu ia fazer uma surpresa pra ele! Não sabia que vocês também vinham.

— Surpresa...? Ah, *meu Deus*. — Jeff se inclina, levando a mão até a testa. — Holland.

Ergo minha mão pedindo um momento e observo o cardápio com exagerado interesse.

— Não quero discutir isso nunca mais.

— Sinceramente, eu jamais deveria tentar fazer alguma coisa sexy e impulsiva.

Apenas AMIGOS

Calvin me empurra até a cama fazendo cócegas na minha cintura.

– Nunca vou me esquecer disso.

– Boquete cancelado.

– Foi uma razão muito boa para cancelar um boquete. Temo que eu teria que me esforçar muito para fazer cara de paisagem.

Gemo.

– Não consigo nem imaginar.

Ele ri de encontro com a minha barriga, beijando enquanto levanta minha camisa.

– Foi uma ótima ideia de presente de aniversário.

– Tenho outras surpresas pra você.

E não importa o quanto ele tente arrancar o segredo de mim – não importa o quanto ele me prometa foder gostoso em agradecimento –, aguento firme.

VINTE E CINCO

Lembro que vim a Nova York pela primeira vez aos 16 anos para visitar Robert e Jeff. Meu avião pousou e, apesar de Jeff ter planejado me encontrar no aeroporto JFK, ele precisou atender a uma emergência no trabalho, então me mandou uma mensagem com orientações de como pegar o AirTrain, depois o metrô e depois como caminhar até o seu apartamento, onde nos encontraríamos.

Soava simples, mas isso foi antes de eu entender que Nova York era muito maior que minha ingenuidade. Não era apenas a quantidade de pessoas e de placas, era o barulho. Senti-me como uma bolha tentando abrir caminho por dentro da garrafa de refrigerante.

E mesmo que hoje seja ridiculamente fácil me localizar em Nova York, lembro daquele sentimento de completa desorientação enquanto saio do apartamento. Enganei Calvin ao dizer que tinha uma consulta com o ginecologista em uma parte misteriosa de Manhattan e, não, não precisava que ele me acompanhasse – porque, na verdade, vou encontrar a mãe e a irmã dele no aeroporto.

Nervosismo é uma coisa engraçada. Pensei que estivesse nervosa em nosso casamento, mas não. E depois, percebi que não estava nem um pouco nervosa no primeiro ensaio dele. Mas essas situações não foram nada em comparação com o tubarão-baleia da minha agitação durante a entrevista da imigração – e, mais tarde – na Noite do Boquete Cancelado. Tudo isso parece só um pontinho no horizonte em comparação com minha ansiedade hoje.

Apesar das várias mensagens de texto, Brigid e eu nunca conversamos de fato. E depois que nosso plano começou a se tornar realidade, nossa interação tornou-se prática, em partes, porque eu avisei a ela que Calvin é bastante despreocupado a respeito de privacidade com o telefone – e isso vale para o celular dele e para o meu. Ele me pede para ler os e-mails dele enquanto toca violão ou para responder suas mensagens enquanto ele está ocupado desempacotando as compras do mercado. E embora eu ache que ele nunca tivesse a intenção de ser enxerido, com frequência me avisava quando Lulu, Robert ou Jeff haviam me ligado ou enviado mensagem, perguntando se eu queria que ele lesse em voz alta. E, geralmente, eu aceitava. Por que não? Eu não tenho nada a esconder.

Exceto esta visita, que estamos determinadas a transformar em uma surpresa.

Admito, estou tremendamente nervosa. Vou conhecer minha sogra. Vou conhecer minha cunhada. Tecnicamente, elas são da minha família. E se elas baterem os olhos em mim e descobrirem que não sou nada do que elas imaginaram para ele?

Calvin é uma pessoa aberta e de conversa fácil; normalmente eu partilharia todos os meus pensamentos sobre esta visita com ele. É óbvio que isso não vai ser possível desta vez. E não posso confiar em Lulu para manter a matraca fechada, Robert está compondo um novo espetáculo com um amigo escritor e está completamente indisponível, e Jeff ouviu minhas inquietações, mas o que ele poderia dizer? *Não se preocupe, você é perfeita?*

O que a família de Calvin sabe sobre mim? O que ele lhes contou?

Apenas AMIGOS

Estou tão distraída pensando no que elas esperam, no que vão achar, no que gostariam de ver na esposa dele, que quando o vagão do metrô dá um solavanco ao fazer a curva eu me desequilibro e escorrego de encontro à porta.

Um homem me ajuda a me colocar em pé de novo.

– Segure-se na barra, querida.

Por pouco não conto a ele que eu moro aqui, e só estou nervosa porque vou encontrar a família do meu marido, mas é claro que ele não se importa – assim como meus pensamentos, que logo estão desvairados e dando voltas novamente.

Fico esperando em frente ao portão de desembarque internacional, torcendo para reconhecer as duas mulheres que só vi nas fotografias. De acordo com o que eu soube, de todos os irmãos de Calvin, Brigid é a que mais se parece com ele, e isso é totalmente verdade – no segundo em que ela chega caminhando terminal adentro, já sei que é ela. Ela tem os mesmos cabelos grossos e castanho-claros, a mesma pele cor de oliva e, quando ela me vê, abre aquele mesmo sorriso que enruga os olhos. Marina vem logo atrás dela e, ao seguir com o olhar o gesto de Brigid, que aponta em minha direção, ela grita e cobre a boca com a mão.

Elas correm, jogando os braços ao meu redor, e eu sinto o momento em que Marina se emociona e começa a chorar.

– Ah, Mamã. – Brigid ri enquanto puxa sua mãe para um abraço. – É que estamos tão entusiasmadas! – ela explica por cima da cabeça da mãe. – Faz quatro anos que não vemos Calvin.

Marina é pequena, mas parece uma mulher firme e jovem.

– Você não faz ideia – ela diz, afastando-se e enxugando os olhos. – E faz séculos que queríamos conhecer você. Estávamos ansiosas que vocês viriam nos visitar no Natal, mas aí não aconteceu.

Que coisa curiosa de se dizer. Sorrio, retribuindo cada abraço individual e guiando-as para fora do terminal, atordoada e entorpecida.

Será que ela se referia ao próximo Natal? Não é o que parecia.

Estou tentando responder às perguntas delas e fazer as minhas, mas as palavras dela seguem reverberando em meus ouvidos, incapazes de sair para deixar outras coisas entrarem.

Falamos trivialidades, sobre o clima, sobre o voo, sobre a comida do avião, mas, no fundo, aquela vozinha aguda ainda me alfinetava.

Ela queria me conhecer há séculos? Hoje é 8 de abril; oficialmente conheci Calvin há três meses.

Colocamos as bagagens delas em um táxi.

— Esquina da Rua 47 com a Oitava.

O táxi dá a partida e Marina segura minha mão.

— Nas últimas fotos você está diferente do que nas primeiras que vimos.

As primeiras?

Meu estômago se aperta de novo.

— Estou?

— Seus cabelos estão mais claros do que quando vocês se conheceram na escola.

Alguma coisa está muito, muito errada aqui...

Apalpo meus cabelos, fisgando uma mentira de dentro do caos do meu cérebro.

— É, eu resolvi clarear o tom nos últimos tempos.

Nunca pintei meus cabelos.

— Amanda? — Brigid diz. — Amanda. — O braço dela passa por cima da mãe, sentada entre nós, e dá uma batidinha no meu braço. — Amanda, querida, aquele é o Empire State Building?

Ela se refere a mim.

Ela está falando *comigo*.

Em todas as nossas mensagens de texto, ela não precisou usar meu nome nenhuma vez. Ela não me conhece como Holland. Aparentemente, ela me conhece como Amanda.

Quem diabos é Amanda?

Estou com medo de vomitar meu café da manhã no chão deste táxi.

— É, aquele, hã... — Meneio a cabeça quando ela está me olhando. — É ele mesmo, logo ali.

A advertência que não paro de repetir em minha mente é para não chegar a nenhuma conclusão precipitada antes de falar com Calvin. Primeiro me refugiei na esperança de ter pegado a família errada no aeroporto, mas quando elas começaram a tagarelar dentro do táxi sobre como se sentiam orgulhosas de Calvin e que mal conseguiam acreditar que ele estava tocando com a orquestra de *Possuído*, tive certeza de que não era este o caso.

Não tire nenhuma conclusão precipitada, digo a mim mesma, caminhando até o prédio de apartamentos. *Não vá surtar.*

— Ele está aqui? — Brigid pergunta, com um sussurro entusiasmado. — Ele está lá em cima, no seu apartamento?

— Ele deve estar — digo a ela, por cima do meu ombro. — Ele não costuma ir ao teatro antes das 17h.

Atrás de mim, Marina deixa escapar um soluço.

— Nem posso acreditar que vamos vê-lo se apresentar.

É verdade... Robert arranjou ingressos para elas na primeira fileira para o espetáculo desta noite.

O terror alojou-se como um tijolo no fundo do meu estômago, e não consigo encontrar ânimo para me virar e sorrir para ela.

— É uma apresentação belíssima — digo, por cima de meu ombro. — Ele vai ficar muito feliz por ver vocês lá.

— Ele não faz ideia! — Brigid dá um gritinho.

Uma risada sombria rasga meus pensamentos. *Ele não faz ideia — e, aparentemente, nenhuma de nós faz ideia de onde estamos nos metendo.*

Enfio a chave na fechadura com a mão trêmula. Dentro, podemos ouvir Calvin tangendo tranquilamente o violão. Ele toca "Lost to

Me", e a música me envolve em seus movimentos sedutores, como sempre faz.

Então Brigid encosta-se atrás de mim, e eu peço para todos os deuses benevolentes que esta mentira, qualquer que seja, não arruíne o que temos... se é que temos alguma coisa.

A porta mal termina de abrir e Brigid dispara na minha frente, gritando:

– SURPRESA!

Calvin salta do sofá e deixa cair o violão, embasbacado. Ele deixa escapar um aturdido:

– *Bridge*? – E vai às lágrimas assim que a irmã se lança nos braços dele.

Ele vê sua mãe logo atrás dela e soluça mais lágrimas enquanto estende um braço para puxá-la para o abraço.

Fico pairando no canto da sala, sentindo a ardência das lágrimas em meus olhos, porque a cena é maravilhosa e eles estão todos soluçando.

E eu o amo.

Eu o amo.

Eu o amo.

E este reencontro é uma das mais genuínas demonstrações de alegria que já testemunhei.

– Como vocês conseguiram? – ele pergunta com a voz abafada no casaco de sua mãe.

– A Amanda. – Ela chora e o aperta nos braços. – Foi a sua doce Amanda e a Brigid que planejaram tudo!

Calvin levanta o rosto, recompondo-se quando seus olhos encontram os meus do outro lado da sala.

Coloco água para ferver na chaleira para me manter ocupada enquanto eles aproveitam os minutos seguintes para pôr a conversa em dia. Meus movimentos são robóticos e minha pulsação está paradoxalmente lenta.

Por que ele deu meu número à Brigid?

O que ele estava pensando?

E como foi que conseguimos não usar *nomes* para nos chamar? Como ela nunca me perguntou por que apenas fizemos contato agora – e não há anos, quando supostamente nos casamos?

Ela não vai querer muita intimidade, ele me disse.

É o jeito *McLoughlin de fazer as coisas*.

Será que Calvin *pediu* a ela para não me fazer essas perguntas?

A frustração que vem com essa hipótese me machuca.

– Quando vocês chegaram? – ele pergunta.

– Agora mesmo – Marina conta. – Amanda nos encontrou no aeroporto e tomamos um carro até aqui.

Sinto o olhar dele vagar através da sala até a cozinha.

– Ela me disse que tinha uma consulta médica.

– Ah, ela enganou você! – Brigid ri, e eu posso ouvi-los arrulhando felizes em mais um abraço.

– Estão c'nsadas? – ele pergunta, e noto como o sotaque dele fica mais forte perto delas.

– 'Xausta! – a mãe diz. – Não dormimos no avião.

Calvin fica calado por alguns instantes, e depois diz baixinho:

– Podemos arrumar uma cama aqui para vocês descansarem um pouco.

– Não precisa, Callie – Marina diz ao filho. – Vamos ficar no Sheraton.

– Então vou acompanhar vocês até lá. Aí você pode descansar.

– O tio da Amanda arranjou ingressos para vermos você tocar hoje à noite.

– Ah, foi? – A voz dele está tão tensa... – Maravilha. Obrigado, amor – ele diz para mim.

Tento responder com a maior naturalidade possível:
– De nada, Callie!
– Vamos, então – ele murmura para elas. – Vamos deixar vocês duas acomodadas.

Ele as conduz até a porta antes de se esgueirar para a cozinha e me envolver em seus braços com um gesto de agradecimento.
– Obrigado! – ele diz.
– Está de brincadeira? – Abro um sorriso amplo, pois sei que elas estão escutando e desejo que elas possam ouvir minha voz: – Estou tão feliz por vocês. Foi tão bonito, eu comecei a chorar também.

Ele se afasta e beija minha têmpora, depois me olha. Meu rosto está inexpressivo, e nosso olhar seria capaz de comunicar palavras suficientes para um livro inteiro.
– Vou levá-las para fazer o *check-in* no hotel – ele diz.

Com um meneio rígido de cabeça, digo:
– Certo.

Calvin inclina-se, seus lábios pousam na minha bochecha.
– Vou explicar tudo mais tarde, por favor, não saia.

Não digo nada.

Os lábios dele encostam em minha orelha.
– Me desculpe, *mo stóirín*.

Tantas vezes senti o beijo dele ali, e agora, em retrospecto, todos aqueles beijos parecem suspeitos.
– Não saia – ele repete.

Sem conseguir evitar, sinto uma lágrima grossa rolar pelo meu rosto.
– Tudo bem.

Calvin retorna uma hora depois, sozinho. Ele entra, fecha a porta, e depois se escora nela, fechando os olhos.

Apenas AMIGOS

Assisto a essa cena do sofá, ainda nauseada, esperando para ver como isso vai se desenrolar. De uma forma esquisita, sinto-me traída, e sei que esse sentimento não é muito preciso, mas a traição é assim: perplexidade com uma parcela inexplicável de vergonha.

— Eu ia contar tudo pra você — ele diz, endireitando-se e caminhando em minha direção, com olhos cansados. — Não imaginei que pudesse dar nisso.

— Estou só sentada aqui pensando na ironia de que há poucas semanas você estava decepcionado por eu não ter admitido os sentimentos que eu tinha por você antes de nos conhecermos. Enquanto isso, você passou anos casado com uma mulher chamada *Amanda*?

— É mentira. — Ele se senta ao meu lado e faz menção de pousar uma mão na minha coxa, mas muda de ideia.

— Mas existe alguém chamada Amanda?

— Ela é minha ex-namorada.

No meu peito, o coração parece dar uma cambalhota e uma pirueta, e então me lembro.

— Ah.

— Comentei sobre ela quando... nos casamos.

— A mandona.

Ele ri, mas sem alegria.

— Essa.

Nem sei se quero que ele me conte mais, porque a história se desdobra tão óbvia diante de mim. As palavras dele surgem e desaparecem seguindo atrás do fio do meu entendimento.

— Não falo com ela desde que terminamos. Ficamos juntos por cerca de seis meses. Foi muito bom quando nos conhecemos... Eu era jovem e bobo. Depois de uma semana contei pra minha família que iria me casar com ela e ficar nos Estados Unidos. Então, as coisas saíram dos trilhos, e não me incomodei em contar pra eles. Não queria que ficassem preocupados, e chegou a um ponto que ficou mais fácil mentir.

Meneio a cabeça, sem tirar os olhos das minhas mãos dobradas sobre meu colo.

– Mandei uma foto de nós dois, de mim e da Amanda, e disse a eles que tínhamos nos casado na Prefeitura. – Ele para com um tremor. – Mas... isso foi depois que terminei com ela. Antes disso, Mamã ficava ameaçando me trazer de volta pra casa. Papa tinha certeza de que eu não teria futuro nenhum aqui. Desde então, eles deixaram de se preocupar tanto. Mandei dinheiro, escrevi cartas. Acho que eles estavam orgulhosos de verdade.

– *Você* estava orgulhoso – digo em voz baixa. – Orgulhoso demais, e mentiu.

– Acho que sim. – Ele toma minha mão e eu não protesto. Estou dividida entre a compreensão e a fúria. É claro que entendo por que ele mentiu, mas ele mentiu para as pessoas que ama, e para mim.

Depois de nossa primeira briga, passamos a ser sinceros sobre tudo; tudo isso parecia tão verdadeiro que é perturbador pensar que não foi real.

– Elas disseram que eu estava diferente das primeiras fotos.

Ele meneia a cabeça.

– Esse era o lado bom. Acho que isso vai tornar tudo mais fácil porque você se parece com ela.

Solto minha mão e me levanto.

O lado bom, como se fosse muito conveniente que a garota que o encontrou no metrô se parecesse com a garota com quem ele pretendia se casar. Tudo se encaixa na narrativa perfeita que ele inventou.

Tenho vontade de gritar.

Sinto como se a confiança que construímos ao longo das últimas semanas se estraçalhasse de repente contra a parede.

– *Vai tornar* tudo mais fácil? Você está me pedindo pra bancar esse papel?

Imagino o cenário na minha cabeça, mas minha mágoa só aumenta. Quase posso entender que ele mentiu para a família por todos esses anos para protegê-la – afinal, eu também não contei aos meus pais. Mas estou imaginando como vai ser passar o resto da semana respondendo pelo nome de outra pessoa com um sorriso. Claro que esta é uma solução temporária, porém, acho que o problema é que eu já não me via mais como *temporária*. Se ele pretende ir além do nosso plano inicial de um ano, então não seria melhor contar para elas agora?

De novo, vejo-me no mesmo lugar, sendo uma personagem secundária na vida de Calvin. No papel de Amanda.

Os olhos dele me seguem enquanto caminho em torno do sofá.

– São só alguns dias – ele diz, com suavidade.

Meu coração é um balão murchando. Então ele está bem com a perspectiva de que a família dele continue a pensar que eu sou outra pessoa? Ele não tem orgulho de mim? Ou do que construímos juntos? Isso não supera a vergonha de admitir sua mentira?

O toque do celular dele me salva de ter de responder, e aproveito a deixa para ir até o meu quarto para ter um pouco de espaço e respirar.

A ligação dura só um segundo, então vejo-o na porta do quarto, vindo em minha direção. Colocando um dedo debaixo do meu queixo, ele levanta meu rosto.

– Ei – ele diz, e seu rosto se suaviza quando meu olhar vai de encontro ao dele. – Não acho que eu esteja fazendo isso certo.

Meneio a cabeça, fixando meu olhar na mandíbula dele, em seus lábios e no movimento do pomo-de-adão quando ele engole.

– As coisas se arranjaram de um jeito estranho, só isso. – Ele se inclina para a frente, me dando um beijo. – Mas não muda as coisas entre nós.

Não faço ideia do que dizer, mas sinto que isso muda tudo. Não tenho direito nem ao meu nome aqui.

– Queria conversar mais, mas preciso correr até o térreo. Um entregador deixou uma correspondência e eu preciso assinar. Vamos terminar a conversa assim que eu voltar, tudo bem?

– Tudo bem.

– Amo você, Holland.

Ele disse. Ele disse isso pela primeira vez e me sinto entorpecida.

– Certo.

– Certo – ele repete, e com outro toque de seus lábios nos meus, ele zarpa pela porta.

Ele volta em menos de cinco minutos, e quando a porta se abre de novo, imediatamente percebo que há algo errado. Ele está em choque, mirando o papel em suas mãos.

– O que foi?

Os olhos dele saltam para cima de novo.

– É da imigração.

Um alçapão se abre e meu estômago despenca. Estávamos aguardando uma carta – uma notificação oficial com os detalhes contingenciais do *green card* de Calvin – mas, a julgar pela expressão em seu rosto, não é essa carta.

Ele cobre a boca com uma mão e, com a voz rouca, acrescenta:

– Querem que compareçamos para uma nova entrevista.

– E diz o por quê? – Coloco-me ao lado dele para ler por cima de seu ombro.

Calvin balança a cabeça e me passa a carta. Meus olhos varrem as palavras tentando tirar algum sentido delas, encontrar alguma informação relevante naquela porção de frases vagas.

A respeito da entrevista concedida na data...

Mais esclarecimentos...

Minha memória rebobina até aquele escritório de um cinza monótono, e estou tentando encontrar alguma lembrança que possa me ajudar a entender o que fizemos de errado. Calvin circunda ao redor do quarto.

Deixando os papéis caírem sobre o balcão, dirijo-me para o lugar onde meu telefone está carregando, no criado-mudo, e aperto a pequena foto próxima ao nome de Jeff. A linha chama uma única vez antes de alguém atender.

Apenas AMIGOS

– Ei, criança – Robert diz, respondendo o celular do marido.
– Achamos que você iria ligar.

– Calvin recebeu uma carta da... – paro, processando o que ele disse. – O quê?

– Jeff acordou com uma mensagem do Sam Dougherty. – Imagino os dois em sua aconchegante cozinha, em meio a uma manhã preguiçosa, tomando a segunda xícara de café. – Eles estão conversando no telefone agora.

Não sei se me sinto melhor ou pior que o Dougherty tenha pensado em contatar Jeff para contar o que está acontecendo.

– Você consegue ouvir o que ele está dizendo? – pergunto. Há uma pausa e posso escutar o leve murmúrio da voz de Jeff ao fundo.

Roo uma unha, esperando a resposta.

– Parece que ele já vai desligar, então fique aí mais um momento e você já vai poder perguntar pra ele.

– Certo – sussuro. Calvin aparece na porta. As cortinas da sala estão abertas e o sol inunda o apartamento atrás dele. Mal consigo enxergar seu rosto.

Mas posso perceber que os ombros dele estão rígidos e suas mãos fechadas em punhos ao lado do corpo.

– Oi, Hollzinha – Jeff diz, de repente, quase me dando um susto.

– Estou aqui. O Dougherty mandou mensagem pra você?

– Sim, mandou esta manhã. Ele disse que vocês precisam voltar para responder mais algumas perguntas.

– Ele disse que tipo de perguntas?

– Ele não quis especificar, mas não parece nada preocupante. – Sentindo uma mistura paralisante de ansiedade e alívio, quero me enrolar em posição fetal. – Agora, Holland, escute. Tenho certeza de que vai ficar tudo bem. Eles só estão fazendo o trabalho deles e esclarecendo algumas coisas, checando se está tudo nos eixos. As coisas vão indo bem entre você e o Calvin, então não há nem por que mentir. Vocês têm um casamento de verdade.

Levanto o rosto para onde meu marido está enquanto escuta meu lado da conversa, e rapidamente desvio os olhos.

– Certo.

– Sei que a carta pedia para você ligar para marcar a entrevista – Jeff diz, e há um farfalhar de papéis ao fundo. – Mas Sam mexeu os pauzinhos e conseguiu encaixar vocês hoje ao meio-dia. Vocês podem ir lá resolver isso?

– Sim, vamos resolver – digo. – Ao meio-dia.

Encerramos a ligação e o silêncio resultante é opressivo.

Em sincronia, olhamos para o relógio sobre o meu criado-mudo. São 11h.

Calvin se vira rumo à sala, murmurando:

– Certo.

Vejo-o ir em direção à porta, puxar o celular do casaco e curvar a cabeça, digitando. Por baixo da camisa, os músculos se movem enquanto ele leva o celular até a orelha. Tenho uma memória vívida de ter aqueles músculos ao contato de minhas mãos esta manhã, com o sol se infiltrando de leve através da janela do quarto.

Eu deveria desviar o olhar, mas não sei por quanto tempo ainda terei a oportunidade de apreciar esta visão.

– Mamã. – A voz dele é baixa. – Sim. Certo. Certo. – Uma pausa. – Então, Amanda e eu precisamos correr para uma reunião ao meio-dia. – Ele faz outra pausa e, enquanto isso, sinto meu coração sangrar. – Está tudo bem, mas nós não vamos conseguir almoçar. – Ele se cala, meneando a cabeça. – Claro, claro. Tudo bem. Encontro vocês do lado de fora do teatro às 16h30.

Ele abaixa o celular e encerra a ligação. O nome "Amanda" é como uma pedrinha saltitando na superfície de um lago; espalha ondas que atravessam o quarto.

Calvin se vira para me olhar por cima de seu ombro. Parece resignado, como se realmente não soubesse por onde começar a consertar

Apenas AMIGOS

isso. Considerando a reunião que temos daqui a menos de uma hora, estou me perguntando se teremos essa chance.

– Tem alguma coisa que você queira levar com você? – pergunto, evasiva.

Ele fica um pouco sobressaltado.

– Você acha que é esse tipo de reunião?

Dou de ombros, desamparada.

– Calvin, eu não faço ideia.

O pânico o põe em movimento e ele vai buscar o violão. Rapidamente, ele se curva e enfia um monte de documentos e cartas dentro de uma bolsa mensageiro. E se ele não voltar para cá comigo? E se ele for enfiado em um avião? Essa perspectiva é quase absurda com a mãe e a irmã dele hospedadas em um hotel a somente um quilômetro e pouco de distância.

Sinto-me até sem fôlego neste circo maluco entre nós. Fomos de desconhecidos a cônjuges a amigos a amantes e, agora, estamos patinando nesta esdrúxula terra de ninguém. Amanda ainda é só uma sombra na parede, e aqui estamos nós, defendendo nosso casamento perante o governo mais uma vez – e desta vez a sensação é real.

Ele passa a alça da bolsa sobre o peito, pega o violão e me encontra na porta; sua expressão é sóbria.

– Detesto o rumo que as coisas tomaram.

Não consigo evitar, eu rio. O sentimento é adocicado, mas tão inacreditavelmente óbvio.

– É engraçado? – ele pergunta.

– É só que... – Olho para ele e, pela duração de três respirações, tudo se desenrola em minha cabeça: seu primeiro sorrisinho na estação, a sensação confortável do nosso primeiro almoço juntos, o vibrador no meu sofá, a primeira entrevista, o borrão bêbado do corpo dele sobre o meu e depois a lucidez de fazer amor com ele de novo e de novo, todos os dias, por semanas a fio. Quando posso jurar que o conheço, surge *Amanda* e uma nova entrevista, e então percebo, com horror, que desastre de adulta eu sou. – É só que é demais.

Não confio em nenhum dos gestos gentis dele agora. Não confio na mão dele buscando a minha no trem C, nem no bate-papo que puxamos enquanto caminhamos por três quadras até o edifício do governo federal. Não confio no carinho dos olhos dele quando ele se curva para mim, do lado de fora do prédio, acalentando meu rosto e sussurrando em minha orelha:

– Quero consertar tudo. Me deixe consertar.

É óbvio que ele é quem tem mais a perder aqui – pelo menos em valor nominal, porque é impossível estimar os danos emocionais que isso está me causando. Ele tem seu visto de trabalho, o emprego dos sonhos, um delicioso apartamento a uma caminhada de distância do teatro e uma esposa que, convenientemente, é muito parecida com a mulher com quem ele fingiu estar casado nos últimos quatro anos. É claro que ele quer consertar isso. E tudo o que eu tenho é esta alegria que senti germinar no meu coração nos últimos meses ao acordar todos os dias ao lado de Calvin McLoughlin.

Sem querer ser melodramática, mas quem precisa do amor?

Então não me dou o trabalho de responder, em vez disso, viro-me para o prédio. Passamos pela verificação da segurança, subimos o elevador, cruzamos o corredor de mármore e adentramos o escritório da imigração.

Calvin gesticula para que eu me sente, e depois se recosta em uma poltrona ao meu lado na sala de espera, puxando seu celular.

Observo enquanto ele acende a tela... e lê o texto de alguém de nome Natalie.

Não consigo evitar. Meus fios já estão todos desencapados, prontos para entrar em curto-circuito.

Apenas AMIGOS

– Natalie?

Ele nem tenta esconder. Ele inclina o celular para que eu possa ler a mensagem.

> Ei, você! Só queria dar um oi e saber se você está livre...

Quando olho a tela, ele desnecessariamente me lembra:

– É a garota com quem eu ia sair naquele dia do jantar com você e seus tios.

Que porra é essa?

O calor sobe como vapor em meu rosto.

– E ela ainda manda mensagens pra você?

Ele derruba a cabeça entre as mãos.

– Não nos falamos mais. Acho que ela está seguindo à risca o que eu disse.

– O que você *disse*? Já éramos casados quando você falou com ela. O que você disse? Que inferno, Calvin! O que você andou fazendo comigo?

Ele começa a discutir, mas Dougherty materializa-se a poucos metros e saltamos da poltrona para cumprimentá-lo.

Há quanto tempo ele está ali? Será que nos ouviu? Ah, meu Deus, somos dois idiotas.

– Olá – Dougherty diz. – Bem-vindos de volta.

Com um sorrisinho encorajador, ele gira nos calcanhares e nós o seguimos. Isso é tão familiar – a caminhada até o escritório, a vista cinzenta da janela, o nó de ansiedade no meu estômago –, mas também sou tomada pela impressão de que tudo está diferente e de que sabemos de muito mais coisas agora.

Nossa primeira entrevista foi um ingênuo tiro no escuro contando com a sorte. Agora estamos cruzando a sala, arrastando conosco toda a nossa bagagem emocional e conjugal. Mesmo que consigamos sair desta reunião ilesos, quanto tempo vamos ficar assim?

Será que quero estar casada com alguém que mantém uma Natalie como estepe?

Será que quero estar casada com alguém que casou comigo só por causa de seu trabalho e porque eu pareço com alguém chamada Amanda?

Dougherty nos convida a sentar e fecha a porta atrás de nós antes de contornar sua mesa. Diante dele há três pilhas de papéis, e à direita jaz uma grossa pasta de arquivo que só posso suspeitar que seja nossa.

— Vou direto ao assunto — ele diz, coçando uma sobrancelha. Não parece muito feliz. — Depois da primeira entrevista de vocês, sou obrigado a fazer a auditoria nos documentos e escrever um relatório.

Meneamos a cabeça.

— À primeira vista, a história de vocês parece bastante clara. Vocês se conheceram na estação do metrô, saíram para um encontro, se apaixonaram.

Calvin e eu meneamos a cabeça mais um pouco.

Mas já pressinto o que vem a seguir e mal consigo respirar.

— Porém, uma coisa me chamou a atenção. — Ele puxou um papel do topo da pilha e leu calado por alguns segundos. — Um boletim de ocorrência. Holland, aqui está, com data do dia 9 de janeiro. Você sofreu um assalto na estação da Rua 50. Você contou que havia um músico não nomeado na estação e ele foi testemunha do ataque, correto?

Aí está.

Engulo em seco e comento:

— Está correto.

— Você também comentou que Calvin costumava tocar às vezes. A estação em que você tocava não era essa mesma, Calvin?

— Essa mesma, senhor. — E antes que eu consiga fazer contato visual e dar a ele um aceno afirmativo com a cabeça, ele acrescenta: — Foi como tudo começou.

Mas é quando ele hesita em um sobressalto, virando-se para mim.

– Espere.

Observo enquanto a lembrança dele clareia.

– Não – ele diz. – Eu não estava lá naquela noite, não é?

O silêncio recobre a sala.

– Você não se lembra de estar presente quando sua namorada na época foi atacada?

Calvin fecha os olhos e desmorona para a frente.

– Eu estava lá.

Devagar, Dougherty desliza o papel sobre a mesa e se recosta em sua poltrona, esfregando os olhos.

Nenhum de nós diz qualquer coisa. Sabemos que estamos fodidos.

Contamos a Dougherty que nos conhecemos seis meses antes do casamento. Se Calvin estava na estação quando me machuquei, em janeiro, ele sem dúvidas seria mencionado como testemunha no boletim de ocorrência – o namorado da vítima.

– Bom, então eu estava certo. As cronologias não coincidem. – Dougherty diz, descansando os cotovelos na mesa e nos fitando, um de cada vez. – Vejam, eu faço a primeira auditoria, mas sempre há uma segunda avaliação dos documentos, independente de mim. Às vezes, eles verificam a papelada de forma superficial, mas às vezes são bastante criteriosos.

Ele recosta-se de novo, examinando-nos.

– Normalmente, eu recusaria de imediato e nem me daria o trabalho de trazê-los até aqui novamente. Mas gosto de vocês e Jeff é um bom amigo. Infelizmente, esta falha é fácil de identificar, pois tenho a informação de que Calvin tocava na estação, e você foi atacada naquele mesmo lugar. Se Calvin estava lá na noite do ataque, então por que ele não prestou depoimento e por que não foi explicitamente mencionado? Não quero ser pego por uma situação em que deixei passar um casamento obviamente fraudado.

– Mas não é – Calvin diz, deslizando para a frente em seu assento. – Nós podemos ter... aumentado alguns detalhes, mas este é um casamento por *amor*.

Um nó de emoções aloja-se em minha garganta.

Dougherty olha para mim e eu concordo com a cabeça. Provavelmente ele interpreta meus olhos úmidos como lágrimas de emocionada concordância, em vez de um coração partido por não saber sequer se Calvin está dizendo a verdade ou se é um grande mentiroso.

– Pessoalmente, fico feliz em ouvir isso – ele diz. – Mas não é uma evidência material. – A mão dele gesticula sobre o nosso arquivo. – Não parece muito bom.

Ao meu lado, Calvin desmorona pesadamente no encosto da cadeira e enterra o rosto entre as mãos.

– Mas antes que entrem em pânico – Dougherty prossegue –, pensei em uma solução. – Ele empurra a pilha de papéis do lado esquerdo da escrivaninha na direção de Calvin. – Quando Jeff veio falar comigo, avisei-o, por fora, que seria improvável você receber a aprovação para um *green card* EB-1A ou para um visto O-1B devido ao seu tempo de permanência ilegal nos Estados Unidos.

– Certo – digo. – Jeff disse que esses são bem concorridos e Calvin não conseguiria porque ele desrespeitou a lei.

Dougherty assente.

– Mas tendo em vista a mudança nas circunstâncias... especificamente pelo fato de que Calvin é, sem dúvidas, uma das mais brilhantes estrelas da Broadway no momento... acho que poderíamos facilmente nos aproveitar dessa aclamação nacional e até mesmo internacional e solicitar um visto para *pessoas com habilidades extraordinárias*.

Calvin desliza para a frente, de olhos vermelhos, e finalmente dá uma olhada nos papéis.

– Então vamos tentar esse tipo de visto em vez do *green card*?

Dougherty meneia a cabeça.

— Se vão continuar casados, isso é escolha de vocês, mas estou preocupado com as falhas da história. No entanto, *sei* que podemos tentar um O-1B agora.

O sol não consegue se decidir, ele está lutando com as nuvens e, mesmo quando se liberta e fica exposto, irradia debilmente sobre nós. Do lado de fora do prédio, Calvin e eu vestimos os capuzes dos casacos, quero levantar meus olhos a esse céu frio de primavera e rir até cansar.

Tudo isso era balela – o casamento, a troca de informações, a conta bancária conjunta, as contas de gás, água e energia em nossos nomes. Até a ligação emocional. Fomos tão ingênuos.

— É isso que acontece quando se coloca uma decisão legal nas mãos de um punhado de artistas – murmuro.

— Vou preencher tudo isso mais tarde e enviar amanhã cedo – ele diz, e acena para os formulários apertados junto ao seu peito. – Deus meu, estou feliz que isso não nos afeta.

É como se estivéssemos saindo de um cinema achando que estivéssemos juntos, apenas para descobrir que assistimos a filmes diferentes.

— Isso – digo, apontando entre nós dois – é uma *balela*. Entende o que quero dizer?

Ele reage como se tivesse levado um empurrão e esboça um passo para trás.

— Essa é a conclusão que você tirou da reunião?

— Que não precisamos estar casados? – digo, rindo sarcástica. – É. É a minha conclusão.

Que bagunça. Quero voltar no tempo – duas semanas seria perfeito. E quero achar um meio de fazer ele me contar sobre Amanda e explicar tudo de uma forma que não soe obscura e conveniente. Quero que aconteça antes de eu conhecer a família dele, antes de eu me dar conta de que tanto faz se sou Holland, Amanda, Natalie ou qualquer outra pessoa. Calvin só precisa de uma cálida cidadã americana na cama dele.

Mas será que esse tempo existe? Não tenho certeza se haveria algum modo de ele me contar sobre Amanda e nossa conveniente semelhança sem que isso soasse uma tremenda besteira no instante seguinte se ele disser: *Mas eu realmente amo você!*

De olhos apertados, o olhar dele vaga na distância.

— Minha conclusão foi um pouco diferente.

— E qual foi?

— Que agora estamos livres para simplesmente ficarmos *juntos*. — Ele se vira para mim. — Que este casamento pode continuar existindo sem as amarras da obrigação.

A derrota pesa em meu coração.

— Também gosto dessa ideia, mas acontece que há duas horas descobri que sou apenas uma sósia conveniente. Mesmo sem as obrigações do pedido do *green card*, ainda temos *isso* para resolver.

Ele rosna, puxando os próprios cabelos.

— A Amanda não é relevante aqui. Não é nada relevante entre nós... Foi só um modo de impedir que minha família se preocupasse!

O rompante defensivo dele ateia fogo dentro de mim.

— Então por que você não *me contou*?

— Porque soa muito mal — ele diz, rindo com incredulidade. — É horrível. — Calvin levanta o rosto para o céu, a mandíbula tensa de tanta frustração. — Sabe, acho que você precisa pegar leve comigo aqui. Seus pais nem sabem que eu existo.

— Tem razão. — Meneio a cabeça. — Mas eu nunca menti pra você. Planejei contar tudo a eles. Os sentimentos que nasceram entre nós foram inesperados, mas me dei conta que eu tinha tempo de contar a eles antes de levar você pra casa. Só que eu me enrolei.

— Assim como eu.

Apenas AMIGOS

– Sim, mas só preciso contar a eles que eu me apaixonei por alguém. Seus familiares carregando por aí a foto de uma mulher que acham que é sua esposa. Uma foto que você mesmo mandou, aliás. Eles já até acharam uma explicação para as diferenças entre mim e ela, porque acreditam que eu perdi peso e mudei algo nos cabelos. É por isso que você sempre quis que eu usasse os cabelos presos?

Ele parece furioso.

– Não! Eu queria que você usasse os cabelos presos porque *eu gosto deles assim.*

– Você estava mentindo pra mim o tempo todo e teria ficado feliz se eu embarcasse nesse papel.

– Nem tudo era mentira, Holland. – O vento faz o colarinho do casaco chicotear o pescoço dele. – Acho que podemos admitir que o que aconteceu entre nós na cama não era uma farsa.

Ele está certo, e por dentro estou como um pote fervente de emoções.

Não há dúvidas de que estou apaixonada por ele, e posso lembrar da alegria de fazer amor com ele ontem à noite, com tanta vivacidade que meu rosto fica tenso de desejo. Por outro lado, estou furiosa comigo por pensar que esta situação absurda é algo que eu merecia. O que aconteceu com a gente na cama era *verdade*, mas e todo o resto? Não consigo nem mais confiar na minha bússola interior. Isto é amor?

– Sei que o sexo não era uma farsa – digo, e travo olhares com ele em tempo de captar seu leve estremecimento. – Mas não sei como vou acreditar que você realmente quer algo mais depois que me pediu para deixá-las me chamar de Amanda. Isso não combina com longo prazo.

– Holland, eu...

– Preciso de um tempo pra pensar. Talvez eu ligue pra minha família hoje à noite pra conversar.

– Tem o espetáculo hoje à noite, amor. Mamãe e Bridge...

– Sinceramente, você não pode querer que eu esteja presente, pode?

A expressão dele desmorona e ele esboça um passo adiante, segurando meu braço com sua mão livre.

325

– Holland, eu fodi com tudo, já entendi. Mas vou falar com elas, vou explicar. Vamos consertar isso.

Sei que vou odiar o que vou dizer, mas não consigo represar as palavras:

– *Não precisamos* consertar nada. Você está livre.

O vento escolhe este momento para estourar através de nós, empurrando-nos um para longe do outro. É o instante perfeito para a metáfora perfeita.

Calvin procura os meus olhos por mais alguns segundos antes de desviar o rosto.

– Tudo bem. Mais tarde eu passo para buscar as minhas coisas.

VINTE E SEIS

Tenho feito um monte de coisas malucas nos últimos quatro meses, mas ligar para o Brian e me demitir antes da apresentação desta noite foi a mais louca delas. Não sei dizer se ele ficou mudo de alegria ou de choque, mas o silêncio do outro lado da linha me permitiu despejar as palavras, mesmo que minha própria percepção de que eu estava me demitindo em vez de somente avisar que estava doente apenas se desdobrou enquanto corria a ligação.

Não vou comparecer esta noite.

Na verdade, eu preciso encontrar outra coisa pra fazer.

Não estou mais feliz trabalhando aí.

Acho que... estou me demitindo.

Preciso dar a notícia a Jeff e Robert pessoalmente – devo a eles essa gentileza depois de tudo o que fizeram para me arranjar esse emprego. Mas Lulu – abençoada seja – respondeu com uma sequência de *emojis* de corações e berinjelas e carinhas felizes e mãozinhas radicais antes de digitar as palavras: *Puta merda, já foi tarde.* Dentro de dez minutos ela me enviou uma lista de restaurantes onde eu devia pedir emprego.

Então, enquanto o fogo do entusiasmo e do coração partido e do terror e do arrependimento ainda me consome por dentro, atualizo meu currículo e planejo levá-lo a uma dúzia de lugares esta semana.

Trabalhei no refeitório quando estava em Yale – e essa é toda a minha experiência de trabalho na indústria alimentícia. Mas estou com esperanças de que o período em que trabalhei no Levin-Gladstone vá agregar algo aqui, porque é difícil pra caramba arranjar um emprego lá, e *arquivista e atendimento ao cliente* dá uma impressão bem fodona no currículo. Agora entendo que o que Robert me deu não foi um grande emprego, mas um grande investimento.

Então, volto para casa e abro meu texto sobre Calvin, o espetáculo e minha caça aos talentos em Nova York, tentando transubstanciar minhas angústias sombrias em uma prosa brilhante e fazendo o possível para evitar pensar sobre como vou me sentir quando Calvin vier para casa e perceber que está tudo acabado entre nós.

Meus dedos golpeiam o teclado e estou alegre de tanto vinho e tantas palavras, mas minha resolução vacila quando Calvin adentra o apartamento e pendura o casaco no gancho.

Ele fica parado diante da porta com uma expressão sombria, depois respira fundo e caminha na direção da sala.

Empoleirando-se no canto da mesinha de centro, ele diz em voz baixa:

– Você não foi nem no *lobby* do teatro.

Ele parece exausto: olheiras azuladas pesam abaixo de seus olhos vermelhos, e sua boca normalmente sorridente agora é uma linha reta e austera.

Empurro meu notebook para a mesinha, ao lado dele.

– Liguei para o Brian e me demiti.

Ele não parece surpreso com isso. Apenas meneia a cabeça e olha para suas mãos entrelaçadas. Ver nossa aliança de casamento brilhar sob a luz do abajur é o bastante para fazer todo o ar evadir dos meus pulmões.

– Onde estão a sua mãe e a sua irmã? – pergunto. Um relance no relógio me avisa que já passamos da meia-noite, e o espetáculo terminou há pelo menos duas horas.

– Voltaram pro hotel.

– Elas se divertiram?

Ele meneia a cabeça, mas não diz nada.

– Tenho certeza de que elas estão orgulhosas de você.

– Estou sentindo que sim – ele diz.

Estou sentindo. Ah, o sotaque dele...

Isto não se parece em nada com a vez em que terminei com Bradley, naquela ocasião foi como colocar a tampa em uma caixa. Agora, meu coração *dói*. Está apertado, apertado, apertado, tentando me impelir através deste momento em que tenho certeza de que para me ter de volta terei que perdê-lo.

– Contei a elas sobre Amanda. – Ele esfrega uma manchinha branca em suas calças pretas. – Agora estão zangadas, mas vão superar.

Não sei o que dizer. Apenas consigo soltar um "hum" solidário.

Calvin olha para mim.

– E você vai?

– Superar?

Ele assente.

– Talvez – digo. – Mas não de imediato. Quero dizer, acho que entendo por que você mentiu pra elas. Você não queria que se preocupassem com você aqui. Mas você não me contou também, e tudo isso pareceu tão... conveniente. No começo, sofri para conseguir acreditar que isto era de verdade, e não ajudou em nada você querer que eu mentisse para sua família a respeito do meu nome.

– Vou explicar pra elas o que você quiser – ele diz. – Fiz um péssimo trabalho explicando isto. Entrei em pânico. Percebo por que tudo isso parece tão feio vendo da sua posição.

– Sim. – Olho para ele. – E embora possamos tirar a Amanda da frente, não tenho certeza de que você vai conseguir explicar a Natalie.

Ele inclina-se para a frente, tomando minhas duas mãos entre as suas.

– Não está acontecendo nada entre mim e Natalie. Quando ela me ligou no restaurante, eu disse que estava começando um novo relacionamento. *Foi isso* que eu disse. Não informei a ela um prazo de validade. – Ele se curva beijando os nós dos meus dedos. – Foi covarde de minha parte não contar aos meus pais sobre Amanda. Pura e simplesmente. E, sim, me casei com você para ficar no país, mas meu amor não é uma mentira. Foi uma bobagem pedir que você mentisse comigo. Eu só... – Ele balança a cabeça e olha para a janela. – Naquele momento era uma confusão na minha cabeça. Sinto muito, mas estou aqui agora, e vou fazer tudo o que for preciso para consertar as coisas entre nós dois.

Estudo o rosto dele. Sua pele lisa, os olhos verdes vivazes, a boca generosa que eu já beijei milhares de vezes. Ele parece totalmente arrasado, e eu nem sei o que dizer.

– Eu fodi tudo – ele sussurra, e seus olhos se fecham. – De fato, eu fodi tudo.

Deus.

Dói tanto.

Odeio isso.

Odeio. Odeio.

Quando ele volta a abrir os olhos e olhar para mim, eu não quero que ele vá embora, mas sei que vou fazê-lo ir. Nós dois estamos em cacos.

– Bom, de qualquer forma, eu falei que viria recolher minhas coisas – ele diz, vacilante.

Apenas AMIGOS

Tento engolir, apesar do nó em minha garganta, em meu peito, em minhas vísceras.

– Certo.

– Você quer que eu saia?

– Eu *não quero*. Mas agora, eu preciso que você faça isso.

Ele dirige a próxima pergunta para o chão:

– Você quer que continuemos casados?

Meu coração grita *sim*. Na verdade, quase meu corpo inteiro grita *sim, sim, sim*. Mas um pedacinho lá no fundo, uma centelha que perdeu seu ardor, sussurra *não*. Sei que poderíamos nos entender a respeito de Amanda ou Natalie ou tudo o que omitimos de nossas famílias, assim como nos entendemos a respeito das acusações de *stalker* maluca que Lulu atirou contra mim. Entretanto, no grande esquema da vida, todas essas coisas são minúsculas, enquanto as grandes coisas precisam de uma página em branco para acontecer. Antes disso, não havia nada interessante acontecendo em minha vida. Este homem me foi apresentado como uma opção, e eu estive disposta a me casar com ele apenas para ter algo a fazer, uma vitória a declarar.

Em retrospecto, minha prontidão para me lançar em um casamento de fachada parece deprimente. O fato de que menti para mim mesma soa terrível. O fato de que, por várias vezes, não tive certeza se podia confiar que os sentimentos dele eram verdadeiros é torturante.

Mas o pior sentimento é esse estado de confusão interior por não entender por que ele me amaria, já que me sinto entediante e sem graça. Não importa o que meus tios digam, Calvin e eu não somos Robert e Jeff – não começamos com intenções claras e declarações de amor inequívocas. Não consigo ser Jeff para cuidar dos alicerces enquanto Calvin decola feito um cometa. Preciso preencher minha vida como protagonista de conquistas, não como mera testemunha delas.

– Eu amo você – digo a ele, com sinceridade, e engulo em seco algumas vezes tentando não chorar até terminar o que tenho para dizer. É a primeira vez que digo isso. Em cada livro que leio, quando o protagonista faz exatamente o que estou prestes a fazer, eu odeio, grito com as páginas... mas agora entendo.

— Uma parte de mim quer continuar este casamento, superar isso e ter um final perfeito e inesperado. Mas passei tempo demais deixando outras pessoas cuidarem de mim, tomarem decisões por mim baseadas em suas próprias necessidades. Eu tive medo de descobrir o que queria, de fazer tentativas e falhar. E agora estou sentada aqui e pensando: "Eu não teria me apaixonado por mim. Então como eu poderia acreditar nele quando ele me diz isso?".

Calvin faz menção de me interromper, mas para quando ergo uma mão. Sei que ele quer me assegurar que realmente me ama, mas ele apenas vai aludir ao fato de que sabemos que estamos apaixonados porque nosso sexo é maravilhoso.

— Poderíamos consertar as coisas entre nós, mas eu não estou feliz comigo agora. Quero realizar alguma coisa, não apenas ficar assistindo enquanto você realiza tudo.

Ele me encara e murmura:

— Entendi.

Claro que sim, ele tem a música, e a teve como uma prioridade durante quase a vida inteira. Ele foi um desastre ao lidar com isso, mas agora, olhando para ele — ele colocou tudo nos eixos.

O olhar de Calvin paira sobre meu rosto — minha testa, as bochechas, o nariz, a boca, o queixo e, por fim, meus olhos — antes de ele se inclinar devagarzinho e pousar sua boca sobre a minha.

— Tudo bem.

Assim que ele se afasta, sorrio cheia de interrogações.

— Tudo bem?

— Posso esperar.

VINTE E SETE

Suponho que eu deveria ser grata pela verdade do ditado "às vezes, quando uma porta se fecha, um universo inteiro se abre". Afinal, se não fosse o colapso do meu relacionamento naquela tarde do lado de fora do edifício do governo federal, eu não teria deixado o teatro. E se eu não tivesse deixado o teatro, jamais teria arranjado um trabalho como garçonete dois dias depois no Friedman's, em *Hell's Kitchen*, onde trabalho durante três tardes e três noites na semana. Sem o trabalho no restaurante, não teria meus dias livres para escrever. E sem escrever, não teria nada parecido com uma árvore enraizando dentro de mim, crescendo e saindo, invisivelmente, por cada um dos meus poros.

A mescla de ideias sobre minha infância em uma sala de concertos, músicos de metrô e o brilho da Broadway passa de um diário repleto de palavras... para um ensaio.

Parece tão óbvio agora. *Escreva sobre música, sua tonta.*

Havia me esquecido da alegria de ver as palavras saindo dos meus dedos antes mesmo de ressoarem em minha cabeça. Quando fecho os olhos e digito, vejo as mãos de Calvin dedilhando o braço do violão, escuto o tilintar das moedas caindo no estojo do instrumento no chão da estação, e lembro-me de como ele mal se dava conta da maré de pessoas quebrando em ondas ao redor dele na plataforma do metrô.

Por algumas semanas tento me manter em movimento: o trabalho de garçonete, a contagem de palavras, correr no Central Park pelo menos uma vez por dia. Em partes, sinto o prazer das conquistas e de ver meu corpo se livrar dos quilinhos extras, criando definição onde antes não havia nenhuma. Mas também, a cada vez que desacelero e sento no sofá ou me deito na cama a olhar o teto, sinto-me péssima. O velho hábito de me distrair navegando na internet é impossível. Vejo fotos de Calvin em todos os cantos do Twitter e do Facebook. E em ônibus e estações de metrô. Até em revistas *Playbill* descartadas nas lixeiras.

Ele mandou mensagens algumas vezes – uma vez porque esqueceu umas tablaturas aqui, que ele veio buscar quando eu não estava em casa. Em outras quatro ocasiões, ele mandou mensagem para ver como eu estava, e a cada vez me limitei a responder objetivamente:

> Como está sendo sobreviver a esta primeira semana separados?

> Estou tentando.

> Mandei pra você o dinheiro do aluguel para seis meses. Recebeu?

Apenas AMIGOS

> Sim, eu conferi seu depósito. Obrigada.

> Não vejo você no teatro há semanas. Onde está trabalhando?

> Tenho um trabalho novo. No Friedman's.

> Quer jantar comigo na segunda?

> Desculpe, não posso. Trabalho nas segundas à noite.

Essa última foi enviada há apenas quatro dias, e não era mentira, eu realmente trabalho às segundas-feiras. Mas minha gerente é legal, gosta do fato de que trabalho duro e sem reclamar; tenho certeza de que poderia ter trocado meu turno com alguém. A questão é que não há nada particularmente romântico nas mensagens de Calvin e, como sempre, meu problema é que não faço ideia de como entender o que ele quer. Temo que, se começarmos a conversar mais, esta nova versão aprimorada de Holland vai desmoronar, porque eu o quero de volta com mais força do que desejo admitir.

Concedo-me alguns minutos por dia para pensar nele; afinal, não estou morta por dentro, e não tenho todo esse autocontrole: a Sony Music fez uma nova gravação da trilha sonora com Ramón e Calvin.

É soberba.

Durante a tarde, quando a clientela do restaurante é fraca, peço ao chef principal, José, para colocar a trilha sonora na cozinha. Vou até um canto escuro com um copo de água gelada, que aperto na minha testa enquanto escuto "Lost to Me". O som do violão de Calvin, os acordes esperançosos da abertura desaguam, mais adiante, em um ritmo inquietante, febril – parece reverberar dentro do meu crânio.

Sei como esses acordes soam quando estão vindo do outro lado da sala, do outro lado da minha *cama*. Sei como eles soam felizes direto no meu ouvido enquanto sinto o corpo dele quente em contato com o meu. Fico ruborizada de tanta vontade de gritar, e passo o copo gelado na minha testa de um lado para o outro, sem parar, enquanto tento desviar os pensamentos para meu ensaio e meu novo emprego. A emoção me domina de uma forma diferente, a perda dá espaço ao orgulho, e então consigo voltar ao restaurante, para atender as mesas e ganhar o dinheiro para pagar meu aluguel sozinha, pela primeira vez na vida.

Às 13h de uma quarta-feira, termino o meu ensaio.

O cursor pisca para mim, paciente, esperando. Mas não há mais palavras a acrescentar nesta história. Ainda não parei para reler tudo; porém, quando faço isso, percebo que ela é sobre algo mais que música – é sobre Calvin, especificamente, e minha própria jornada depois de conhecê-lo, e como um talento puro e sublime transcende tudo, não importa onde você o encontre.

É sobre como o rangido dos trens e os odores azedos da estação evaporam enquanto ele toca, e o modo como a plateia agora parece desaparecer quando ele está se apresentando no teatro. É sobre o orgulho de ter descoberto alguém e ter feito algo para garantir que seu talento não permanecesse ignorado para sempre.

É uma carta de amor – não dá para negar – mas a coisa mais estranha é que tenho certeza de que essa carta de amor é para mim mesma.

Assim como alguém que lança um foguetinho feito em casa para o céu e espera que ele atinja Júpiter, envio o meu ensaio para a revista *The New Yorker*. Na verdade, dou risada enquanto colo um selo no envelope, porque a ideia de conseguir publicá-lo lá é hilária – mas o que eu tenho a perder?

Nunca consegui publicar em nenhum veículo com esse nível de prestígio.

É fácil imaginar o editor – um homem tão cerebral que não dá a mínima para a aparência, cujos papéis espalhados em sua mesa exibem marcas de chá, e usa palavras como singultoso, enarmônico e *dénouement* nas conversas casuais. – Já o vejo abrindo meu envelope e, com um esgar de desdém, jogá-lo por cima do ombro, onde ele irá parar sobre uma pilha de outros ensaios de escritores iludidos e ambiciosos. Solto um sarcástico "vai lá e arrasa!" quando deposito o envelope na caixa de correio.

Então, três semanas depois, acho que paro de respirar por três minutos inteiros quando recebo uma carta dizendo que o ensaio foi aceito.

Caminho pelo apartamento segurando a carta do editor e relendo-a em voz alta. Quero ligar para Jeff e Robert, claro, mas preciso atravessar todas as teias de aranha de meus pensamentos em Calvin para conseguir chegar lá. Esse artigo é sobre nós, e não apenas preciso da permissão dele para publicá-lo, eu quero que ele leia, simplesmente porque quero que ele *veja*.

Que *me* veja.

Mas, estranhamente, acho que ele sempre me viu. E ligar para ele depois de cinco semanas de silêncio é algo mais fácil de pensar que fazer.

Saio para correr, para gastar a energia e apaziguar minha excitação/nervosismo.

Telefono para Davis, que me deixa surda do ouvido esquerdo com sua empolgação.

Tomo um banho, faço um sanduíche e lavo as roupas.

Vamos logo com isso, Hollzinha – Jeff diz na minha cabeça.

Quando olho para o relógio, são apenas 15h. Não perdi o dia todo, e não posso mais procrastinar. Calvin deve estar livre.

O celular toca uma vez, duas vezes, e ele atende no terceiro toque.

– Holland?

Ouvir a voz dele ao telefone envia uma onda de eletricidade pela minha pele, que vibra com uma frequência de nostalgia e desejo.

– Oi – digo, mordendo o lábio inferior para não sorrir feito uma idiota. É tão bom ouvi-lo.

– *Oi.* – Posso escutar um sorriso vergando essa palavra, posso imaginar como ele afastou os cabelos de cima dos olhos e a felicidade preencheu cada centímetro de seu rosto. – Que ótima surpresa.

– Tenho boas notícias.

– Ah, é?

Meneio a cabeça, engulo meu nervosismo e olho de novo para a carta de aprovação em minhas mãos.

– Eu escrevi um ensaio sobre... – Nem mesmo sei como descrevê-lo. – Sobre você? E sobre mim. Música, Nova York. Nem eu mesma sei...

– Aquele que você estava escrevendo...?

Antes de nos separarmos.

— É. Aquele.

Ele espera que eu continue e, por fim, pergunta:

— E...?

— E... eu enviei para a *New Yorker*. — Tento segurar meu sorriso.

— Eles aceitaram? — Ele se interrompe e sua respiração sai em uma rajada. — Não pode ser.

— Sim, pode ser!

— Puta merda! — Ele ri, e sua risada me acerta como um soco. Sinto tanto a falta dele... — Isso é incrível, *mo stóirín*!

Esse apelido antigo que ele me colocou. Aí está, e meu coração explode ao ouvir.

— Você quer ler?

Ele ri.

— Essa pergunta é séria?

— Posso trocar meu turno com alguém na segunda-feira se você quiser jantar.

Jantar com Calvin, e esse brilho dentro de mim que, pela primeira vez em eras, parece se ajustar na minha vida.

— Só me dizer onde — ele diz —, eu estarei lá.

— Finalmente você vai nos deixar ler?

É a primeira coisa que Jeff diz quando abre a porta na segunda-feira à tarde e me vê parada ali, segurando um enorme envelope pardo com a carta do editor e uma cópia impressa do meu ensaio.

— É ainda melhor que isso — conto a ele, agitando o envelope de um jeito sedutor. Estou quase bêbada de tanta felicidade. — Onde está Robert?

— Na cozinha. — Jeff faz uma careta de advertência. — Venha ajudar.

Uma vez dentro do apartamento, percebo que o ar tem um aroma suspeito de Robert tentando cozinhar – é uma mistura de pão queimado com molho de tomate escaldado.

– Docinho, entre, acho que acabo de estragar o macarrão.

Apesar de ele também chamar Jeff de "docinho", sei que ele está falando comigo. Deslizo o envelope sobre o aparador e aponto um dedo para Jeff.

– Não toque! Tenho notícias pra dar.

Ele levanta as mãos em um gesto de rendição, prometendo não espiar, e vou ao encontro de Robert na cozinha.

– Você sabia que eu vinha – digo, e ele se senta à mesa da cozinha com uma taça de vinho tinto, delegando a tarefa a mim. – Por que você não me esperou chegar?

– Eu estava tentando fazer uma surpresa pra você com o almoço.

Ele é um amor. Inspeciono a comida: é mesmo só macarrão e molho.

– Pode jogar fora – ele diz. – Está queimado.

Dou a ele um sorriso solidário e, com um movimento da panela sobre a lata de lixo, assunto encerrado. Robert faz um pedido de comida vietnamita por telefone e Jeff traz meu envelope para a cozinha e o deixa descansando sobre a mesa com um silêncio incômodo.

Conversamos trivialidades, embora, a cada poucos segundos, eu perceba que eles olham o envelope sobre a mesa.

– Como vão as coisas? – pergunto.

– Brian pisou feio na bola semana passada – Robert diz. Já estou entusiasmada com o jantar que terei em breve com Calvin, e a notícia de que Brian fodeu as coisas faz com que eu me sinta nas alturas. – Ele entrou em um duelo de berros com uma mulher que estava andando pelo *lobby* antes do espetáculo, e terminou que ela era esposa de algum diplomata, estava dando um passeio e se perdeu depois de ir ao banheiro.

Apenas AMIGOS

Estremeço, e minha felicidade é mitigada quando me dou conta de que essa briga provavelmente virou uma confusão com que Robert e Michael tiveram de lidar.

– Puxa. Sinto muito.

Robert dá de ombros.

– Calvin parece um pouquinho mais animado nos últimos dias. – Ele diz isso com cuidado, pois sabe que está atirando uma bomba no meio da sala. – Ramón ficou noivo, e o elenco deu uma festa para ele semana passada.

Sei que eu deveria estar contente por Calvin parecer mais animado, mas, por um motivo bastante egoísta, é um alívio saber que ele não está alegre e saltitante e nem tem sido o Calvin feliz de sempre sem mim no último mês. Além disso, descobrir que perdi o que parece ter sido uma festa muito divertida... Isso me deixa desapontada. Basicamente, sou uma estúpida.

Jeff lê o que está escrito claramente no meu rosto e dá risada, mas sem deixar a gentileza de lado.

– Você sabe, Hollzinha, que o pode ter de volta no momento que quiser.

– Não tenho tanta certeza – digo.

Por mais feliz que eu esteja porque vou vê-lo hoje à noite, ainda não sei se os sentimentos dele são os mesmos. Tive bastante tempo dentro da minha cabeça – enquanto corria e servia mesas no restaurante – para entender como foi que as coisas aconteceram tão rápido entre nós, e como isso poderia ter acontecido se ele não me amasse do modo como pensei que ele me amava. Entrar para a orquestra de *Possuído* foi emocionante para ele; o alívio de poder ficar legalmente no país foi emocionante. Às vezes, a gratidão pode ser enganosamente profunda. Esse período longe dele pode ter sido um saco, mas também foi um ótimo termômetro para aferir quão verdadeiros são nossos sentimentos.

Sei que os meus são verdadeiros. Espero que os dele também sejam.

Meu estômago aperta-se em um nó.

– Me parece que foi você quem terminou o relacionamento – Jeff me lembra.

– Foi, mas acho que foi bom pra ele ficar longe por um tempo. – Respiro fundo. – Vamos jantar esta noite, então... vamos ver.

Robert sorri abertamente ao ouvir isso e sua mão vem apertar a minha sobre a mesa.

– Estamos muito orgulhosos de você, minha flor.

– Obrigada. – Olho para ele, perguntando-me se não deveria agradecê-los muito mais, por terem me criado, por terem me trazido até aqui, por serem meu arrimo e por não deixarem que eu me perdesse com as decisões loucas que tomei este ano. Mas um breve olhar deles já me diz que eles sabem o quanto sou grata. Então, apenas comento, baixinho: – Obrigada por tudo. Nem posso imaginar o que seria de mim sem vocês.

– Você é a filha que nunca tivemos – Robert diz, simplesmente. – Nossa alegria e nosso orgulho.

Preciso começar a falar sobre o meu ensaio, senão vou terminar em uma poça de lágrimas aqui no meio da sala de jantar.

– Então, eu tive uma pequena epifania há pouco mais de um mês – conto a eles, tamborilando meus dedos na mesa. – Parece óbvio agora, mas acho que estar com Calvin me deu o empurrão que eu precisava para perceber isso.

Os dois me observam em expectativa.

Deslizo o envelope para o outro lado da mesa.

Robert abre e cobre a boca com a mão assim que vê a carta da *New Yorker* na frente do maço de papéis. Jeff grita antes de saltar da cadeira e vir me abraçar, levantando-me do chão.

Depois de alguns gritos e exclamações e algumas rodadas de leitura da carta em voz alta, acalmamo-nos o bastante para nos sentar e começar a ler o ensaio propriamente dito, enquanto eles vertem lágrimas de orgulho.

Apenas AMIGOS

A expressão de Robert fica mais sóbria e carinhosa quando ele percebe que esse ensaio é, em parte, sobre a influência que ele teve na minha vida e no meu futuro. Apesar de eu já ter incorporado as sugestões dadas pelo editor na carta – e tenho certeza de que elas agregaram força ao assunto – ainda é assustador dar o texto para que ele leia. Escrevo sobre música como se soubesse do que estou falando e, agora que Robert tem meu ensaio nas mãos, sinto-me aterrorizada com a possibilidade de que ele me diga que eu errei ao falar sobre tonalidade, composição e talento musical em estado bruto.

Vejo os olhos dele passearem sobre uma mesma frase algumas vezes e tento adivinhar qual trecho ele está lendo. Meu nervosismo ameaça cavar um buraco no meu estômago em direção à garganta. Não consigo ficar parada, vendo-os ler enquanto esperamos a entrega do nosso almoço.

Aconchegando-me no sofá da sala, puxo meu celular e começo a deslizar a tela pelo *feed* da minha conta no Twitter, preguiçosamente. Notícias, notícias, o mundo está pegando fogo, notícias... e então, paraliso diante de uma foto de Calvin ao lado de uma linda morena sobre um tapete vermelho.

Essa foto não está na conta do Twitter dele, nem no *feed* do Levin-Gladstone.

Está na conta da revista *Entertainment Weekly*.

É como engolir gelo – sinto minha garganta congelar.

Na primeira imagem, o braço dele está ao redor da cintura dela. Ele está vestindo o meu sorriso favorito.

Eu não deveria. Não deveria de forma nenhuma – mas como aguentaria? Clico no link para ler o artigo.

Pela segunda vez em um mês, o violonista da Broadway e destruidor de corações Calvin McLoughlin surge acompanhado da atriz indie Natalie Nguyen, desta vez para a estreia do thriller político ORDEM DE EXECUÇÃO,

estrelado por seu querido amigo, parceiro e estrela do espetáculo *Possuído*, Ramón Martín.

    O casal de colírios já foi flagrado duas vezes em Nova
York com...

Impulsiva, abaixo meu celular sobre a mesinha, com a tela
para baixo.

Formou-se uma tempestade dentro de mim chamada Furacão
Natalie.

Ei você! Só queria dar um oi e saber se você está livre?

*Calvin parece um pouquinho mais animado nessas últimas
semanas.*

Trago uma almofada até meu rosto e grito.

— Holland, isto está um primor! — Robert grita da mesa de jantar,
sem compreender meu colapso.

A almofada voa até o outro lado da sala.

— O Calvin arranjou uma namorada?

Dois pares de pés cruzam o assoalho, vindo parar atrás do sofá.

— Calvin tem uma namorada? — Robert pergunta. — Não que eu
esteja sabendo... mas também não o tenho visto fora dos espetáculos.

Jeff cuidadosamente pega meu telefone de cima da mesa, olhando
para o artigo que ainda está na tela.

— Ah! É aquela mulher do... — Ele estala os dedos. — Qual era mesmo aquele filme com o Josh Magellan, sobre a excursão de turismo
que foi pra...

— Isso, isso! — Robert aproveita a deixa. — Para a Nova Escócia.
— Ele tamborila os dedos sobre a boca enquanto tenta se lembrar. —
Qual o nome dela? Estava fabulosa nesse filme.

— O nome dela é Natalie Nguyen. — Soco a almofada. — Podemos pular a parte em que vocês comentam que ela é supertalentosa? Podemos
ir direto para a parte em que meu marido está com o braço enganchado
na cintura minúscula dela, sobre um tapete vermelho?

VINTE E OITO

Não é surpresa nenhuma que cancelei o jantar.

Jeff e Robert insistiram que eu não conhecia a história verdadeira, e que rumores como esse ocorrem o tempo todo. Não importa o quanto eles quisessem que eu mudasse de ideia, Jeff e Robert têm de entender que Calvin namorar Natalie não é um acontecimento absurdo. É muito provável.

Entrego a eles uma cópia do ensaio para que Calvin leia e dê sua permissão, depois saio para tomar uns drinques com Lulu no Lillie's; eu a convidei dizendo que iríamos comemorar minha vitória com o *New Yorker*. Talvez, se eu focar no lado positivo, não termine como uma poça de arrependimentos em forma de Holland.

Acho que quero me embebedar, porém, após apenas uma taça de vinho, resolvo mandar uma mensagem para Calvin.

> Acho que é melhor desistirmos do jantar. Vou dar ao Robert uma cópia do ensaio para que ele entregue a você amanhã.

> Melhor pra quem?

Meu coração despenca. Tenho certeza de que ficar bêbada só vai resultar em eu ligar para ele mais tarde para ficar soluçando ao telefone. Pode não ser justo, mas estou furiosa com ele por seguir com sua vida, assim, tão rápido. Só um mês! Quando fico furiosa, choro. É como se dois fios desencapados colidissem na parte emocional do meu cérebro.

Ainda não contei nada a Lulu sobre Calvin e Natalie, mas nas minúsculas pausas que ela faz para respirar fora de sua bolha – tagarelando sobre terminar ou não seu relacionamento com Gene, sobre aplicar botóx na semana que vem, sobre os sapatos que ela não tem dinheiro para comprar, mas vai comprar mesmo assim – ela parece captar que há algo de errado.

– Achei que estaríamos comemorando o seu ensaio – ela diz, e empurra meu vinho para mais perto de mim. – Você acaba de conseguir uma publicação numa revista que a deixou superfeliz e excitada. Por que essa cara de cachorrinho abandonado enquanto eu descrevo um par de Valentinos?

Molho uma batatinha frita dentro de um potinho de cerâmica com molho de trufas. Agora, respondendo ao que ela perguntou, estou na defensiva *e* triste. Por que Lulu sempre age como se meus sentimentos fossem uma distração inconveniente para ela?

– Porque sou um "cachorrinho abandonado" – digo, irritada. – Porque acho que Calvin está namorando Natalie Nguyen.

Ela meneia a cabeça, enfiando uma das minhas batatinhas na boca.

– Eu vi isso outro dia.

Sinto como se tivesse recebido um soco. Conto até dez, depois me concedo apenas um segundo para olhar para ela. Algo dentro de mim está queimando.

– Obrigada pelo aviso.

– O que você queria que eu dissesse? "Boa sorte em competir com ela"? – Lulu come mais uma batata. – Isso não seria pior?

Aqui, neste exato momento, é onde morre minha amizade com Lulu.

– Como vai você? – Davis pergunta, e ao fundo não escuto barulho de televisão nem de nenhuma embalagem de comida. O silêncio me diz que meu irmão está genuinamente preocupado comigo.

– Eu oscilo entre a alegria por causa do ensaio e a tristeza por causa do *boy*. – Tristeza é um eufemismo. Nessa semana em que vi aquela foto e depois fui beber com Lulu, passei uma quantidade enorme de tempo soluçando no travesseiro.

Davis, sabiamente, não faz nenhum comentário sobre como Natalie Nguyen é gostosa ou como eu deveria ter previsto que algo assim aconteceria.

– Sinto muito, Holls. Você conversou com ele?

– Não. – Deixo de mencionar que ele me ligou duas vezes esta semana. As duas mensagens na caixa postal eram simples e nada sentimentais. "*Holland, sou eu. Por favor, me ligue*", e, apesar de saber que Calvin (o verdadeiro, não aquele que me mandava mensagens eróticas para mostrar na entrevista da imigração) é do tipo que prefere expressar sentimentos pessoalmente, e não em uma mensagem de voz, eu o conheço bem o suficiente para perceber que ele soa mais distante.

Provavelmente eu deveria agir como uma mulher madura e começar a conversar sobre nosso divórcio, mas, apesar da insistência de Robert e Jeff de que posso estar errada, e mesmo que haja cinco por cento de chances de que Calvin e Natalie não estejam tendo caso nenhum, não sei se estou preparada para encarar os noventa e cinco por cento de chances de que eles estão juntos.

– E Jeff disse algo sobre você ter terminado a amizade com Lulu também.

Confirmo soltando um gemido. Menos pelo meu coração partido e mais pelo alívio surpreendente de não ter mais de lidar com o estresse que aquela amizade provocava. Entretanto, ao mencionar o nome de Lulu – e como um lembrete de suas tristes demonstrações de afeto –, lembro-me que eu me recuso a ser uma pestinha que só enxerga o próprio umbigo, e há um motivo pelo qual telefonei ao meu irmão.

– Mas também tenho boas notícias. É sobre Robert.

Ontem soubemos que Robert ganhou o Drama Desk Award com *Possuído*, um grande prêmio da Broadway. Jeff – que está na lua com essa notícia – está fazendo planos para a comemoração do prêmio junto com a festa de aniversário de 50 anos de Robert. É claro que eu vou estar lá... e é claro que Calvin estará lá também.

De forma nenhuma vou sozinha. Preciso recrutar reforços, e ninguém me faz rir como Davis.

– Já sei onde você quer chegar – ele diz assim que explico a situação. Ele deixa escapar um longo suspiro. – Isso significa que tenho que arrumar uma passagem de avião e alugar um smoking?

– Bom, sim, porque eu quero que meu acompanhante esteja muito gato.

– Holls, isso tá soando como aquele livro, *O jardim dos esquecidos*. Não seja ridícula.

– Está pronta para sábado? – Jeff pergunta, enganchando um braço no meu enquanto abrimos caminho para dentro do supermercado mais caro do mundo.

Apenas AMIGOS

– Estou nervosa – admito.

– Já escolheu seu vestido?

– Não. – Detesto sair para fazer compras. – Tenho um vestido preto muito bom que pretendo usar.

Meu vestido *propriamente dito*.

– Precisamos arranjar algo novo pra você. Vai ser um grande evento.

Jeff se interrompe para inspecionar algumas frutas e não nota meu horror enquanto ele considera seriamente comprar um saquinho de cerejas por doze dólares.

– Estou feliz que Davis vai vir. Não o vejo há quase um ano.

Apesar do meu coração tristonho, tenho de admitir que coisas boas estão acontecendo. Meu ensaio sendo publicado, o prêmio de Robert, Davis vindo nos visitar. Sei que Jeff tem razão, e com o passar do tempo vou me sentir cada vez melhor sobre essa história com Calvin. Apenas ainda não cheguei lá.

Então, quando Jeff abaixa as cerejas e se vira para me encarar com uma expressão de resignação sombria, sei que ele está prestes a dizer algo que vai me rasgar ao meio.

– O que foi? – pergunto, com minha voz baixa e ameaçadora.

Ele ri com minha reação, mas seus olhos continuam apertados.

– Acho que você já sabe que Ramón não estendeu o contrato do espetáculo.

– Robert comentou alguns meses atrás, mas não tenho certeza se isso não iria mudar com a popularidade de Ramón e Calvin.

– Mudou e não mudou. – Jeff abaixa o rosto e pega uma pera... Sei que ele está fazendo isso para evitar meu olhar ansioso. – Ramón estará no espetáculo somente até o fim do ano. Ele e a noiva estão morando em Los Angeles. Há dois dias, convidaram Robert para dirigir a temporada de *Possuído* em Los Angeles.

Ele se vira e me observa, sinto meu coração ficar apertado – de alegria e de pânico. *Robert vai se mudar para Los Angeles?*

– Ele ainda não aceitou, mas está bastante inclinado.

Por mais que eu tente, o meu:

– Isso é incrível! – sai sem emoção.

– Sim, é – Jeff diz, cauteloso, abaixando a fruta. – Eles devem fazer uma apresentação especial da trilha sonora no Staples Center antes de alocar o espetáculo no Pantages Theatre.

Meus olhos escancaram. O Staples Center é enorme. O Pantages é lindo – é onde Robert e Jeff me levaram para assistir ao musical *Wicked* no meu aniversário de 21 anos. Ter um espetáculo em turnê é um sinal inconfundível de sucesso.

– Robert está surtando com isso?

Jeff sorri, e é um sorriso do tipo que ele reserva apenas para o marido, aquele que me emociona ao perceber o quanto eles são felizes. Ele parece mais jovem, mais despreocupado.

– Ele está. Ele queria lhe contar sobre o convite, mas pediu para que eu conversasse com você primeiro.

– Existe algum motivo pra isso, ou... – Interrompo-me, terminando de montar o quebra-cabeça sozinha. Meu estômago despenca como um tijolo caindo do céu. – *Ah!*

Jeff lambe os lábios nervosamente.

– Certo. Se Robert e Ramón forem abrir o espetáculo lá, Calvin concordou em ir também.

Bem, acho que já sei por que Calvin me ligou esta semana. É melhor nos apressarmos com o divórcio, já estamos em junho. O tempo está correndo.

– Você vai a Los Angeles? – pergunto.

– Vou o tanto que conseguir... – Ele sorri de modo impotente, e tenho certeza de que ele está tão dividido quanto eu. – Não tenho como trabalhar na Costa Oeste, e isso deve levar uns dez meses.

Há um estranho alento nisso.

– E você está... pedindo minha permissão?

– Não diria isso. Mas achamos que você deveria ser consultada. Foi você quem tornou isso possível, em primeiro lugar.

Levanto as mãos diante de mim.

– Não tenho nada a acrescentar, e mesmo se tivesse, diga a eles que são malucos se recusarem esse convite. –É incrível que eu esteja soando tão calma, porque uma placa tectônica acaba de se romper no meu peito. – Diga a Robert que vou estar lá para a estreia, e que sou eu quem mais vai gritar e aplaudir.

– Não acredito que você está vestindo isso. – Davis me olha e depois volta a examinar o minibar do seu lado do carro. Meu irmão está ostentando uma barba estilo lenhador, embora esteja muito elegante dentro do smoking.

Aliso a renda preta da minha saia.

– Foi Jeff quem escolheu. Ele disse que eu tenho que estar linda nesta festa como jamais estive em minha vida.

Nossos olhares se cruzam de novo e Davis me responde com um cético dar de ombros.

– É pedir demais de um vestido.

– Ha. Ha. – Afasto meu cálice de vinho quando ele faz uma tentativa de reabastecê-lo. Jeff enviou um carro para nos buscar, e estou tão ansiosa que não economizei no salão de beleza. A chance de *Desgraçalândia* dar as caras esta noite é de cem por cento.

Recostando-se de volta ao assento, Davis abre uma lata de Red Bull do minibar e pousa em mim um olhar confuso.

– Mas isso não significa alguma coisa? Você não passou duas horas no secador e cacheando os cabelos porque você o odeia.

– É claro que eu não o odeio, mas não quero parecer um traste quando ele aparecer lá com a nova namorada. Preciso equilibrar um pouco o jogo. Reforçar o meu time ou qualquer coisa assim.

Davis dá um longo gole e depois arrota.

– Está proibida de usar analogias esportivas de novo.

– O que quero dizer é que estou indo muito bem, e não quero esquecer de todas as coisas maravilhosas que estão acontecendo só porque estou triste que meu casamento de fachada acabou.

Ele me olha por cima do pacote de biscoitos que está cheirando neste momento e levanta um punho em solidariedade.

– Esse é o seu hino.

– Com licença, estou apenas sendo positiva. – Nós dois levantamos o rosto assim que o carro para. Olho para fora da janela e vejo que estamos em frente ao restaurante. – É tarde demais para desistir? Não quero fazer isto.

– Seja positiva, lembra? – Davis desliza no assento de couro e sai do carro assim que a porta se abre, oferecendo-me a mão. – Você está linda. Agora cale a boca.

Sorrio para ele ao mesmo tempo em que o *flash* de uma câmera dispara – uma entre várias outras amontoadas atrás das cordas aveludadas que cercam a entrada. Um tapete azul conduz-nos até a porta e posso ouvir a música antes mesmo de pôr meus pés do lado de dentro. São os acordes do violão de Calvin imortalizados em uma gravação de estúdio a desaguar pelo salão de baile.

Este é o coquetel que Jeff planejou antes do grande anúncio do musical em Los Angeles, e o restaurante está fervilhando de conversas e movimento.

Um candelabro pende como uma constelação no centro do salão, os garçons costuram seu caminho através de um mar de pessoas em *black-tie*.

É notável que meus olhos não estejam de imediato buscando pelas duas pessoas que são meus salva-vidas aqui – Robert e Jeff – mas recaem direto sobre Calvin.

Nossos olhares encontram-se e um enorme peso desaba do meu peito para o chão. Metade da boca dele curva-se em uma tentativa de sorriso, e depois volta a se endireitar, insegura.

– É ele? – Davis pergunta na minha orelha.

Apenas AMIGOS

– É ele.

– Pensei que ele fosse ruivo.

– *Cala a boca*, Davis.

– E talvez usasse um chapeuzinho verde.

Desfiro uma cotovelada no flanco dele.

– Se você me fizer passar vergonha, juro que corto suas bolas e as enterro.

Meu irmão dá uma risadinha ao pé da minha orelha. Quase todo mundo aqui hoje conhece a história entre mim e Calvin – membros do elenco e da equipe estão por todos os lados e tive um relance de Brian assim que entrei; tenho certeza de que ele está seguindo a cartilha direitinho. Há uma porção de pessoas aqui que estão obviamente salivando por este reencontro vexatório em público; é como se houvesse uma centena de mãos invisíveis me puxando pela cintura, querendo que eu vá conversar com meu futuro ex-marido.

Davis, sutil como sempre, coloca um copo com alguma bebida gelada na minha mão e depois me desfere um tapa na bunda tão forte que dou um pulo.

– Vai lá – ele diz. – Estou bem atrás de você.

Aliso a saia sobre meu traseiro, encarando feio o meu irmão. Sei que Calvin está vendo tudo isto do outro lado do salão. Com mais um puxão na barra do meu vestido, caminho na direção dele e de seu sorriso crescente.

Santo Deus dos docinhos, ele está lindo. Precisa de um corte de cabelo, mas adoro essas mechas rústicas e grossas recaindo por cima de sua testa. A pele dele está mais bronzeada por causa do sol do começo de verão, e o sorriso dele faz despertar um alvoroço no meu estômago.

Posso imaginar a curvatura firme dos ombros debaixo daquele paletó, a sensação de sua barriga e seus espasmos conforme deslizo minhas palmas mais abaixo, até tomar o pau quente dele em minhas mãos.

Uau. Como meu cérebro é rápido em demarcar o corpo dele como meu território no instante em que eu o vejo.

É meu, ele diz. *Reconquiste-o.*

– Holland. – Calvin dá um passo adiante, pousando os lábios na minha bochecha. – Oi.

– Oi. – Meu coração está saltando pela minha garganta, desvairado. Ele me dá mais uma checada.

– Você está... *linda.*

– Obrigada. Você também.

Ele ri em meio a um sorriso escancarado.

– Bom, obrigado.

Depois de dois meses sem nos vermos, um bom começo de conversa seria "parabéns pela mudança para Los Angeles" ou algo tão simples quanto "como vai você?".

Talvez eu até pudesse apresentá-lo ao meu irmão, que está do meu lado.

Mas o que eu faço de fato? Procuro ao redor e pergunto, indelicada:

– Onde está Natalie?

O sorriso de Calvin desaparece e a confusão ocupa o lugar da alegria que estava ali. As sobrancelhas escuras dele se unem.

– O quê?

– Pensei que ela viesse com você esta noite – digo, movendo-me sobre meus pés e olhando ao redor de novo por um instante.

Davis geme, desistindo de esperar que eu o apresente e imediatamente se afasta pelo meu lado esquerdo.

Calvin me estuda durante o intervalo de uma respiração.

– Desculpe. – Ele observa Davis distanciando-se e depois volta a olhar para mim. – Não entendi. Você pensou que eu traria *Natalie* hoje?

– Bem... sim.

Será que ele está confuso por que não se deu conta de que eu vi as fotos dos dois juntos? Ou será que ele tem consciência de que seria constrangedor trazê-la aqui e está perplexo por que eu acreditei que ele colocaria todos nós nessa situação?

Ele estreita os olhos como se estivesse tentando resolver um quebra-cabeça.

– Pensei que a gente tinha conversado sobre isso – ele diz, baixinho. – Não pensei que Natalie ainda fosse um problema pra você. Achei que tínhamos...

– Eu vi as fotos de vocês dois – explico rapidamente. Não quero fazê-lo explicar mais do que ele precisa... Não quero os detalhes. Mas devo a mim mesma a atitude de ser sincera com ele. – Fiquei arrasada quando vi essas fotos pouco antes daquele jantar. Preferia que você tivesse me contado.

– *Contado*? Eu não... – Calvin franze ainda mais a testa e balança a cabeça uma vez. – Que fotos?

– Calvin. – Fecho os olhos, de repente me sentindo nauseada e arrependida por ter iniciado esta conversa. – Não faça isso.

Ele dá um passo adiante e segura o meu braço.

– Holland, não sei de que fotos você está falando.

Quando levanto os olhos, posso ler no rosto dele que está sendo sincero, e é claro que ele não as viu. Ele nunca usa o Twitter nem lê sites de fofoca. Puxo meu celular e encontro as fotos facilmente, ainda estão abertas no meu navegador.

Sou ótima em me torturar.

Calvin pega o meu celular, mas, na frente do salão, o microfone emite um chiado dissonante e Jeff inclina-se sobre ele, deixando escapar um explosivo:

– Esta coisa está ligada?

Ao nosso redor, todos riem do som altíssimo e da reação cômica de Jeff, e a tensão entre mim e Calvin é cortada ao meio. Ao lado dele, movo-me com cuidado, saindo de sua linha de visão. Procuro Davis, mas ele está do outro lado do salão, junto a um dos velhos amigos de Robert de Des Moines que Jeff ajudou a vir para a festa.

– Tenho certeza de que todos neste salão conhecem Robert, mas muitos de vocês podem não me conhecer. – Jeff começa.

Há alguns gritos amáveis de protesto e Jeff sorri, inclinando-se ao microfone.

– Sou Jeff, marido de Robert Okai.

Vivas ecoam pelo salão e eu bato palmas sem entusiasmo, sinto-me entorpecida. Quero fazer parte da festa em adoração a Robert, mas o instante tem um estranho vazio, como se eu estivesse assistindo tudo à distância.

– Quero agradecer a todos os que compareceram hoje para celebrar o aniversário de Robert, comemorar o prêmio e também as notícias que temos para anunciar. – O olhar de Jeff cruza o salão e pousa sobre o marido. – Sou o homem mais sortudo do mundo por ter a vida que tenho, e não poderia fazer nada disto sem você, querido.

Robert adianta-se debaixo de uma salva de aplausos e beija Jeff antes de tomar o microfone.

– Escrever *Possuído* foi um pouco como *ser* possuído – ele começa, e o público dá risada, já sabendo do que se trata. A história de que Robert passou praticamente um mês sem dormir enquanto compunha já virou lenda. Mas a história da versão atual do espetáculo também é digna de nota. – Quase todo mundo sabe disso agora, mas, alguns meses atrás, havíamos ficado sem um músico principal à altura do brilhantismo de Ramón Martín, e eu estava me esforçando para descobrir um rumo para a produção. Temia que eu estivesse envolvido demais com o espetáculo, e temia que, de algum modo, ele fosse se tornar obsoleto com o passar do tempo. – Ele observa o salão e me encontra quase de imediato. – Minha sobrinha Holland me levou até a estação de metrô onde um violonista formado em Juilliard costumava tocar.

Aplausos irrompem de novo e Calvin vira-se para encontrar meu olhar. Os olhos dele estão apertados e me examinando, mas rapidamente são arrancados de cima do meu rosto quando Robert diz:

Apenas AMIGOS

– Venha até aqui, Calvin.

A tensão dá lugar a um sorriso relutante enquanto as pessoas abrem espaço para ele seguir até a frente, junto a Robert. Sinto-me engolida pela multidão conforme ela se fecha novamente, apagando o espaço que me conectava a Calvin.

Robert prossegue, contando como Calvin veio ao teatro e deixou todos assombrados. Ele pula a parte dos problemas com a imigração e vai direto ao momento em que Ramón e Calvin começaram a ensaiar juntos, quando chama Ramón para a frente do salão também. Robert fala sobre a primeira apresentação e como, entusiasmado e histérico, o público os ovacionava do lado de fora do teatro a cada espetáculo.

Ele está começando a anunciar que irão estrear o espetáculo em Los Angeles quando sinto alguém se colocar ao meu lado.

– Tenho certeza de que isso está sendo difícil pra você.

Encaro Brian conforme ele aponta o queixo na direção de Calvin, e sinto minhas bochechas arderem. Ele está com o olhar fixo adiante e a mandíbula tensa.

Desentendemo-nos tantas vezes, e tudo isso agora parece sem sentido.

– Você realmente escolheu este momento para vir esfregar isso na minha cara?

Ele me olha e um incômodo esquisito me invade. Nunca travei olhares com ele por tanto tempo; percebo o quanto somos estranhos ao me dar conta de que, até este momento, eu não sabia sequer a cor dos olhos dele.

– Não vim te ofender – ele diz, tranquilamente. – Tenho certeza de que é um saco que Robert esteja se mudando para Los Angeles, e tenho certeza de que é um saco ver Calvin com outra pessoa.

Olho para ele, confusa.

– Você fez algo importante em prol do espetáculo. Foi algo terrivelmente estúpido, mas, claro, você fez pelos motivos certos. – As sobrancelhas dele abaixam. – E agora está sofrendo. Só estou dizendo, de um humano para outro, que eu sinto muito.

– Com licença – murmuro, dando as costas porque acho que vou começar a chorar. Abro caminho com cuidado por entre a multidão e encontro uma porta lateral que leva a um corredor vazio que conecta os salões de festas, onde me escoro de encontro a uma porta que leva à escadaria, inspirando e expirando.

Quero fugir, voltar ao meu apartamento, mas Davis está com o tíquete da chapelaria, onde deixei meu casaco, e Calvin ainda está com o meu celular.

De volta para o corredor, a porta lateral abre novamente, deixando infiltrar entrar um coro de vozes surpresas e aplausos tumultuados. Acho que Robert acaba de contar sobre Los Angeles.

Mas o tumulto dá lugar à calmaria assim que a porta se fecha com um clique pesado.

Passos aproximam-se, cadenciados e firmes, e um sotaque irlandês soa atrás de mim:

– Holland.

– Volte pra lá – digo a ele, esforçando-me para soar firme. Não quero fazer isso em uma noite dedicada a Robert. – Eles ainda não terminaram de anunciar as novidades.

– Eles terminaram. – Ele para e consigo ouvir sua expiração pesada. – Vi você sair e, é só que... estou confuso sobre o que aconteceu ali.

Sem conseguir encará-lo, engulo, tentando tirar o travo da minha garganta.

– Qual parte?

– A parte em que você viu minha fotografia com Natalie? – Atrás de mim, a voz dele é gentil. – Você deu uma boa olhada nela?

O quê?

– Claro que sim. Olhei obsessivamente.

– Tem certeza?

Apenas AMIGOS

Por fim, viro-me, confusa. A expressão dele suaviza quando ele vê que estou uma pilha de nervos e lágrimas, e a mão dele vem ao meu rosto, ele acaricia minha bochecha com o polegar.

– Olhe de novo.

Fungando, faço o que ele pediu, coloco minha senha e olho a foto que já vi uma centena de vezes.

Ele morde o lábio, esperando que eu entenda antes de deixar escapar uma risadinha.

– Natalie Nguyen. – Calvin dá uma batidinha na tela, e agora seus olhos estão sorrindo. – Você acha que estou namorando Natalie *Nguyen*?

– *Todo mundo* acha isso. Vocês... foram vistos juntos algumas vezes e o seu braço está ao redor dela. – Molho meus lábios, tentando entender o que não estou enxergando aqui. – É o que disse a *Entertainment Weekly*.

– Eu a vi em alguns eventos do teatro. Essa foto foi na estreia do Ramón, certo? – Meneio a cabeça. Ele aponta para a borda da foto, onde enxergo uma tira da manga de uma camisa. – Acho que cortaram o Ramón da foto, para fazer parecer que sou só eu e Natalie. Sabe quantas fotos tirei naquela noite?

Esfrego meu nariz.

– Não.

– Provavelmente umas cinco mil.

Ele aumenta o *zoom* da foto, dando um *close* em sua mão, antes de devolver o celular para mim. Essa é a parte que menos gosto da foto – a mão de Calvin enrolada na cintura dela – e levo um segundo para perceber o que ele está tentando me mostrar: o brilho de um anel no dedo dele.

Meus olhos voam para a mão dele, ao lado do corpo, aqui diante de mim. Ele ainda a está usando.

– Natalie *Edgerton* é uma amiga do Mark – ele explica, e meu estômago despenca com a descoberta. – Ele tinha nos apresentado um mês antes, e então eu me casei e me apaixonei... Admito que foi nessa ordem. Nunca respondi a mensagem que ela me mandou naquele dia, aliás.

Gemo dentro das minhas mãos.

– Ah, meu Deus.

– Natalie *Nguyen* é uma atriz com um papel menor no filme do Ramón. – Calvin fisga as minhas mãos e as segura com as suas. – Mesmo que eu estivesse interessado em sair com outras mulheres, o que eu não estou, você acha mesmo que era ela quem tinha marcado um encontro com um músico de rua desempregado todos aqueles meses atrás?

Meu cérebro parece ter congelado. Estou com vontade de me jogar contra a parede inúmeras vezes, até ficar inconsciente e esquecer que isso aconteceu.

– Talvez não.

Ele ergue uma mão para secar o meu olho.

– Não tenho uma namorada, Holland. Tenho uma *esposa*, caso você tenha esquecido.

– Eu sei, mas...

– Mesmo que ela não tenha respondido minhas mensagens, nem ligações, e tenha evitado me ver.

Diante de seu tom de voz, fito o rosto dele e, pela primeira vez, enxergo além do meu próprio nervosismo e mágoa. Sob a luz forte do corredor, ele parece arrasado.

– Você disse que me amava – ele lembra. – E eu disse que iria esperar o quanto você precisasse. Mas é doloroso ficar me perguntando se algum dia você vai me pedir pra voltar pra casa. – Ele se abaixa um pouco para me encarar. – Nós íamos nos encontrar pra jantar e você cancelou no último minuto.

– Eu estava investindo em mim mesma, tentando superar Amanda e toda a incerteza que começou a crescer entre nós – admito. – E quando pensei que estava pronta para ver você... eu vi aquela foto.

Apenas AMIGOS

— E por que não me ligou? – ele pergunta. – Pra me perguntar? Ou gritar comigo? Qualquer coisa. Se eu tivesse uma namorada, isso ainda seria algo a ser discutido, dado que nós somos *casados*, não é?

Escondo meu rosto entre as mãos, murmurando:

— Não sei.

Calvin gentilmente recolhe minhas mãos de novo.

— Se eu saísse com outra pessoa, você não ficaria brava?

— Sim. Furiosa.

— E eu também. Eu ficaria enlouquecido se visse você com outro cara. Então por que não veio descontar em mim? Eu poderia ter poupado você de todo esse tempo se afligindo com isso.

Olho para ele.

— Eu não tinha tanta certeza de que a conversa iria nessa direção.

— Você quer dizer, você não estava certa de que eu ainda amava você depois que passamos apenas dois meses separados? Que tipo de coração você acha que tenho aqui dentro? – Ele aperta nossas mãos unidas junto ao seu peito. – Sinto sua *falta*.

Sinto um aperto enorme em volta dos meus pulmões quando ele diz isso no tempo presente.

— Em alguns momentos fazia mais sentido acreditar que você estava apenas jogando o jogo.

— Que eu...? – Ele desvia o rosto, franzindo a testa. – Você não leu seu próprio ensaio? Você age como se durante esse tempo todo estivesse simplesmente seguindo com seu papel inicial. O que você fez por mim foi espantoso, e a pessoa que você é... calma, e segura, e sexy, e criteriosamente criativa... Eu estou *absolutamente apaixonado* por você.

Mordo meu lábio com ímpeto, espreitando um a um os olhos dele, tentando encontrar uma sombra de fingimento. Ele não tem mais motivos para mentir.

As mãos dele sobem, amparando meu rosto, e meu coração martela dolorosamente as minhas costelas, cavando um caminho em direção a ele.

A um suspiro de distância, os olhos dele ainda estão abertos.

– Então? Posso beijar minha noiva?

Um beijo no corredor transforma-se em uma sessão de amassos, e considero um milagre que ninguém nos veja aqui, enquanto estou prensada na parede, com as pernas enganchadas em torno dos quadris de Calvin. Com o contato do corpo dele, sei que ele está dizendo a verdade sobre o tempo que ficamos separados ter sido doloroso: ele está trêmulo, quase frenético.

Voltamos à festa de mãos dadas. Ele me traz um cálice de vinho e arranja uma cerveja para si, depois dançamos com nossos corpos colados e posso sentir o que isso faz com ele. Quando ele se desculpa com uma risadinha, levanto meus olhos e nós sorrimos em sincronia com a promessa tácita de transarmos loucamente mais tarde.

Espero que nenhum de nós consiga andar em linha reta amanhã.

Meus pensamentos ficam mais arejados quando apresento Calvin a Davis. Jeff e eu assistimos embasbacados enquanto os dois se tornam amigos de infância no mesmo instante, falando de cerveja artesanal e rugby.

Com Calvin e Davis enganchados em uma conversa animada sobre a cena das cervejarias de Milwaukee, Jeff me puxa para o lado e orgulhosamente começamos a girar pelo salão ao som de Frank Sinatra.

Calvin volta para mim alguns minutos depois, sorrindo um agradecimento para Jeff e puxando-me para perto de novo.

– Você desapareceu.

– Você e Davis viajaram na cerveja, enquanto eu fiquei ali parada como uma peça de mobília.

Apenas AMIGOS

Ele ri, pousando os lábios no meu rosto. Quando minhas mãos deslizam da nuca e mergulham nos cabelos dele, ele geme baixinho.

– É tão bom ter você aqui comigo. Estou quase desmoronando de alívio.

– Acho que podemos ficar mais uma hora aqui, e depois arrumar uma desculpa pra sairmos.

Ele sorri para mim.

– Tomei a liberdade de dizer ao Davis que ele vai dormir no apartamento dos tios hoje.

Fecho os olhos e me imagino sozinha com ele mais tarde, despindo-o e beijando cada centímetro daquela pele nua e lisa. Imagino a textura do colchão nas minhas costas e a visão dele sobre mim, sua boca entreaberta e molhada descendo pelo meu corpo.

Posso, praticamente, sentir a eletricidade do primeiro beijo dele entre minhas pernas, o toque de suas mãos ao redor das minhas coxas, e o peso dele quando volta a me envolver de corpo inteiro.

– No que você está pensando? – Os lábios dele tocam minha orelha.

– Em estar com você em casa, mais tarde.

– Está pensando em transar comigo?

Olho para ele com uma piada na ponta da língua, mas ela derrete ao calor do seu olhar.

– Sim. – Estico meu corpo e o beijo com um deslizar lento da minha boca sobre a dele. – Especificamente, eu estava imaginando sua boca e me lembrando da sensação de ter você em cima de mim.

– Você não vai dormir – ele avisa, e eu rio até que uma onda de alívio me inunda com tanta força que eu enrolo meus braços em volta de seu pescoço, pressionando minha bochecha na dele.

Quando a música termina, ele me conduz de volta até meu irmão e o bar. Sei que as pessoas estão nos olhando, mas sei que já não estão se perguntando o que Calvin está fazendo comigo. Com suas oito mãos de polvo sobre mim, e o modo como Davis nos faz dobrar de tanto rir, sinto que, pela primeira vez, nosso amor parece confortável e genuíno, não apenas para nós, mas também para quem nos vê.

Em alguns momentos, meu marido me conduz a cantos escuros para um beijo roubado, ou me puxa para seu colo em um sofá. Entre bebericar nossos drinques e começar conversas com as pessoas ao nosso redor, lançamos um ao outro uma centena de perguntas.

Devemos fazer outra cerimônia de casamento? Uma de verdade?

Quando vamos visitar minha família?

Vamos mudar juntos para Los Angeles, temporariamente?

E a mais importante de todas: eu venci a aposta do bife, então... quando ele vai, oficialmente, adotar meu sobrenome?

Podemos debater essa questão por mais um tempo. Ainda bem que não estamos mais tentando convencer ninguém. Temos todo o tempo do mundo.

AGRADECIMENTOS

Depois de nosso querido manifesto feminista de brincadeira – *Amor e ódio irresistíveis* –, e do sentimental e tocante *Minha versão de você*, escrever *Apenas amigos* foi pura e desavergonhada *diversão*.

A história de Holland e Calvin foi nosso adorado retorno às raízes românticas, e não queríamos nada menos que uma história passada em Nova York!

Então, agradecemos a Adam Wilson por dizer sim quando uma nova história se desenrola de nossa imaginação compartilhada, e por sempre nos ajudar a transformar o primeiro rascunho maluco em um livro de verdade.

Nossa agente, Holly Root, é uma estrela, e sem ela estaríamos cegas (e sem contrato). Para a equipe de nossa editora, que sempre nos dá todo o apoio, obrigada: Carolyn Reidy, Louise Burke (feliz aposentadoria!), Jen Bergstrom e Paul O'Halloran, e a equipe de vendas que mais trabalha duro. Nossa publicitária sensacional: Kristin "Preciosa" Dwyer é a calma para nossos nervos, a Nutella do nosso waffle e a pontuação das nossas frases; e Teresa Dooley é uma figura superatenciosa, que cuida para que as coisas estejam prontas antes mesmo que pensemos em perguntar. Agradecemos também ao grupo de marketing da Gallery: Liz Psaltis, Diana Velasquez, Abby Zidle e Mackenzie Hickey. Nossas capas são sempre fenomenais – obrigada, Lisa e John do Bigode.

Nossas salva-vidas editoriais e primeiras leitoras são Erin Service e Marion Archer. Sem vocês, este livro ainda não teria encontrado um final. Obrigada, como sempre, pela crítica sincera e apoio constante! Obrigada, Blane Mall por ajudar a tornar nosso irlandês mais irlandês, e a Jonathan Root pela ajuda com os detalhes da Broadway; qualquer erro é culpa nossa.

E para todos os nossos leitores, obrigada por estarem conosco em cada uma destas aventuras. Amamos vocês mais do que somos capazes de expressar.

beijo-beijo

Christina & Lo